富貴閒中求

下

清圓 著

風文創 1164

目錄

第三十一章 分離

隊伍停下，幾個士兵幫忙點火，阿霜、袍子等人就在旁邊烤兔子。明秋意也下了馬車，跟著閒王在附近散步。

不一會兒，阿霜就烤好了一隻小兔子。小兔子肉嫩，阿霜把肉切成片，放在盤子裡，又準備了醬汁，讓十一送去給王妃。

穆凌寒和明秋意就坐在一棵樹下，穆凌寒手裡拿著摺扇，正給明秋意搧風。

七月底還是很悶熱，不過越靠近西境，越感受到這邊氣候的不同，乾燥、早晚溫差大。早上起來冷，中午又熱得不行。

這一個月來，明秋意食慾不振，除非是很喜歡的食物，才能多吃幾口。原來那一世懷香和的時候沒這般苦，沒想到這次卻這樣。

不過，明秋意一點不覺得苦，想到一個可愛的孩子即將誕生，她心裡十分期盼。

烤兔肉很香，加上明秋意今天也沒吃什麼，忍不住多吃了幾塊。

這讓穆凌寒十分驚喜。「喲，秋意，妳這狗沒白養啊，鼻子真好，不但會救人，還會抓兔子。」

明秋意得意。「那可是我從小養到大的狗，不比你的小白差。」她忙著吃東西，沒在意穆凌寒說到救人這一事。

「沒小白好看。」小黃現在長大了，沒有小時候圓滾滾的好看了。

小白是雪貂，自然比小黃好看，這一點明秋意爭不過。

「秋意，我讓鍾濤準備兩個海東青蛋，等我們到了犟昌府，應該差不多孵化出來了，那時我們可以養海東青，很有意思的，還可以陪孩子一起長大。」

明秋意有點不放心。「不會危險嗎？」

「海東青只要馴服了，比狗還忠誠！我小時候就很喜歡小動物，咱們孩子肯定會喜歡。」

明秋意抿著嘴笑，想到將來，孩子身邊又是狗、又是貂，還有鸚鵡、海東青，不知道會多麼熱鬧！還可以帶孩子去草原上騎馬、抓兔子！

這樣的場景，在宮中是萬萬看不到的。

她現在心滿意足，也萬分期待孩子的到來。

這時，隊伍前頭有些動靜，穆凌寒並不在意，沒多久，何原、宋池等人便帶著幾個人過來。

何原、宋池的臉色難看，而那幾人顯然不是護衛隊中的人，穆凌寒一眼便認出了張融。

看來，皇兄來找他麻煩了。

「王爺，這兩位是兵部左侍郎方朝以及兵部郎中張融，是皇上派來的。」

穆凌寒盯著張融，冷笑道：「張融？你不是被你爹派到雲南那邊歷練了嗎？怎麼才兩個多月就成了兵部郎中？高升得很快啊。」

張融不敢看閒王。「這都是皇上的恩典。」

「皇上對你可真好。」

「請王爺不可妄議皇上。下官這次是帶著皇上的聖旨前來，請王爺接旨。」方朝一臉嚴肅道。

穆凌寒坐著不動，即便不知道聖旨寫了什麼，也知道不會有好事。

明秋意只好拉著穆凌寒站起來，又讓他跪下，穆凌寒無奈，只好小心扶著明秋意一起跪下。

「近來，西北邊境韃靼有異動，命閒王十五日內趕到陝西行都司，協同陝西都指揮使共同對抗韃靼，不得耽誤！」

此話一出，穆凌寒、石頭等人臉色大變。

陝西行都司便在陝西和韃靼的交界之處，若是韃靼侵犯，寧夏衛、涼州衛等地便是戰火燃起之地。

而這幾衛也是閒王的封地。

石頭忍不住出聲。「王爺從未帶兵打仗，也從未在軍營歷練過，他怎麼帶兵？」

閒王是草包，這是大家都知道的，皇帝這道旨意究竟是什麼意思？讓閒王去送死？

「皇上相信王爺並非無能之人。再說了，王爺此去只是協助都指揮使而已，這正是讓王爺歷練上進的好機會，王爺應該感激皇上的提攜！」

方朝正色道：「再說，涼州衛、寧夏衛等地本就屬於王爺的封地，如今封地邊境遭受敵國騷擾，王爺身為邊境藩王，難道要袖手旁觀？還是說，要眼睜睜看著韃靼鐵騎攻破涼州衛、寧夏衛，直逼鞏昌府？若真是那樣，王爺也無處安身了吧！」

「……那也太急了吧！這裡距離陝西行都司這麼遠，十五日內如何趕到？」石頭還是不甘。

「若像王爺這般遊山玩水，自然幾個月也到不了，但是邊境危急，王爺快馬加鞭，十五日內怎麼趕不到？怎麼，你們這般狡辯，是想抗旨嗎？」方朝疾聲厲色道。

現在穆凌澈已經是皇帝了，若是抗旨，閒王可討不到好處。

明秋意也是萬般無奈和憤怒，她看一旁的穆凌寒緊握拳頭，抿著唇要暴怒的模樣，趕緊伸手道：「閒王領旨。」

方朝也不強迫閒王親自接旨，他是知道這位閒王的脾氣，無法無天，若是和他硬槓上也沒好處。便把聖旨交給了閒王妃。

而後又補充一句。「皇上聽聞閒王妃有孕，特意送來補品，希望王妃能安心養胎。」

不說閒王和王妃怒火中燒了，就連何原等人都看不下去了。

皇上一邊讓閒王十五日內速去邊境打仗，一邊又讓還在路途中的王妃養胎，這怎麼養？

皇帝還是太子的時候，和閒王關係那麼好，如今卻如此絕情，還真是莫名其妙。

明秋意也是氣得不行，卻只能謝恩。「謝皇上賞賜。」

何原怕閒王當場和方朝打起來，趕緊帶著他們去休息安頓。

等何原一走，穆凌寒便扶著明秋意站了起來，他一臉怒意，是明秋意從未見過的樣子。

她見到的閒王，向來都是明朗肆意，從不隱忍。

明秋意怎麼也沒想到，離開了京師，卻還是逃不過穆凌澈的影響，難道這一世又要和他糾纏到底？

「別難過，我去去就回，妳不用擔心。」穆凌寒笑得有些勉強，他倒是想好好給明秋意一個笑，但實在是裝不出來。

皇帝到底在想什麼？他以為人人都會惦記他的皇位？

不過對於皇家人來說，真的假的或許並不重要，先把你解決了杜絕後患才是硬道理。

或許，他錯了。

這一刻，穆凌寒想了很多，也似乎懂了很多。他對皇家沒有親情這件事，有了更深的理解。

明秋意看到了穆凌寒的痛苦和無奈。

她很心疼，她知道閒王是真的只想做一個閒王，可皇帝卻不信。

「王爺……」明秋意想安慰他，卻一句話也說不出，她為兩人的命運悲傷，眼淚控制不住的滾了出來。
「……妳這樣，我怎麼安心走？」穆凌寒嘆氣。「過幾日是妳十八歲生辰，我給妳準備了一個禮物，提前給妳吧。」
穆凌寒從懷裡掏出一個木頭做的口哨，遞給明秋意。「吹一下看看。」
明秋意有點意外，可能這是她收到的最質樸的禮物了吧。她拿起口哨吹了一下，不遠處聽到一聲長鳴，一匹棕紅色的馬跑了過來，到兩人身邊停下，看起來格外乖巧通人性。
「牠叫小紅，性子很溫順。本來我是想教妳騎馬的，不過暫時不行了，妳先養著牠，和牠多熟悉一下，以後我再教妳騎馬。」
穆凌寒伸手，小紅便低頭讓他撫摸，穆凌寒牽著明秋意的手，將她的手慢慢放在馬的額頭上。「試試。」
明秋意忍不住笑了。果然，又是動物。閒王的禮物，總是這麼特別。
她摸了摸小紅，心中的悲傷被沖淡了不少。
這時，何原走了過來，他神色有些不忍。「王爺，方侍郎說要您即刻啟程，西北邊境戰事不能等。」
穆凌寒神色清冷。「知道了。宋池，你跟我去。」
穆凌寒讓石頭牽馬，便打算和宋池兩人去西北邊境。穆凌寒剛封王不久，壓根兒來不及組建自己的護衛營，而他做皇子的時候，也從不培養自己的勢力，因此身邊根本沒人。

他又特意吩咐石頭、袍子等人留在明秋意身邊。
他們知道王爺的憂心，雖然不忍，也只能留下。
閒王如此淒慘，何原都看不下去了。「王爺，要不我多派幾人隨您去邊境？」
「不必了。你手下的人是先皇派來的京軍，只是護送我去封地的，不可隨意調動，否則皇上怪罪下來，你也承擔不起。」
如今皇上有意為難他，也沒必要連累他人了。
何原默然，他自然知道這些，只是……和閒王相處了幾個月，他實在有些不忍。
「何大人，還請你幫我護送王妃平安到達封地，於我便是大恩了。」
何原鄭重抱拳行禮。「王爺放心，何某一定盡心盡力護送王妃到封地。」
穆凌寒翻身上馬，又看了明秋意一眼，才帶著宋池離開。
明秋意看著他漸行漸遠的身影，忽然腦中閃過一個念頭，原來那一世，她記得登基的穆凌澈，壓根兒沒有這般為難閒王……
原來那一世，閒王平安到了鞏昌府，之後平安的在封地過了幾年，皇帝剷除了其他王爺以後，才開始考慮處理閒王。
而現在呢？為什麼皇帝剛登基，第一個就對付閒王？到底是哪裡出了問題？
唯一的變數便是她了。她沒有嫁給穆凌澈，沒有成為皇后，反而嫁給了閒王。
難道說，是因為這樣？

那麼，閒王如今面臨這般危機，豈不是……她的緣故？

明秋意陡然間一身冷汗，然後眼前一黑，暈了過去。

「王妃！」

十一眼疾手快，趕緊抱住了明秋意。石頭嚇傻了，讓袍子趕緊去叫唐清雲。

何原還算鎮定，立即命令護衛隊就地紮營。王妃這樣的情況，是不可能再趕路了，閒王剛剛離開，若是王妃出事，後果不堪設想。

十一先在地上鋪上毯子，讓王妃先躺下，唐清雲匆匆趕來診脈。「糟糕，王妃可能是心緒起伏太大，受了刺激，有小產的預兆。」

「那怎麼辦？」袍子焦慮不已。

「王妃需要靜臥休息，暫時不宜趕路。」唐清雲看向何原。「何大人，眼下的情況，您若是堅持趕路，王妃就真有危險了。」

何原自然是不敢的，若是王妃在他看護過程中出事，別說王爺要對他如何，他自己也良心不安。

「往前不遠便是慶陽府，再走一日路程就可以到。唐大夫，王妃還能堅持到去慶陽府休養嗎？」

「那便去慶陽府吧。只是……」唐清雲有些擔心。「京師來的兩位大人，他們同意嗎？」

「這不關他們的事情。下官是受先帝旨意護送閒王、王妃安全到封地，如今王妃危險，自然以王妃身子為重。」

於是，大家決定今晚在這裡就地駐紮休息一晚，明日便去慶陽府安頓王妃。

方朝和張融聽說這件事後，倒是沒有阻止，畢竟皇帝只是讓閒王去邊境抗敵，若是王妃出事，他們也擔待不起。

方朝和張融休息了一下，便帶著人原路返回京師，他們要盡快回去覆命。

晚上，明秋意醒來了。

她知道自己的情況不好，不該再去想皇帝對閒王這般不滿的前因後果。事已至此，她再去想也無用。

只是明秋意有些不明白，她了解的穆凌澈絕不是感情用事的人，即便他現在還放不下自己，也不會為了她而非要對閒王趕盡殺絕。

若是真的如此，當初閒王娶她之前，穆凌澈就會想方設法阻止，而非等她和閒王大婚後再來為難閒王。

那麼，是閒王近來暴露了什麼，惹穆凌澈猜忌了嗎？

事已至此，她唯一能彌補的就是好好保重自己，好好保住這個孩子。

明秋意並非心智軟弱的人，否則原來那一世她也當不了皇后。

既然想明白了，她便好好休息吃飯喝藥，並沒有讓其他人擔憂。

一日後，他們到了慶陽府，因為何原早就派人通報，慶陽府知府秋大人親自出城迎接，並為閒王妃在府衙內準備好了住處。

不過，明秋意並不想住在府衙，她早一日便讓石頭、袍子過來安排住處，買下了一處宅子。

既然閒王妃不願意，秋知府也不好勉強，便客氣道：「若是王妃有什麼需求，盡可告知下官。」

何原只帶了數十精銳進城保護明秋意，其他人則駐紮城外。

明秋意這邊安頓好後，便派石頭去請何原。

進了屋，何原拜見王妃，就聽見王妃道了聲。「免禮。」

隨後，何原聽到閒王妃說：「何大人，這次你帶了五千京軍護衛一路至此，已經過了快三個月，京中長官是否催你盡快返回？」

「……」這事，閒王妃怎麼知道？

何原詫異，卻也沒隱瞞。「是的，原來長官定下的是護衛隊伍往返總時間不得超過五個月。」

「我問了唐大夫，他說我至少要靜心休養兩個月，兩個月內不宜挪動，所以我暫時是不能去鞏昌府了。這樣一來，若是何大人繼續和我一起，必然耽誤時間，也連累駐紮在城外的將士。等過了八月，西境的溫度驟降，所以我想，請您向長官說明情況，便可返回，此地已經是陝西境內，距離閒王封地也不遠，不必再麻煩你們困在此。」

何原萬分震驚，他沒想到閒王妃對眼下的困境如此了解，甚至還考慮到在城外駐紮營地的將士即將面對的惡寒氣候，提出了切實可行的解決辦法。這般思慮，實在不是普通女子能做到的。

「……謝王妃體諒。既然王妃這般說了，我便立即上書長官，說明情況，讓城外駐守的五千將士返京，而我和城內這數十將士願意留下來，守衛王妃。」

明秋意詫異。「你這般會不會遭受責罰？若是京中長官也要你一同返回呢？」

結果何原卻說：「大不了我跟宋池一樣，投靠王爺好了。」聽說，宋池如今的月銀不比他低呢。

第三十二章　美人計

於是，明秋意便安心在慶陽府住下了。

慶陽府知府夫人倒是來拜訪過她，不過明秋意以身體欠佳拒絕了，對方大概是客氣，便沒有再來拜訪。

明秋意舟車勞頓了數月，如今安頓下來，又仔細調養，數天後就感覺身體好了些。不過眼下已是八月初，這西境的氣候果然冷得快，這個時候若是在京師，還有些炎熱呢，這裡卻早晚冷得要穿夾襖了。

明秋意身體好了些，人也精神了，便開始籌劃其他事。

出嫁前，她把生母給她留下的莊子和鋪子房產全賣了，都換成了銀子，她讓十一出去看看，若有合適的鋪子房產覺得不錯，便回來同她商量是否買下。

明秋意眼見天氣變冷，便讓阿來安排，採買了一批冬衣給大家。

明秋意又怕這小院子住不下何原幾十人，便再讓十一去附近又買了一處宅子，吃穿用度的東西，都安排妥當了。

這不過是一些籠絡人心的小事，對明秋意來說，只是信手拈來。一方面，她有心要照看好大家，一方面，她做了十多年的皇后，自然能面面俱到。

如今穆凌寒不在身邊，她得照看好自己。

幾天的功夫，明秋意就把這院子裡裡外外的人安排得井井有條，讓人心服口服。

王爺留下的石頭，則協助何原負責院子裡的守衛。

而袍子……他是跟在王爺身邊長大的小太監，深得王爺信任，明秋意對他客氣，讓他照看王爺的資產，也不隨意使喚他。

這下袍子委屈了。這院子上上下下，人人得了王妃的任務，興致勃勃的忙碌著，連何原等人都有事做，他卻閒得發慌，只能幫忙照看幾隻動物，王妃是不是不信任他？

袍子委屈，又不敢直接找王妃說，便偷偷摸摸接近王妃最信任的十一，表達自己也想被王妃分派任務的心思。

轉頭，十一就當著袍子的面，對王妃說了這件事。「袍子說他太閒了，最近胖了很多，希望也能有點事情做。」

「……」袍子無語，這十一真是個直腸子，就不能委婉說嗎？

明秋意好笑。「袍子，我並非不給你事情做，但是你幫忙打理王爺的資產，也夠你操心的，忙得過來嗎？」

袍子苦著臉，委屈道：「王妃，您有所不知，我根本不會打理王爺的財物，以前王爺身無分文，壓根兒沒有打理財物這件事。後來王爺封王大婚，先帝和太后賞賜了財物，王爺這才有了身家。王妃信任小人，把這些財物讓小人打理，可小人除了牢牢看住這些財物，也不知道還要做點什麼。」

明秋意聽了好笑，閒王之前原來是真窮啊。

不過看袍子這樣，是真的不知道應該做些什麼了。

「這樣吧，這些金銀財物放著也是積灰塵。你若是願意，便去隔壁的平涼府走一趟，往西便是平涼府、鞏昌府等地，這本是王爺的封地，日後我們要在那邊安頓下來長久度日。你先去那邊了解一下情況，若是遇到合適的鋪子，也可立即置辦下來，若是不能決斷，可派人送信給我。」

這可是件大事，雖然袍子有點心虛，但既然是王妃的吩咐，他便點頭應下。「王妃放心，小人一定盡心盡力去辦這件事！」他自覺得了王妃的信任，高興壞了。

第二天，袍子便出發去平涼府了。

過了幾天，何原便來告訴明秋意，京師長官同意了他的請求，讓目前駐守在慶陽府城外的五千京軍返京，而他則帶著幾十名精銳留下護衛。

此時，已經快中秋了。

最近她的身體好了不少，唐清雲說腹中的孩子很健康。

她對這個孩子充滿了期待。

這天，慶陽府知府夫人秋夫人又來了。

之前秋夫人拜訪過她一次，因為那時剛來慶陽府，她身體不好便沒有見，眼下她可能要在慶陽府待一段時間，也不好得罪秋夫人，所以這次便招待了秋夫人。

明秋意現在住的是一處三進小院，並不大，卻很舒適。她身邊的人也不算多，正好夠住。

結果秋夫人一路來到花廳，拜見了明秋意後，便道：「王妃，讓您委屈住在如此簡陋的地方，是我們招待不周。之前王妃身體不適，我不敢來打擾，如今見了王妃所住之處，實在慚愧不安啊，府裡已經為王妃準備好了住處，還請王妃移駕。」

明秋意已經在這裡安頓好，也住得舒服，自然不肯。「秋夫人言重了，這院子雖然小，卻十分舒適，我也住習慣了，秋夫人不必擔憂。」

「這怎麼行呢？我看王妃這裡人手也不多，王妃有孕，需要照料，我已經找了幾個有經驗的婦人，王妃若是去了府中，一定會舒心許多的。」秋夫人又說。

明秋意心中疑惑。聽秋夫人這話，似乎特意來請她去知府府衙住，可她來了半個月，之前也不見秋夫人如此熱絡，眼下卻忽然這般……

「秋夫人，其實我是喜歡清淨的人，並不喜歡身邊有太多人，這裡正好。」

秋夫人見明秋意這麼說，神色為難。「實不相瞞，之前是我考慮不周，沒有好好招待王妃，如今您在慶陽府休養，皇上知道這件事，今日回覆夫君的奏章中，問及了王妃的情況，讓夫君和我深感不安。如今王妃在慶陽府，夫君身為慶陽知府，如此怠慢王妃，實在有罪。」

原來如此。

不過，既然是跟當今皇帝有關，明秋意更不會去府衙住了。她若是住進府衙，皇帝豈不是對她的一舉一動瞭若指掌？

明秋意自然不會犯蠢，眼下也不好直接回絕秋夫人。「謝知府大人和夫人關心。這樣吧，我這邊東西繁瑣，需要整理兩、三日才好挪動。過三日，我再搬去府裡，如何？」

秋夫人聽明秋意願意去府衙住，鬆了一口氣。若是今日她無法說動閒王妃，只怕回去夫君要生很大的氣了。

先前，她認為閒王無能，便懶得理睬這位王妃。哪裡知道，皇帝竟然還惦記著這位閒王妃。今日一早，夫君接到皇上的批閱奏章，見皇上竟然關心起閒王妃的近況，嚇出了一身冷汗。

若皇上知道他們怠慢王妃，怪罪下來，夫君前途不保。所以，她這才趕緊過來拜見閒王妃，請她去府衙居住。

「多謝王妃體諒，那我三日後派人來接王妃，也趁著這三日，把王妃居住的院子再仔細佈置一番。」

「多謝。」

秋夫人目的達到，見明秋意神色有些疲憊，也不敢再打擾，便告辭了。

明秋意回到房中，一路在思索如何推掉這事，忽然，她聽到外面石頭的聲音。「張公子，你怎麼來了？」

石頭的聲音聽起來十分驚訝，這位張公子又是何人？

又聽見那公子說：「在下張元，求見王妃。」

明秋意正納悶，只見石頭領著一人進來。「王妃，張公子是王爺信任的人，此前被王爺派去犟昌府籌備一些事情，今日他……」

明秋意看向這位張公子，瞬間震驚，她一眼就認出這不是莊子裡蓮娘的夫君張公子嗎？他竟然是王爺的人？

剎那間，明秋意似乎明白了很多事情。

那一日，她去偷葡萄，趴在牆頭看到張元身邊的另一個男子，便是閒王。

那時她落水後，蓮娘說是她救了自己和十一，其實是閒王救了她……她半昏迷中聽到那些流氓言語，也許並非她作夢。

張元見明秋意目瞪口呆，也不多解釋，行禮拜見。「拜見王妃，這次我來，是有事要告知王妃。」

「……你說吧。」閒王是個大騙子，不過要翻舊帳，也不急於一時。

「王妃，切不可住進知府府邸。如今皇上對閒王諸多猜忌，王妃有孕，若是住進府邸，反而會成為王爺的掣肘。」張元開門見山道。

明秋意點頭。「我知道。」

張元詫異。「那您剛剛還答應了秋夫人，三日後去住知府府邸？」

「我只是敷衍她。她是慶陽府知府夫人，眼下我在慶陽府，不能直接得罪她。我已經想到拒絕的方法了。」

張元更是驚訝，沒想到這個王妃這麼有心機。「那您的辦法是？」

明秋意看向十一。「十一，妳前日跟我說，打聽到知府三公子如何？」

十一皺眉。「秋三公子是秋知府老年得子，十分好色，無論是未出閣的姑娘或是有夫之婦，只要長得貌美，被他瞧見，他都要戲弄一番。」

「……」張元有點懵，這是哪齣和哪齣？

石頭也納悶了。「王妃，這是什麼意思？」

明秋意微笑。「若是秋三公子冒犯了我，我便有理由不去知府府邸。」

張元傻了。「王妃，您這是要……這太危險了，像這種無賴，王妃不該去見他。」

「可這是眼下最好的辦法，再說了，我身邊有石頭、何大人，三公子頂多看我一眼，說上兩句話，便不會再有什麼了。」

跟在閻王身邊久了，明秋意臉皮也厚了，她竟然能想出這個辦法。雖然有點害臊，但她覺得此計甚好。

張元也不得不服，這恐怕是最簡單、最有效的辦法了。沒想到這位王妃比他想像的還要聰慧。

只是，若是王爺日後得知，這秋三公子就慘了。

「張元，你是從鞏昌府過來的，王爺那邊的情況如何？」這是明秋意最關心的事。

「王妃放心，每年秋季，韃靼確實會侵擾邊境，但並不是什麼大的戰事，王爺過去也只是跟著糊弄一下，沒有危險。而且王爺身邊有鍾浩、鍾濤保護，不會有事的。王爺暫時還脫不開身，讓我過來照看王妃。」

明秋意聽了這話，放心不少。

很快，秋三公子的日常行蹤被張元、石頭等人查得一清二楚。秋三公子非常喜歡去慶陽府城中的華雲酒樓喝酒，隔三差五就會帶著狐朋狗友過去買醉。

張元買通酒樓廚房，放出消息，最近酒樓推出一道新菜。那貪吃的秋三公子很快得知了消息，這日一早，便從知府府邸出來，要去華雲酒樓品嚐這道菜。

明秋意這邊得知秋三公子的行動，也立即準備起來。她讓阿來給她仔細裝扮，又穿上許久沒穿的粉色刺繡衣裙，連頭飾也是精挑細選，總之，務必讓秋三中計。

明秋意本身容貌清秀，身形纖細，在這西北邊境是十分少見的。再加上裝扮和衣著，在京師她不敢說自己是大美人，可在這西北慶陽府，也足夠讓人驚豔了。

「王妃真美！」阿來誇讚。

明秋意笑著，然後帶著阿霜上了馬車。這次特意帶了從沒出過門的阿霜，還用一輛簡樸的馬車掩飾身分。

石頭知道這次的計劃，他穿著樸素，像是小戶人家的家丁，跟在馬車後面。

石頭精神緊繃，心想等一下絕不許秋三碰到王妃一片衣角。否則王爺回來，必然要砍了他。

而何原並不知道內情，只當王妃在家裡悶得無聊了，想出來逛逛。他也被要求換了一身僕從打扮，跟在馬車後面，神色輕鬆。

慶陽府城內應當是安全的，哪個沒長眼的，敢招惹閒王妃呢？

很快，他們便到了華雲酒樓。

阿霜攙扶著明秋意下了馬車。明秋意只讓石頭跟在身邊，而何原則被留在酒樓外面，畢竟何原之前在慶陽府走動得多，怕是惹眼。

明秋意、阿霜、石頭三人一進酒樓，便引起了眾人的關注。

在這西北之地，女人多半個高身壯，眉目也略粗狂，像明秋意這般清秀嬌弱的佳人，自然引來一片讚嘆。

按照明秋意的吩咐，阿霜特意要了大堂的桌子，他們便要在這大堂中，引得秋三上鉤。

明秋意坐在桌邊，故作嬌羞，低頭不語。阿霜在一旁點菜，而石頭站在明秋意身邊，時刻準備暴打秋三。

果然沒一會兒，在樓上喝酒的秋三便聽到了樓下的喧譁，他叫來小二詢問，小二立即道：「三公子，樓下來了一名大美人，應該是南方來的，太好看了，大家都在看呢。」

秋三一聽，也不喝酒了。竟然有南方的美人？這在慶陽可少見啊，他得趕緊去看看。於是秋三帶著狐朋狗友迅速下樓，樓下的賓客知道他的身分，紛紛讓路。

於是，秋三走到明秋意跟前，饒是見過無數美人的秋三，也被明秋意驚豔了一下。他樂滋滋的，心想今天出門真是走運，竟然遇到這般江南美人，可遇不可求啊。

秋三立即道：「小姐，在下慶陽知府三公子，小姐看著面生，是第一次來慶陽府嗎？」

明秋意柔弱的看向秋三，微微點頭。

秋三見自己搭訕成功，以為這小姐對他也有意，更是心花怒放，甚至生出了想要娶妻的念頭。

「這樣啊，那妳對慶陽府一定不怎麼了解，不如我同妳一桌，為妳介紹一二。」

這次明秋意低著頭，既沒有拒絕，也沒有同意。

秋三以為這小姐嬌羞默認，便自作主張的往桌子邊坐。

阿霜阻止他。「你幹什麼，這張桌子是我們小姐的！」

秋三一愣，隨即大怒。這位小姐默許他坐下，結果這個不知天高地厚的醜丫頭，膽敢呵斥他?!

秋三在慶陽府一向囂張跋扈，怎麼能受這個氣？他一個眼神，身邊的僕從立即拉住阿霜，而他也坐在了桌邊，便要去摸明秋意的手。

明秋意立即把手收起，石頭眼見時機成熟，便猛地推開秋三，將秋三推翻在地，他則站在了明秋意面前。

滾在地上的秋三暴跳如雷。「他娘的，竟然敢打我，我還是第一次被人打呢！來人，把這人給我綁了，把這小姐給我帶回去！」

「大膽刁民，竟敢調戲閒王妃，我看你們是不要命了！」

秋三剛剛被僕從扶起來，便聽到石頭的呵斥。

他一愣，傻了眼。什麼王妃？

第三十三章 治家能手

秋三即便囂張跋扈，也知道他爹和王爺無法比，況且，他聽母親提過這位閒王妃，似乎皇帝也對她十分看重。

調戲閒王妃的下場……

秋三嚇得軟了腳，直接跪在地上。旁邊的人知道是閒王妃，也不敢怠慢，都跟著紛紛跪下。

何原在外面聽到動靜，趕緊進來。「怎麼回事？」

他聽到閒王妃抽泣的聲音。「何大人，我本是想出來透透氣，卻沒想到今日在這酒樓被人調戲羞辱，我無顏面對王爺，不如撞死在這裡罷了。」

說著站起來要去撞柱子，幸好阿霜急忙拉住了她。

秋三等人嚇得發抖，何原也嚇壞了，趕緊跪下。「王妃不必如此，是這等無賴冒犯王妃，王妃何錯之有？下官這就砍了這無賴為王妃出氣，還請王妃保重身體。」

聽說要被砍，秋三趕緊說：「不，你不能殺我，我爹是知府大人！」

何原一愣。這個無賴竟然是秋大人的兒子？那事情有點麻煩了。

何原決定押著秋三親自去找秋大人討說法。明秋意則哭哭啼啼的和阿霜、石頭回去了。

剛上馬車，明秋意的眼淚便止住了，讓阿霜嘆為觀止。

回到小院，明秋意已經神色如常，她吩咐十一、石頭等人。「等等秋夫人肯定會來請罪，你們便說我動了胎氣，不能相見。若是秋夫人還有臉提及讓我去府邸，便說想到那是秋三住過的地方，我就痛苦羞愧，恨不得以死表明清白，是萬萬不能再去府邸住了。」

十一聽了覺得這回話太長，有點記不住，不過石頭倒是記住了。

果然，不到一個時辰，秋夫人就來告罪，石頭和十一就用那番話把秋夫人打發了，她再沒臉提及讓明秋意去府邸住。

經過這件事，張元、石頭等人對明秋意佩服得五體投地。

要說騙人演戲，王爺肯定還是第一，而王妃嘛，當之無愧的第二。

到了晚上，何原回來告訴明秋意，秋知府不忍心殺了兒子給明秋意解氣，且當時在場的人都證明秋三只是出言調戲，並沒有動真格的，因此罪不至死，便打了二十大板，又關入牢中，算是給了王妃交代。

慶陽府知府府邸。

秋成一臉焦躁難安，他萬萬沒想到自己的小兒子會闖下如此大禍，他後悔之前沒有好好管教這個無法無天的三兒子，可現在該怎麼辦？

三兒調戲了王妃，他狠狠打了三兒一頓，將人丟去牢房，希望王妃不再生氣。但即便王妃不計較，這件事也絕不會就此作罷。

秋夫人紅著眼睛走進來。「大人，三兒他傷得不輕，現在還在牢裡呢，他屁股被打得皮開肉綻的，現在夜裡又冷，他在牢房裡如何養傷啊？」

秋成狠狠瞪了秋夫人一眼。「溺子如殺子，這一切都是妳害的，妳寵著他、慣著他，害得他無法無天，惹出這麼大的事情。」

「事已至此，總不能讓三兒丟了命吧。我之前去見過閒王妃了，她的婢女說這件事便算了，王妃已經不計較了。」秋夫人一心想著兒子。

「這件事不會這麼算了。三兒冒犯了閒王妃，即便我今天把他放出來，他……」只怕也好不了了。

秋夫人聽出秋成話裡的意思，她心驚膽顫，聲音顫抖。「大人這話是什麼意思？即便閒王惱怒，他也不過是一個被皇上忌諱的王爺。三兒也只是出言調戲，並沒有做什麼，閒王怎麼能要三兒的命？」

「妳以為是閒王嗎？我今天剛剛得知這閒王妃的來歷，才知道為什麼皇上會在奏章中特意提及閒王妃，為什麼皇上會如此對待閒王。」秋成嘆息。

「……怎麼回事？閒王妃有什麼來頭？」

「她是當朝太傅的女兒。重點是，她之前差點就成了太子妃，而皇上登基後，似乎並沒有忘記她。若是皇上知道在我的轄地內，有人調戲了閒王妃……皇上會怎麼想？」

秋夫人嚇出一身冷汗。「可她已經嫁給了閒王，皇上他……」

「他是皇上，閒王妃嫁了還是沒嫁，又有什麼關係？」

「那我們三兒……」

「聽天由命吧。算了，能過幾天好日子就過，妳把他從牢房接出來好好照顧吧。」

秋夫人一邊落淚，一邊點頭。

到了九月，天氣漸漸冷了。

明秋意懷孕過了三個月，不適的症狀好了很多，胃口也漸漸變得好了起來。最近，十一明顯發現她長胖了，以前的那些冬衣都穿不下了，十一趕緊去外面找了裁縫，給明秋意做新衣服。

唐清雲也說王妃最近身體確實好了很多，能吃是福，胖一點沒事。

明秋意也並不在意自己長胖，畢竟她也期待有一個白胖健康的女兒呢。

而最近外頭也比較緊張，京師傳來消息，景王意圖造反，罪證確鑿，被剝奪爵位，貶為庶民，軟禁在王府。

而景王王妃娘家一族，因為涉及協助景王在封地秘密招兵買馬、打造兵器，王妃娘家三族成年男女被誅，王妃也被賜死；未成年男女被流放西北苦寒之地。

新皇登基才兩個月，便使出雷霆手段，處置了景王，一時間，人人對新皇都畏懼順服。大家心裡隱隱明白，剷除異己之心，新皇比之先帝有過之而無不及，令人膽寒。

剩下的幾個王爺也是兔死狐悲，心有餘悸。至於閒王……現在還被扔在陝西邊境，和韃靼打仗。

提起閒王，京師不少人對他充滿同情。這個游手好閒、只會吃喝玩樂的閒王去了邊境戰場，豈不是一隻小肥羊丟在野狼面前？

新皇心思深沈毒辣，實在可怕。

當然，大臣們只敢在心裡想，誰也不敢說出來。

眼下大家明哲保身，乖乖聽話才是要緊。

沒多久，邊境傳來消息，閒王在一次小規模戰役中貪功冒進，追擊敵人，結果中計，差點被韃靼大王子俘擄，幸好被秦州衛指揮使鍾浩救下。

而閒王也受了傷，不宜再上戰場。

於是閒王便回封地休養，不過，閒王顧不得身上還有傷，就直奔慶陽府。

這自然是因為閒王妃還在慶陽府。

穆凌寒身邊只跟著宋池，兩人在城中稍微打聽一下，便找到明秋意現在暫住的小院。

此時剛過中午，明秋意正在午休。她每日飯後都要午休，雷打不動，有孕後午休的時間又多了半個時辰。

在慶陽府暫住的這幾個月，她十分配合唐清雲的治療，按時服藥，作息規律，因而即便有孕，也感覺身體好了不少。

穆凌寒悄悄走到床邊，仔細觀察了一下正側臥睡覺的明秋意，樂得笑了。「長胖了。」

確實，他之前離開時，明秋意正是害喜最嚴重的時候，吃一點就吐，那時又在趕路，日夜兼程，奔波辛苦，她臉瘦得都快看不見了。

這陣子她吃得好、睡得好，臉胖了一圈，比她在京師的時候還胖。

不過，穆凌寒覺得微胖的明秋意看起來還不錯，還可以再胖一點。

肉肉的摸起來也有手感。

這麼想著，穆凌寒便伸手去摸她的小腹，果然是微微凸起，這裡面的一個小小孩，已經長大了一點。

兒子，你可真給爹爭氣！哦不，是女兒。穆凌寒趕緊在心裡糾正。

秋意喜歡的是女兒，她懷這個孩子這麼辛苦，所以一定要生女兒，讓她高興一下。

穆凌寒摸著摸著，便有些心猿意馬了。

這一個多月混在男人堆裡，可煩了。

明秋意身上蓋了一條毯子，穆凌寒直接掀開毯子，衣服也不脫，便把明秋意摟進懷裡，兩隻手十分不老實，一會兒摸摸懷裡人的腰，一會兒又摸摸她的背。

明秋意本來就是睡得淺的人，沒多久就醒了。

她見到身邊有人，驚得心跳都沒了，直到頭頂傳來聲音。「別怕，是我。」

明秋意聽到是穆凌寒的聲音，鬆了一口氣。之前聽說閒王差點被擄的消息，便猜到這是閒王的脫身之計。

他身手那麼好，怎麼會輕易被抓呢？

「王爺，你回來了。」

明秋意嘆了口氣，像是心中放下了一塊大石頭。她往穆凌寒身上靠了靠，將頭緊緊貼在他的胸口。

他平安回來，她就放心了。

「擔心我？」穆凌寒心裡美滋滋的，他知道最初是自己強娶了明秋意，而他對明秋意來說，不過是一個比較好的歸宿。

他，並不是明秋意選定之人。

現在看她這麼擔心，他忽然就坦然了。不管如何，她還是很在意自己的。

「能不擔心嗎？我一個人來這裡，也是提心吊膽的。」她似乎要將這段日子的委屈盡情傾訴，眼眶都濕了。

「可我聽說，妳將一切都安排得妥妥當當。」

他離開時非常擔心，她一個閨閣千金，孤身深入西北之地，也沒有什麼可以依靠的人，又懷有身孕，他都不敢相信她有多麼害怕無助。

可很快明秋意的行為讓穆凌寒明白了，是他再次小瞧她了。

她雖然看似嬌弱，卻比誰都堅強、冷靜。

她並不是一個普通女子，從斷琴那一刻起，她便是能掌握自己命運的女子。

「可我不想這麼堅強，我只想輕鬆的睡覺吃飯看閒書。」

這才是她這一世追求的。

穆凌寒笑了。「我知道，妳為了去梅莊睡覺、看閒書，連太子妃都不當了。好了，我回來了，從今以後，妳就負責吃飯、睡覺，其他煩心事都交給我！」

提到太子，也就是當今的皇上，明秋意不得不再次操心。

「不管是什麼原因，皇上如今對王爺十分猜忌，若是這樣下去，我們以後能安心在封地生活嗎？」

閒王游手好閒十餘年，最終雖然離開京師，卻還是沒讓皇上放心。

穆凌寒眼中的笑意消失，漸漸泛出冷意。「這個我們不必擔心。皇上過分猜忌，操之過急，終將適得其反。五王爺已經廢了，二王爺、六王爺唇亡齒寒……我們在這裡看好戲就行了。」

明秋意想到原來那一世，皇上忙著對付五王爺，然後是六王爺，最後是二王爺。她死的時候，那個瘋掉的皇叔蜀王居然恢復正常，並以皇帝不仁、濫殺手足的罪名要討伐皇帝。

這麼看來，皇帝確實夠忙的，如今閒王遠在封地，相對安全。

過了一會兒，明秋意又睡著了。穆凌寒這才起來去洗了個澡，換了身衣服，用了午飯，便叫來張元、袍子等人，把他不在時，明秋意身邊的事情仔仔細細的問了一遍。

其實這些事，張元早有書信給他，他是了解大概的。

「王妃很少出門，除了那次去設計秋三。」石頭道：「平時一些事情，都是吩咐我們去做，把一切都安排得井井有條。袍子還去了平涼府兩次，置辦了不少鋪子。王妃說，王爺的銀子留著也是被您揮霍，不如好好打理生財。」

對於明秋意這些安排，穆凌寒是一萬個滿意，他這位王妃簡直就是治家能手，天賜人才，以後這府裡的事，他自然用不著操心了。

只是……

「我什麼時候揮霍了？」穆凌寒不滿。

石頭、袍子用一副看破不說破的眼神看向自家王爺，心裡暗想，若非封王、大婚時先皇的賞賜，您現在可是一文銀子都沒有呢！

穆凌寒被這兩人看得有些心虛。「我當皇子時不受寵，就那點例銀，還要吃喝玩樂，怎麼夠呢！」

「所以現在王妃管家是對的。」袍子補充道。

「……行，以後你們都聽王妃的，跟著她吃香喝辣，比跟著我強。」穆凌寒擺擺手。

「對了，張元，你得先去鞏昌府安排，過幾日我就帶王妃啟程去鞏昌府，那邊得好好收拾一下，我們要長期住下，一切要舒服，別再讓王妃操心了。」

「屬下這就去。」張元道。

穆凌寒見完他們，又去見見自己心愛的動物，雪貂、鸚鵡、小紅還有小黃。這些日子不見，他想念這些小寶貝了。

明秋意給這些動物們準備了幾個房間，由阿雨、阿風專門照顧。

穆凌寒又想到海東青還在鍾濤那裡，心想得快些拿回來才行，他得把海東青養好，以後帶著孩子一起去打獵。

等做完了這些事，明秋意還沒醒，穆凌寒覺得無聊，便又悄悄跑回房間，偷偷爬上床，躺在明秋意身邊，跟她一起睡。

他睡不著，便開始想以後去鞏昌府的生活。

等孩子出生，要取什麼名字？他要教孩子什麼？

雖然是女孩子，也不耽誤學武、打獵，他可以有一個英勇的女兒，巾幗不讓鬚眉嘛！

有了女兒，也得有兒子。

兒子嘛，跟他差不多就得了，也不求多大本事，反正也餓不死他們。兒子必須跟他學武，長大了得保護娘親和姊妹。

穆凌寒想到第三個孩子的時候，明秋意終於醒了。

穆淩寒幫她穿好外衣，十一便端來一些小食。

明秋意現在胃口不錯，一天三頓不夠，中間還要加餐。

穆淩寒見她能吃，不似之前吃什麼吐什麼，心情也很好，便跟著明秋意也吃了一點。

「張元和蓮娘的事情，王爺不跟我說說嗎？」明秋意一邊吃，一邊要秋後算帳了。

穆淩寒笑道：「妳不都知道了嗎？妳去我莊子裡偷葡萄，我還沒說妳呢。還有，妳的小黃把我莊子裡的一株秋蘭踩壞了，我也沒找妳賠呢。」

穆淩寒提起明秋意的醜事，明秋意雖然有點不好意思，但是很快反擊道：「你早就知道我的一切了。一下子是唐清雲，一下子是張元、蓮娘，還有誰？」

「再也沒有了。」穆淩寒保證。「說起來我有點納悶，妳怎麼知道去找唐清雲呢？他雖然是個大夫，但是並不出名，也住在京郊，妳好像知道他醫術高明，特意去找他。」

「……」她總不能說自己是重生的，知道十年後唐清雲成了名醫，便派十一找到他的所在。

「曾經聽人提過。」明秋意含糊應付，怕穆淩寒追問，她又說：「那、那次我去祭拜母親，被賊人追殺跳河，蓮娘說是她救了我，其實是王爺救了我，對嗎？」

穆淩寒看著明秋意，笑道：「是我。」

明秋意頓時面紅耳赤。果然，那些話並非她作夢，就是閒王這個無賴。

「你流氓！」

穆凌寒便湊過去親了一下她的臉。「只對妳而已。對其他女人，我看都不看一眼。」

明秋意神色更是嬌羞，穆凌寒便逮著機會，又狠狠親了她幾下才放過她。

明秋意身體好多了，穆凌寒便打算盡快去鞏昌府，他可不想待在這兒。

而閒王來慶陽府的第二天，秋知府的三公子就被人抓進小巷裡割了下面，變成了太監。

第三十四章 沈獲

京師。

這天，皇帝正在陪明春如用午膳，艾公公進來，遞上一封信。那是加了密封的書信，是他派去陝西那邊的暗衛傳回來的。

皇帝打開書信，暗衛在信中寫道，閒王因為貪功冒進，在一次邊境交戰中，差點被韃靼王子俘擄，後來被秦州衛指揮使救回，卻受了傷。閒王藉口受傷要去休養，去了慶陽府。

皇帝頓時沒了用飯的心思，臉色沈了下來。

受傷？是真受傷還是假受傷？

這麼急著去慶陽府見明秋意，生怕天下人不知道他們感情好嗎？

不過是有孕而已，得意什麼?!

明春如看到皇帝臉色難看，心中有些不安。和皇帝相處的日子久了，她漸漸發現皇帝心思深沈，難以揣摩。

她想親近皇帝，卻毫無辦法。

「皇上，怎麼了？又有誰惹得您不高興了？」明春如試探著問。

皇帝冷笑。「是關於妳姊姊。她和閒王舉案齊眉，夫妻和睦。閒王為了她，連邊境戰事都不管了，妳姊姊還真是好本事。」

聽到是明秋意，明春如臉色難看。她其實隱隱察覺，皇帝心中放不下明秋意。皇帝不喜歡皇后，對她態度冷淡，唯獨懷孕的張歡歡，還能分到一些寵愛。

而明秋意不但讓皇帝放不下，嫁給閒王後，還很受到閒王喜歡，閒王和閒王妃一路從京師到封地上的一些事，她多少也聽過一些。

「是啊，姊姊從小就得人喜歡，如今閒王眼裡只有姊姊一人。」明春如心裡酸溜溜的，她一邊嫉妒明秋意被夫君寵愛，一面又想提醒皇帝，現在明秋意可是閒王妃了，別再想她了。

「閒王深情，讓人感動。」皇帝冷笑。

「不過現在姊姊有孕，不方便伺候閒王，閒王身邊連一個侍妾都沒有，也是辛苦。」明春如又說。皇帝不希望看明秋意和閒王夫妻和睦，她便順水推舟，噁心一下姊姊。

等閒王身邊有了其他人，看他們夫妻還怎麼和和美美！

「也是。那貴妃有什麼辦法呢？」皇帝會意，引誘明春如說出口。

「自然是皇上體恤閒王，送他幾個侍妾。」

「這主意倒是不錯，那麼便由妳來挑選，務必選擇容貌上佳、性子柔和的女子，送去給閒王。」

「臣妾遵旨。」

明春如心中高興，這件事她打算親自安排，務必要選出最美麗、性子最好的女人，那樣才能讓閒王動心，厭棄明秋意。

幾日後，明秋意便隨穆凌寒一起前往鞏昌府。

此時已是九月底，西境的天氣越來越冷，風沙也大，明秋意沒了一路賞玩的心思，半個月後，他們便到了鞏昌府。

鞏昌府知府閔恆年初便得到聖旨，為閒王修建好王府，而張元也提前過來佈置，倒是不需要明秋意去操心瑣事。

閒王剛到，閔恆便親自上門拜見。

「王爺，這是您的封地今年的田地租稅收入帳目，不僅有鞏昌府的，其他平涼府、臨洮府等全部封地的田地租稅帳目都在這裡。」

兩個小吏上前，一人手裡捧著厚厚的帳本，另一個人手裡捧著一個箱子，裡面是租稅收入銀兩。

這些原本應該由閒王的人來管，結果閒王一路走走停停，半道還被派去打仗，耽誤了幾個月，閔恆只好指定兩個小吏來為閒王打理帳目。

穆凌寒擺擺手。「這個交給王妃就好。」

他讓人去請明秋意，讓閔恆帶來的官員與明秋意交接。

閔恆早就聽說閒王和王妃感情好，也並不奇怪。

不一會兒，明秋意帶著袍子、十一來了。

兩人見禮後，閔恆悄悄打量了王妃一眼。興許是怕冷，他見王妃還穿著斗篷，渾身裹得嚴實，看身形卻還是嬌小，面容秀氣，膚色雪白，一看便知不是西北的人。

明秋意看著這些帳本，想著一時半刻理不清，便道：「能否讓這兩位大人暫時留在王府，這些帳目怕是一時半刻交接不清楚。」

閔恆應允。「一切聽王爺和王妃的。」

閔恆又指著花廳裡他帶來的幾個箱子。「王爺，這是您今年的俸銀，因為此前您沒到封地，這些銀子一直在下官這裡保管，這兒也有一本帳目，還請王爺過目清點。」

穆凌寒又擺擺手。「秋意，這事還是妳來照看吧，不然這銀子到我手裡，幾天就揮霍光了。以前我孤家寡人，身無分文無所謂，現在可不成，妳得收好銀子養孩子。」

閔恆聽了眼角抽搐，心想閒王紈袴之名，果然名不虛傳。

明秋意也沒客氣，便又讓袍子把帳目接下來，對閔恆道了一聲失禮，便讓袍子當著閔恆的面開箱清點。

銀錢之事，自然要當面點清。

閔恆微微詫異，這王妃倒是大方，閒王讓她管家，她也絲毫不推脫，立即應下，又當面清點。

做人大方不造作，做事俐落乾脆，有條有理，真是少見的能幹女子。

頓時，閔恆心裡忍不住對明秋意另眼相看，又想到這草包王爺……

果然如傳言一般，鮮花插在了牛糞上。

等清點完畢後，閔恆又邀請閒王、王妃三日後去知府府邸赴宴，屆時，鞏昌府、平涼府、臨洮府、肅州、甘州、涼州、寧夏等封地的地方長官都會來此相聚。

封地的官員為閒王接風洗塵，大家認識一下。

按照先帝的旨意，閒王到此，只管收租稅、吃喝玩樂，不干涉封地內的政務軍事，但閒王好歹是藩王，日後大家低頭不見抬頭見，現在先認識一下，相互了解，日後大家做事也好心裡有個底。

「大家齊聚為閒王和王妃接風洗塵，望王爺和王妃賞臉。」

穆淩寒點頭。「閔大人太客氣了，我自然是要去的，不過王妃……」

穆淩寒擔心明秋意有孕，不便出門。

「王爺，我同你一起去。」明秋意也想趁這個機會結識官夫人，了解封地這邊的情況。

「好。」

閔恆道：「那三日後，下官在府邸恭候王爺、王妃大駕光臨。」

明秋意讓袍子把閔恆帶來的銀子收好，又讓人去安頓兩位小吏住下。關於田地帳目，她有空再慢慢熟悉。

「袍子，以後王府全部支出，包括王爺領用銀子，全部都要一一記帳。即便是一文錢也不可漏掉。王府帳目繁多，我會再找幾個人幫你。大筆支出需要當日同我說明，其他帳目每隔半個月把帳本給我過目一次。」

當著穆凌寒的面，明秋意立下規矩，家裡的銀錢支出是最緊要的，如果隨意支出不記帳，便會讓那些下人覺得有機可乘，滋生貪婪的心思。

而如果主人對日常花銷不留意，便容易花錢如流水，不知節儉，導致入不敷出。當然，閒王如今是不缺錢，但明秋意認為也不能隨意花錢。

袍子聽了，看向閒王，穆凌寒卻笑。「你看我做什麼，王妃叫你怎麼做便怎麼做，我以後領用多少，你都記好了。」

明秋意這般安排，他一點都不覺得拘束了自己，反而覺得很有意思，沒想到他的王妃認真管家的樣子這麼可愛。

「王爺，你要用多少便用多少，但帳還是要記的。」

「王妃不必解釋，都聽妳的。這樣挺好，被人管的感覺也太棒了，哈哈哈！對了，袍子，現在我就要領一百兩銀子，聽說這翬昌府的藥酒最是有名，一會兒我要出去嚐嚐，把老唐也叫上，他就喜歡藥酒。」

才剛到翬昌府第一天，閒王就惦記著他的老本行，飲酒玩樂。

不過，明秋意也不攔著他。閒王不喝酒玩樂，還叫閒王嗎？況且，閒王喝酒，向來也不只是單純的喝酒。

穆凌寒和明秋意去知府府邸赴宴之日很快就到了。

因為宴席定在中午，他們也不急著出門，明秋意睡醒後，讓阿霜替她梳妝打扮。頭上戴著金釵、金步搖，身上穿了一件紫襖白裙，外披白色披風。這身打扮顯得她端莊大方，又有少女清麗之感。

她梳妝打扮的時候，穆凌寒便在一旁，一邊吃南瓜子，一邊哼哼。

「不好看。」他哼了一聲。

「哪裡不好看？」明秋意問。

穆凌寒又說不出所以然來，實際上，他覺得明秋意這一身實在太好看了。以前她裝扮的時候，他明明覺得她造作。現在她裝扮出去給別人看，他便難受。當然，他還是喜歡她不打扮、最自然的樣子。

不管穆凌寒怎麼不滿，明秋意還是穿了這一身出門。

還沒到開席時間，穆凌寒便和那些官老爺們去書房說話，而知府夫人閔夫人以及女兒閔小姐，便陪明秋意在府邸的花園逛逛。

因為天氣有些冷，她們隨意走了幾步，便打算去花廳喝茶。

路過花園一角，明秋意看到不遠處的亭子裡有一個書生模樣的人，在寒風中讀書。

遠遠看去，那人竟有些眼熟。

原來那一世的事物都有些遙遠了，明秋意有時候也記不起來，便問道：「閔夫人，那人是誰？」

閔夫人面露難色。「是我的表叔，大人的表弟，沈獲。」

當閔夫人提到沈獲，明秋意一下子就記起來了。

沈獲後來高中狀元，被皇帝看重，成為皇帝身邊的重臣，一路從戶部郎中到戶部尚書，不過短短數年，最終取代了她的父親，成為大月朝最年輕的太傅，為滿朝文官之首。

而沈獲之所以深得皇帝信任和重用，是因為他支持皇帝剷除其他親王，並幫助皇帝推行許多限制親王權勢、減少封地權力的種種舉措。

皇帝一向多疑，不信任他的兄弟們，沈獲的這些舉措很得聖心。

原來那一世，沈獲將在明年高中狀元，之後在他的幫助下，皇帝先後剷除幾個王爺……

想到這裡，明秋意有些頭疼。

若按照如今的情況，沈獲去了皇帝身邊，會不會幫皇帝剷除閒王？

她應該怎麼做，才能保住閒王的安樂日子呢？

找人殺了沈獲？且不說這件事成不成，這始終是治標不治本的辦法。以皇帝的疑心，就算少了一個沈獲，還有千千萬萬個沈獲。

那不如先籠絡沈獲，若沈獲了解閒王這個人，或許會改變觀念？

不管怎麼說，和沈獲先交好，先入為主總是沒錯的。

閔夫人見明秋意看著沈獲那麼久，有些不明所以。「王妃？」

明秋意片刻間已經做了決定。「既然是閔大人的表弟，我便去見一見，也不算失禮。」

閔夫人本想勸阻，可明秋意已經抬腳走去，她只好和女兒一起跟過去。

亭子裡，沈獲正在讀書。

見到有女眷過來，他雖然有些納悶，但還是趕緊起身。他看到這些人中有表嫂和表姪女，還有一位陌生女子及婢女。

他的親戚們一向看不起他，也鮮少會主動來跟他打招呼。就是不知這名陌生女子是何人了。

他看了一眼這女子，便覺得她十分不同，不僅是美貌端莊，而是有種不俗的貴氣，這樣的女子，他還是第一次見到。

閔夫人趕緊介紹。「這位是閒王妃，還不趕緊拜見。」

沈獲一愣，原來是閒王妃，難怪了。他早就聽說草包閒王娶了一名才貌雙絕的千金小姐，真是可惜了。

「拜見閒王妃。」沈獲趕緊行禮。

「免禮。沈公子，剛才看到你在看書，這外面風大寒冷，公子卻絲毫不受影響，來日必然有大作為。」

明秋意打算先把人誇一頓，這總沒錯。

誰知沈獲神色尷尬，那閔小姐嗤笑一聲。「表叔的大作為也不知道在哪，他都當了十幾年的舉人了，卻還在考進士，也不知何時是個頭。」

閔夫人覺得女兒在王妃面前這般說話很失禮，瞪了女兒一眼。

而明秋意這才後知後覺的想起，這沈獲是厚積薄發之人。他十一歲就考上秀才，隨後十三歲中舉。但他中狀元的時候，已經二十五歲了！

難怪閔小姐會看不起他。

明秋意也有點不好意思，她本是想提前奉承一下沈獲，結果卻讓沈獲被奚落。

「沈公子這是厚積薄發，我看沈公子身處逆境，卻能坦然處之，毫無頹廢之色，並且繼續努力勤奮，想來成功之日就在眼前了。」

反正他明年去京師趕考就能中狀元，明秋意這話是一點也沒錯的。

沈獲這十幾年來被人奚落，被家人看不起，如今明秋意這番話讓他意外，又因為明秋意的身分與他雲泥之別，卻半點不嫌棄，還如此鼓勵他，沈獲有些感動。「謝王妃，我一定更加刻苦，不負王妃今日之言。」

見沈獲對她感激，明秋意目的達到，這才和閔夫人去了花廳喝茶。

隨後，她又見了封地的其他長官夫人、家眷，和她們說了一些話，便覺得有些疲憊。

幸好，宴席也開始了。

宴席結束，宋池、石頭抬著醉死過去的閒王，把他送上了馬車。

剛進馬車，穆淩寒便睜開眼睛，往明秋意身上靠。

「……你沒喝醉？」

「醉了，但是不至於醉暈。」穆淩寒坐了起來，把明秋意攬到懷裡。「累不累？今天辛苦妳了，妳有孕還要陪我應付這種場面。」

「以後我們要長期定居在此，你是封地藩王，他們都是這裡的掌權官員，我們不求和他們多和睦融洽，但也不能輕易得罪。這是我們與他們第一次見面，不可怠慢。」明秋意道。

「王妃放心，我不會得罪他們的。」

明秋意笑了。「我知道，王爺很擅長交朋友。」不了解王爺的人，只知道他是草包紈袴，但凡和王爺有所接觸的人，都會樂意和王爺交往。或許是王爺平易近人，沒有架子，也或許是赤誠之人，總能吸引他人。

「那是，沒有我交不到的朋友。」穆淩寒被誇讚了，立即得意起來。

「不過你又何必喝這麼多酒呢？如今皇上已經對你起疑，你也沒必要裝得那麼辛苦了。不想喝的話，便不喝吧。」見他喝了那麼多酒，明秋意也是心疼。

穆淩寒笑道：「沒辦法，裝紈袴習慣了，可能……我真是個紈袴?!」

「……王爺才不是。對了，王爺，我今日和閔夫人在花園閒逛時，遇到一人，我覺得這人日後必有大作為，王爺可費心接觸一下。」明秋意想起了正事。

「誰？」聽到明秋意誇讚他人有作為，穆凌寒有一絲絲不悅。

「閔知府的表弟，沈獲。他少有名氣，少年便中了舉人，可往後十餘年卻一直考不上進士，如今還寄居在閔大人府中讀書備考。」

剛才明秋意已經吩咐袍子去打探沈獲這些年的情況，對他的事瞭若指掌。

穆凌寒聽了納悶。「即便他少有才華，可十幾年都考不上進士，或許早就江郎才盡了，妳怎麼認為他會大有作為？」

「沈獲少有才名，十三歲便考中舉人，說明他是有才能的，卻十幾年止步不前，寄人籬下，若是其他人遭受這般打擊，是不是早就放棄，另謀生路，放棄科舉之路？可他沒有。之前我見他被閔小姐奚落，若是旁人被這般對待，也是承受不住，或頹廢、或憤怒反擊，但我見他坦然處之，不卑不亢繼續讀書……我便覺得，這人不是池中物。」

明秋意把沈獲一頓誇，穆凌寒臉色卻越來越不好。「秋意這麼誇他，他還真不是個凡人。」

明秋意一愣，才察覺閒王又吃味了。「王爺，你又想到哪兒了。我是覺得如此能人，你可以去結交一二。我知道王爺不喜歡鑽營算計，可這人本身是不錯的，值得王爺去結交。」

若沈獲和閒王接觸，知道閒王的本心，知道閒王對皇上沒有二心，那麼來日沈獲去皇上身邊，也許能改變皇上的心意，放過閒王。

「哼，我不喜歡妳誇別人。」穆凌寒仍舊不高興。

「我還不是為了你。王爺身邊多些朋友、能人，不好嗎？」

「我才不稀罕他。我結交朋友，全憑喜好。不喜歡的人，便是天上的神仙，我也懶得結交。」穆凌寒繼續傲嬌。

「那你怎麼知道你不喜歡他？這樣吧，今日這話就當我沒說，他日你見了沈獲，若是覺得他這個人值得結交便結交，如何？」明秋意換了個說法。

果然，穆凌寒動了心思。「妳說他那麼好，我還真不信。行，我找個機會見見他，看看他究竟有什麼能耐，能讓妳這般誇讚。」

於是，穆凌寒讓宋池留意沈獲的動向。

第三十五章　英雄相惜

幾日後，鍾濤託人把海東青送來了。

這一對海東青已經長得有點大，不過鍾濤也把馴養海東青的人帶過來，不用怕養不好。另外，劉芸也準備了許多小郡主、小世子的衣物和玩具，一起送了過來。眼下已經入冬，天氣太冷，劉芸不便過來探望明秋意，她信中說等明年開春，便帶著孩子一起來。

上個月，劉芸剛生了孩子。

不過，因為沒趁海東青剛孵化的時候接觸，穆凌寒想要馴服和親近牠們，需要多費心思。

他最近有空，經常去逗弄海東青，明秋意有時候也會跟他一起。海東青是猛禽，穆凌寒也格外小心，不許明秋意太靠近這一對幼鳥。

轉眼到了冬月，穆凌寒來鞏昌府快一個月，也結識了不少人。

今日，他便要請閔知府的大公子閔達喝酒，不過，他讓閔達把沈獲一起約了出來。

閔達對這個只知道讀書，卻永遠都考不上進士的表叔很是鄙夷，但既然是閒王想見沈獲，他也不好拒絕，於是這天下午，便和沈獲一起赴約。

蓬萊酒樓是肇昌府最氣派、最奢華的酒樓，穆凌寒到了已經有一陣子，才見閔達和沈獲匆匆趕來。

告罪後，閔達便開口埋怨。「是我們來晚了，表叔說要寫一篇文章，沒寫完便不肯出門，我只好等了他半個時辰。」

怕得罪閒王，閔達把遲到的原因交代清楚。

沈獲便也告罪。「今日多謝王爺邀請，是我耽誤了時辰，辜負了王爺的美意。」

穆凌寒第一次見到沈獲，他不著痕跡的仔細打量一番，確實如明秋意所說，這沈獲雖然十餘年不得志，寄居人下，卻沒有半點頹廢、陰鬱之感。

如今沈獲雖然是第一次面對他，也並不畏懼他王爺的身分，甚至也不怕遲到得罪他，說話不卑不亢，讓人不可小覷。

雖然不滿明秋意誇讚沈獲，可穆凌寒確實對這人心生好感，便笑道：「來得遲了，菜都涼了，確實是你的罪過，罰一杯吧。」

他讓店小二給沈獲斟酒，沈獲也沒推拒，仰頭喝了滿滿一杯。

穆凌寒喜歡他的爽快，又問：「聽說你年後就要啟程去京師赴考，此地距離京師遙遠，路途艱難，沈公子準備得如何了？」

一旁的閔達早就不滿沈獲得到閒王的注意，此時便道：「這十幾年，表叔也不知赴考多少次，都輕車熟路了，也沒什麼可準備的了。」

沈獲對閔達的暗諷並不在意。

「多謝王爺關心，正如小公子所言，西境去京師的路程，我早已熟記於心，也不覺得艱難。」

閒王三人就在酒樓大堂裡吃飯喝酒，不多時，酒樓進來幾個年輕公子。這些人是犖昌府幾個官吏之子，這一個月來，閒王經常外出喝酒玩樂，這些公子自然是認識他的。

他們見到閒王，趕緊過來拜見，穆凌寒便邀請他們一起坐下喝酒。

巧的是，其中有兩位公子也打算開年進京趕考，其中一人見到沈獲，便覺得與他同桌掉了身價。

他們的父親都是犖昌府的官員，日後必然也是非富即貴，可這沈獲……整個犖昌府，誰不知道他是個窩囊廢？

別看他少年時被稱為神童，可現在呢？都快二十五歲了，還是一個沒有功名的舉人，與他同輩之人，多少早已飛黃騰達？

他這個年紀，寄居在表哥閔知府家，好人家的女兒都不願嫁給他，以至於沈獲至今還是獨身一人！

「喲，這不是沈獲嗎？你怎麼在這裡？」

「對啊，明年又要去京師赴考？路費湊足了嗎？該不是又找閔大人借吧？這十幾年，欠了閔大人人家不少銀子吧？」

「就是，雖然你是閔知府的表弟，但也算遠親吧，你不能總賴著閔大人吧？既然不是科舉的那塊料，便趕緊另尋他處，在閔大人府衙裡做個文書小吏，也不委屈你。」

這一頓奚落，沈獲習以為常，並不在意。他自然不甘心去當小吏，他相信自己，應該去京師、去皇帝身邊效力，這才不枉費自己畢生所學。

對於這些人的奚落，沈獲就當沒聽見，並不理睬。

穆凌寒卻有些聽不下去了，他當了多年的草包，這種奚落嘲諷之言，他聽得可不比沈獲少。又想這沈獲很可能是有真才實學的，豈不是和自己一樣同病相憐？

「你們都不看好沈公子嗎？我倒是覺得，沈公子這次赴考，必然高中。」

這話一出，大家都錯愕的看向閒王，就連沈獲本人也驚訝不已。

他十幾年沒有作為，這些年來，所有人都覺得他是徒勞無功，唯獨閒王妃還有閒王，居然信他。

「王爺，您……您是不了解沈獲吧？他考了十幾年都沒考中進士呢。更別說什麼高中了，連會試的最後一名都沒進去過。」剛才奚落沈獲的一名公子道。

「不需要了解，我看到沈公子就覺得他行！」

這下，不但眾人迷惑，就連沈獲自己都迷惑了。

「王爺為何這般相信我？」

「……大概是英雄相惜吧。我以前跟你一樣，被人說是廢物，可現在大家都認為我很有才能，我相信沈公子也可以的。」穆凌寒想了想。

眾人驚愕，一時無語。

閒王，您現在依舊是廢材啊，只不過如今在這犟昌府，您是這封地的王爺，大家自然會奉承您有才能。

只是這沈獲，若是明年能高中，那還真是見鬼了。

穆凌寒為了證明自己對沈獲的信任和支持，從袖子裡掏出兩張銀票給他。「拿著吧，不要為路費苦惱。」

大家很可惜這一百兩銀子，給了沈獲，只怕是竹籃打水一場空，還不如給他們去吃幾頓好的呢。

沈獲激動不已，他現在確實身無分文，寸步難行，正為盤纏苦惱，如今閒王主動給了銀子，他也不會為面子而拒收，便收下銀子。

「多謝王爺，他日沈某必當湧泉相報。」

「倒也不必，他日若你飛黃騰達，這銀子加倍奉還就行了。如今王妃管得嚴，我手頭也緊得很。」

「……」

閒王果然是非常的懼內啊。

回去後，穆凌寒把這件事告訴了明秋意，明秋意很高興。

「太好了，沈獲應當不是忘恩負義之人，今日王爺有恩於他，來日他自然應當報答。」

穆凌寒哼了一聲。「誰稀罕。」

穆凌寒不願再提及沈獲，便把注意力轉移到明秋意的肚子上。

「今天感覺如何？孩子有沒有欺負妳？」

明秋意坐在床上，穆凌寒便貼過去，對著肚子訓話。「女兒，今天乖不乖？」

「……她怎麼會欺負我？唐大夫說了，這孩子活潑，以後生出來好養。」明秋意美滋滋的，這些日子，她已經把孩子需要的奶娘、搖床、衣物、玩具全部備好了，且專門找了生養過的婦女，請教撫養孩子的事宜。

「妳對她倒是寬容，可對我卻很嚴苛。」穆凌寒抱怨，明秋意這厚此薄彼也太明顯了些。

不說還好，一說明秋意又羞又惱。

自從來到鞏昌府，穆凌寒聽唐大夫說她胎象穩健，又開始不老實了，每每到了晚上或房中沒有旁人的時候，便對她毛手毛腳。雖然不會真的對她做些什麼，可他又親又抱的，也讓她難受。

「無賴。」她只能紅著臉懟他。

忽然，門外傳來袍子的聲音。「王爺，皇上派人來了。」

聽到皇上，穆凌寒像是被澆了一頭冷水，興致瞬間全無。

「他又派人來幹什麼？」

袍子的聲音有點虛。「皇上派了張融來，送來了……四個美人。」

明秋意一下子來了精神。

美人？還四個？

如果之前皇帝讓張融傳旨只是無心，那麼這次讓張融護送四個美女給閒王，就是為了噁心閒王了。

當初閒王受傷，是中了張融的陷阱，可謂和張融有仇。但張融現在是皇帝派來的特使，閒王不但不能殺他，還得對他客客氣氣的。

最可惡的是，這次張融送來的是四個美人。

「這是皇上的口諭，王妃有孕，閒王身邊又沒有其他伺候的人，生活上也有諸多不便，皇上知道閒王不易，便賜了四個美人給王爺。」張融道。

穆凌寒皮笑肉不笑。「我不要。」

皇帝的後宮才七、八個女人，就搞得烏煙瘴氣，現在又想來害他？當他傻子嗎？

更何況……母妃因為父皇有了新人而自盡，他是絕不可能再要旁的女人，去傷王妃的心。

張融一愣，他知道閒王的脾氣，可沒想到如今閒王還有這個膽子直接拒絕。「王爺，雖然我傳的是皇上的口諭，可和聖旨也差不多，王爺不收下這四個美人，就是抗旨。王爺打算抗旨嗎？」

張融雖然有點怕閒王，但他如今是皇帝的心腹，也有底氣了。

穆凌寒冷笑一聲，剛要罵張融，明秋意卻來到了前廳，行禮後道：「張大人，王爺今早不小心腦袋撞了牆，意識有些不清醒，對大人說了些胡話，還請見諒，我替王爺收下這四個美人。」

穆凌寒、宋池、石頭等人都愣住了。

什麼時候腦袋撞牆了？

張融也知道這是王妃解圍，他也不敢追究，若激怒閒王，閒王可是什麼都會做的，便點頭。「這四個美人便在王府外的馬車上，請王妃派人去把她們帶進來吧。」

明秋意便讓十一去把四個美人領了進來，又讓袍子安頓張融等人休息用飯。

接著，她拉著一臉不甘的穆凌寒回到了後院。

「你何必這樣呢？得罪了皇上，最後吃虧的還不是自己。」明秋意安撫著氣哼哼的穆凌寒。

「我送他一個，他就回我四個，還真是大方。」穆凌寒冷笑，心想他這個皇兄這次怕不是想氣他，而是想氣明秋意，他自己和幾個媳婦不開心，也見不得明秋意開心，還真是賊心不死。

「他要送便送，但這美人怎麼處置，王爺都得聽我的。」明秋意絕不會讓府裡多出其他女人。爭風吃醋這種事，她是厭惡至極的。

穆凌寒聽她這麼說，心情立即好了，王妃吃醋的樣子也太可愛了。「好好好，那妳要怎麼處置她們呢？」

這時，十一回來了。她按照此前明秋意的吩咐，把四個美人送到偏院住下，並讓人看管，不許這四人走出偏院一步。

明秋意便當著穆凌寒的面，處置了這四個女人。

「這四人以後的吃穿用度，和府裡的一等丫頭一致。」便是和阿霜、阿來一般的待遇了。

這樣既不算苛待，也算不上舒服。她可沒打算養四個享受的侍妾。

「另外，她們四個不許出偏院，在院子裡閒著也是無事，找繡娘教她們刺繡，她們做出的成品，若是賣了銀子可以自己留著。但是府裡不會額外給她們例銀。」人閒下來就容易亂想，給她們找點事情做，學點手藝，日後度日踏實一些。

第一條穆凌寒覺得正常，第二條穆凌寒便納悶了。「秋意，這做刺繡賣了的銀子，怎麼還歸她們呢？她們吃妳的、住妳的，也該把銀子給妳吧？」

「……她們也是受命運擺布，不必這麼苛待她們。」若是她這般苛待這些女子，也未免太小氣了些。

「她們留在府裡不出去，留著銀子做什麼？」穆凌寒又納悶。
「自然是為了以後攢嫁妝。」
「嫁妝?!她們還要出嫁？」穆凌寒目瞪口呆。
「不然呢？十幾歲如花的年紀，難道要在王府困一輩子？十一，妳去告訴她們，日後她們可以選擇出府出嫁，也可以留在府裡，但是若是敢覬覦王爺，可別怪我心狠手辣。」最後一句話語氣轉冷，沒錯，她就是個妒婦！
十一見怪不怪，對於王妃的一切，她都很坦然，反正她不機靈，只要忠心聽話就成。
十一道：「是，王妃，我這就去傳話。」
穆凌寒聽了哈哈大笑。
太妙了！明秋意真是太聰慧了。如果皇帝知道明秋意把他送來的美女嫁了出去，不知作何感想？
「秋意，這個辦法太妙了。宋池還沒有媳婦呢，要不……」
「你可別亂點鴛鴦譜，宋池早有心上人了。」明秋意趕緊道。
「宋池有心上人了？誰？」他怎麼一點都不知道？
「這是他們自己的事情，等日後成了，我們好好為他們安排便是了。王爺，我這麼安排，你會不會覺得我很小心眼？」
「妳難道不小心眼嗎？」穆凌寒愣了下。「秋意，妳就是很小心眼啊！」

「……」明秋意準備一堆解釋被穆凌寒堵住了，她委屈的望著穆凌寒。

「不過，我喜歡。妳小心眼的樣子，也太有意思了！」

沒多久，明秋意的妒婦之名，便傳遍了犟昌府。

第三十六章　變故

轉眼到了臘月。

如今明秋意的月分已經大了，唐清雲每隔幾日便來給她把脈。

「王妃脈象穩健，只要不出意外，便可在明年三月生產。」

明秋意臉上露出喜氣。

穆凌寒也高興。「老唐，你多上點心，等明年王妃母子平安，我也給你找個媳婦兒。」

唐清雲懶得理他。

這時，石頭在外求見，明秋意便讓他進來。

石頭看了穆凌寒一眼，想了想還是開口。「王妃，有沈獲的消息。」

原來，明秋意對沈獲還是很上心。

石頭是穆凌寒留在明秋意身邊保護她的，不過她平時不出門，石頭也閒著，明秋意便讓石頭負責幫她打探消息。

最近，她讓石頭派人去盯著沈獲。

穆凌寒聽了，臉色不太好。

「妳打聽沈獲的事情幹什麼？」穆凌寒問。

「之前我跟王爺提過，沈獲是值得結交之人。王爺雖然對他有小恩，但是這還不夠。」

「我幹麼要巴結他？他算什麼？」穆凌寒更加不爽。

明秋意只好安撫穆凌寒。「這件事，之前王爺不是說了，若是認為沈獲值得結交，便願意和他來往。此前你不是見過他，還給了他銀子，那王爺心中已經認可他了，既然王爺願意和他做朋友，趁著他落魄，能幫便幫，也是雪中送炭。」

唐清雲早知道明秋意聰慧透澈，今日親耳聽到，還是難免詫異。王妃這般慧眼識金，未雨綢繆，還真是不簡單。

「……那妳也不能這般關心他。」穆凌寒醋得不行了。

明秋意忍著笑。「我不關心他，王爺去關心就行了。好了，石頭你說吧，沈獲怎麼了？」

「這幾日大雪，沈獲得了傷寒，高燒不退。據說閔知府請了大夫，卻還是不見好轉。」石頭趕緊稟報。

「……沈獲常年寄居人下，閔知府雖然是他的表哥，可畢竟也不算太近的親戚，他生病了，想必也無人操心照料。這樣吧，唐大夫你帶人去看看他，給他開個藥方，留下一人照看他，務必讓他盡快好轉，別耽誤明年春闈。對了，記得對他說，這是王爺的意思。」

唐清雲知道明秋意這麼做的深意，十分心服。「我這就去。」

穆凌寒不爽，又不好挑刺，便對唐清雲說：「你跟他說，若他死了，欠我的銀子便沒人還了，所以我才讓你去給他看病。」

「……是。」

王爺便是這般嘴賤，不過王爺為人一向如此，刀子嘴豆腐心，若是真心和王爺結交的人，自然是明白的。

想來沈獲不是蠢人，會懂得王爺的善心。若是真如王妃所言，這人以後非池中物，對王爺也是好事。

唐清雲便帶人去探望沈獲，給他把脈、開了藥方，還留下一人專門照看沈獲，為他去買藥、煎藥。

閔知府一家見閒王如此看重沈獲，也不敢怠慢沈獲，沒多久，沈獲的身體便好了起來。

這日，沈獲來拜見。

沈獲也是高傲的性子，平時別人瞧不起他，他也懶得去結交他人，平日裡獨來獨往，一門心思窩在府中讀書。

可近來，先是閒王妃為他解圍，而後閒王請他喝酒，送他盤纏。此前他大病一場，哥哥、嫂子不理睬，若非閒王派人來探望，他的病還不知道拖到什麼時候才能好，若是耽誤了明年春闈，他豈不是又要浪費時間？

所以，沈獲即便不愛結交他人，也知道必須親自登門感謝閒王。

他如今貧困潦倒，送什麼閒王也不會在意，沈獲聽說閒王愛喝酒，便提了一罈酒來。

明秋意知道沈獲來拜見，便讓穆凌寒先去書房和他說話，一會兒留他用午飯。

穆凌寒自是不願，可現在見她大著肚子，如此熱心為他籌劃，也不好拒絕，便勉強同意。

於是，穆凌寒讓人把沈獲帶到書房。

沈獲一番感激之後，兩人開始大眼瞪小眼。

他和沈獲能聊什麼呢？

沈獲讀的都是正經書，可他發現閒王的書房裡都是一些……奇奇怪怪的書。各種小說、話本、奇譚之類的書籍。

「都是最新的話本，很多都是派人去京師、江南買來的。鞏昌府這邊好像沒人寫話本子，愛看的人也少。」穆凌寒見沈獲對他的書很驚訝，以為他很羨慕，便道。

「……西境和京師不同，這邊氣候嚴酷，又處邊境，百姓們只求吃飽穿暖，平安度日。」沈獲心中感慨，同為百姓，待遇卻如此不同。

京師、江南安逸，百姓們不愁吃穿，便有了心思去編撰、看這些閒書。

很多時候，人的命運在出生那一刻便決定了，比如閒王，出身富貴，做個閒散王爺，終日玩樂，也不愁吃喝。

「沈公子倒是心懷百姓。」穆凌寒見他這麼說，不由得對他多生一分好感。「若是國內無禍亂，邊境少戰事，即便百姓身處西境，也能安穩度日。」

沈獲沒想到草包王爺有些許見識，有些吃驚。

無戰亂才能得太平盛世，這是天下百姓最想要的，也應該是朝廷之責。

「王爺說得是，戰亂往往最傷百姓。近幾年來，雖然韃靼時不時侵犯，不過幸好沒出大事。」

「大月朝內部安穩，韃靼自然不敢大舉侵犯。可如果大月朝裡面亂了，外敵便會趁虛而入。」

對此，穆凌寒有些擔憂。皇帝疑心重，好猜忌，惹得幾位王爺心中不安，怕將來大月朝很難太平啊。

「正是，因此要想外敵畏懼不敢侵犯，我朝需得內部安穩不亂。」

沈獲感覺自己遇到了知己，他一介書生，又窮困潦倒，若是和旁人大談國家大事，旁人只覺得他瘋癲。

難得如今和閒王意氣相投，閒王也不嫌棄他，和他說了許多，讓沈獲興奮不已。

穆凌寒對沈獲又有了幾分欣賞，沈獲如今潦倒至此，卻依舊心繫國家大事，還有深刻的見解。

他笑著點頭。「沈公子果然有見識，看來王妃的眼光不錯。」

穆凌寒這麼一說，沈獲便明白了，想來之前閒王對他另眼相看，請他喝酒，給他銀子，又派人給他治病，是因為閒王妃。

「沈某不過一介書生，是王爺、王妃不嫌棄。」

除夕夜，明秋意和穆凌寒一起守歲。

穆凌寒抱著明秋意，心中溫暖。

除夕是母妃的忌日，多少年了，每一年的除夕他孤孤零零，悲痛難耐。可從今往後，他再也不會孤獨一人了，他有了妻子，也有了孩子。

「王爺，你餓不餓，我準備了一些甜點。」明秋意把食盒打開，拿出幾碟點心。

穆凌寒一看，果然都是他愛吃的。

他扶著明秋意坐下，拿了一顆蜜棗，正準備吃，卻見明秋意隨後也拿了一顆蜜棗往嘴裡送。

「等等，」穆凌寒拉住她。「妳還是少吃點甜食吧。老唐說太胖了孩子不好生，對妳也很危險。」

在鞏昌府王府養了幾個月，明秋意又胖了一點，瓜子臉變成了鵝蛋臉，有點圓圓的，可愛是可愛，但是老唐說王妃太胖，孩子也會跟著長太大，生產就會危險，他是不敢讓她多吃的。

明秋意臉紅，不太好意思，她怎麼也沒想到有一日因為自己貪吃長胖，導致會被人阻止吃零嘴。

這樣的事情，在原來那一世是想都想不到的。

她是不是太放縱自己了？

「其實我喜歡妳胖一點，肉肉的，摸著舒服。」穆凌寒想到了什麼，笑著說。

明秋意聽了臉更紅。

「老唐說得對，孩子個頭大，生產艱難，妳忍一忍吧。要不，我們去吃點別的，讓阿霜做些烤羊肉串，妳不是喜歡那個嗎？」

老唐說了，吃甜食容易胖，吃別的倒還好。所以，他只是不許明秋意吃太多甜食。

「好吧。」明秋意放下蜜棗。

唉，她得小心點，再這麼下去，成了大胖子就不好了。

不過，閻王也愛吃甜食，怎麼不見他長胖？

到了下午，大夥兒一起吃了年夜飯。

這一桌飯菜都是阿霜親自做的，色香味俱全，看著胃口大開，大家都誇讚阿霜手藝好，阿霜笑呵呵的。

宋池呆呆的多看了阿霜幾眼，被穆凌寒瞧見，穆凌寒這才明白，原來宋池的心上人，居然是阿霜啊！

京師。

皇宮的除夕家宴，卻沒有了以往的熱鬧。

五王爺景王被軟禁、三王爺閒王去了封地，眼下能聚在一起的，只有六王爺瑞王，以及二王爺雲王。

因為前陣子景王才被處置，其他兩個王爺也是戰戰兢兢的，處處謹小慎微，這頓家宴吃下來，誰都覺得沒意思。

等家宴散了，皇帝親自送皇太后回宮。

「皇兒，咱們大月朝的規矩，女子是不能干政的，有些話我本不該說，可……作為你的母親，我還是想叮囑你幾句。」

這位皇太后是先帝的結髮妻子，從太子妃一路陪伴先帝做了皇后，如今先帝走了，她也成了皇太后。

這一路看著順利穩當，其實極不容易。皇太后能走到今天，也是有幾分本事的。

皇帝是皇太后親自帶大的，和她感情深厚，皇太后也是皇帝少數能信任的人之一。

「母后請講。」

「你啊，還是太年輕了，凡事應該謀定而後動，徐徐而圖之。操之過急，並不是好事。老五的事情，是他自作孽不可活，你處置便處置了，旁人也不說你什麼，可老三閒王……」

皇帝也知道自己有些處置不當。「是兒臣過於急躁了。但是母后，只怕我們都被老三給騙了，他可不像表面上那般只會吃喝玩樂。」

「你見過哪個王爺真的只會吃喝玩樂？你管他是真的假的，他只要沒有做點什麼，你身為皇帝、皇兄，便得按兵不動。你可以未雨綢繆，卻不可刻意為難。你這般做，會讓其他王爺怎麼想？讓天下人怎麼想？」皇太后的語氣有些嚴厲。

「……是兒臣冒失了。」皇帝低頭認錯。

「你才剛登基，目前需要穩住根基，培植自己的勢力，對付其他王爺，不急於一時。對於閒王，你暫且忍耐吧，也別再送什麼美人給他了，你去管他的私事，不像話。」

「……是。」

皇帝有點尷尬，他派人給閒王送去了四個美女，結果閒王妃大發脾氣，要把這四個美女嫁出去。

如今，閒王妃的妒婦之名，已經從西境傳到了京師。

皇帝也沒想到溫順的明秋意，怎會變成這般悍婦？

「還有，你現在根基不穩，對於皇后和貴妃，還得忍耐一些。你最近也太冷落她們兩人了，眼下你還得靠著她們的父親。」皇太后嘆氣。「那張皇后和明貴妃的性子也確實不好，可眼下你只能忍耐。」

「是，兒臣明白了。」

「馬上要春闈了，這是你登基後第一次選拔人才，你得多上心，選幾個忠心有用之人，日後才能擺脫張將軍、明太傅的束縛。」

皇太后這一番教誨，讓皇帝清醒不少。

他確實把重點搞錯了，他不應該急著剷除異己，而是應該先穩住位置！

過了年，沈獲便啟程去京師趕考，穆凌寒特意為他送行。

這次倒不是明秋意催他的，因穆凌寒上次和沈獲在書房交談後，覺得這個人還行，見他十餘年不得志，便有心鼓勵他一番，希望他今年高中。

沈獲自是感激不已。

這日，看管偏院的阿雪來報，年前皇帝送來的四個美人中，有一個叫做柳月的姑娘願意出嫁。

明秋意知道，這些女子遲早會認清現實，知道不可能接近閒王後，便會另尋出路，不過柳月這麼快就想明白，讓明秋意有點意外。

這些女子也都是可憐之人，她們被送入宮中，任人宰割，如今被送到這偏遠的西境，若是在偏院困一輩子，明秋意也不忍心，便讓阿雪把柳月帶來見她。

柳月的容貌不算出眾，比較秀氣，看著也是老實懂事的人。

柳月恭敬地跪拜。「奴婢柳月拜見王妃。」

「聽阿雪說妳願意出嫁，那麼妳有何打算？」

「王妃恩典仁德，不忍心奴婢蹉跎一生，允許奴婢出嫁，奴婢感激不盡。奴婢在京師的父母早已過世，奴婢願意留在鞏昌府，只是奴婢在鞏昌府人生地不熟的，即便願意出嫁也一籌莫展，所以……懇求王妃安排。」

明秋意點頭。「是我考慮不周了，妳要嫁人，我便給妳安排，不過，妳有什麼要求？」

柳月道：「多謝王妃肯為奴婢費心，奴婢不敢挑剔，只要人品好、肯上進的男子，奴婢都願意嫁。以後，奴婢也會安心度日。」

明秋意看柳月也是個聰明人，便點頭。「好，妳回去吧，我物色了人，再與妳說。」

其實明秋意也不知道應該把柳月嫁給誰，王府外面的人，她一無所知，又看柳月是個老實人，不然嫁給王府的下人，肥水不落外人田？若是能找到一個人品好、踏實的，柳月嫁了當正妻，也不比給王爺當侍妾差。

明秋意便把袍子找來商量，袍子對府裡的人十分了解。

袍子推薦了一人。

「前陣子，鍾千戶不是派人來送海東青嗎？隨行一起來的，還有飼養海東青的方小哥。他是孤兒，在西境長大，從小就飼養海東青，會侍弄這些猛禽，也算是一門好手藝。先前跟在鍾指揮使身邊好幾年，肯定是個實誠人，不然鍾指揮使也不會留他，更不會把他派來給王爺用。」

明秋意覺得可以，她之前去看海東青的時候，看過方小哥幾次，雖然沈默寡言，但是長得人高馬大，配柳月不差。

她便同意袍子去問方小哥，那方小哥雖然支支吾吾說不出所以然，但是心裡是願意的。明秋意又安排兩人見了一次，結果這兩人直接看對眼了。

明秋意當了一次紅娘，格外高興，打算等天氣暖和一點，就為兩人辦個簡單的婚禮。他們都無父無母，湊成一對，正好合適。

而柳月呢，如今既然有了主，明秋意也不關她了，讓她也去幫忙照顧動物，正好還可以和方小哥在一起。

二月，明秋意臨盆的日子越來越近，大夥兒也越發謹慎。奶娘和接生婆都找好了，以防萬一，穆淩寒已經把這些人都接到了王府。

二月初五，是穆淩寒二十二歲生辰，明秋意早上起來後，要親自給穆淩寒做壽麵。她的肚子已經大得嚇人，穆淩寒怎麼敢讓她去廚房。「秋意，妳可別嚇我，壽麵吃不吃不要緊，廚房妳就不要去了。」

明秋意挺著一個大肚子，若是不小心磕著了哪裡，又或者絆倒了，後果不堪設想。

「唐大夫不是說了嗎？我也不能成天躺著不動。平時適當的走動一下，對生產有好處。」明秋意倒不覺得做一碗壽麵很難。

「不成不成，廚房太亂了，妳若是想走走，我陪妳去花園。正好今日有太陽，妳去曬一曬也好。」

這幾天出了太陽，溫度上升了一些，現在快到了中午，也不算冷。

明秋意便點頭。「好吧，那我們去花園走走吧。」

穆淩寒扶著明秋意，明秋意著撐著腰，扶著自己的肚子。穆淩寒見了，有點想幫她扶著肚子，只是又不敢去碰，他總覺得明秋意的大肚子是個燙手山芋，碰不得，摸不得。

明秋意見他對著她的肚子抓耳撓腮的樣子，只覺得好笑。

這時，老杜來稟報。「王爺，閔大人來了，還帶了賀禮，說是要來為您賀壽。」

閔恆不知道從哪裡打聽到閒王今日壽辰，便特意準備禮物來拜見。

閒王來封地幾個月了，除了去年剛來犖昌府時，攜王妃參加他們籌辦的接風宴外，此後，他們這些封地官員的酒宴邀請，閒王多數都拒絕了。

不過，閒王卻願意邀請一些封地附近的奇人名流喝酒、騎馬。

大家知道閒王這人對朝廷官員並無興趣結交，只喜歡結交一些江湖名流，便也不勉強。反正閒王吃喝玩樂，也礙不著他們。

不過，閒王王府在犖昌府，所以知府閔大人還是有心要與閒王結交。

因此今日他尋了個機會，來送賀禮。

閔恆特意來拜訪，穆淩寒也不好不見，便讓十一他們照看好王妃，帶著宋池去前廳。

今日陽光很好，又沒什麼風，明秋意也很久沒逛花園了，便和十一等人往花園裡面走去。

幾人繞著花園走了一會兒，便打算回去。

這時，草叢裡突然傳來幾聲狗吠。

明秋意聽得出這是小黃的聲音，只是卻有些不同。小黃一向乖巧懂事，但這幾聲狗吠，卻顯得十分狂躁不安。

「十一，快去看看小黃怎麼了，牠怎麼在這……」

明秋意還沒說完，一個黃色影子便從草叢裡竄了出來。

小黃一身柔順的毛變得十分凌亂，牠紅著眼睛、齜牙咧嘴，鼻子喘著粗氣，一副癲狂的模樣，衝著明秋意、十一、阿來幾人瘋狂叫了幾聲。

這下，大家都察覺到了不對勁。

「王妃，小黃不對勁……」

十一還沒說完，小黃已經朝她們撲過來。

阿來膽子小，本能地連連往後退，差點撞到明秋意身上，幸好明秋意及時反應過來，躲開一步。

「阿來，當心王妃！」十一提醒阿來。

這時，十一已經衝到前面，擋在她們兩人面前，而發了狂的小黃跳躍而起，猛地撲向十一！

小黃身形雖然不大，但是癲狂下的牠，一個猛撲也是力氣勇猛！

十一被牠一撲，立即向後倒，她的身後就是明秋意，十一嚇得魂飛魄散，若是撞到了王妃……

幸好這時阿來已經醒悟過來，急忙把明秋意往旁邊一拉，又緊緊的扶住她，讓明秋意靠在她身上。

而小黃已經把十一撲倒在地，「砰」的一聲，十一撞在了地上，後腦勺一陣劇痛，眼睛昏花，也就是這瞬間，小黃已經攀扯到十一胸口，牠凶神惡煞，張開嘴露出鋒利的牙齒，一口朝著十一的臉咬去！

明秋意腦袋一片空白，只尖叫一聲。「十一！」

小黃已經一口咬上十一的下巴，瞬間鮮血直流！

小黃眼睛發紅，不肯鬆口，十一的下巴已經被撕裂了一個口子！

阿來緊緊抱著明秋意，眼睛冒出淚水，牙齒打顫，一個字也說不出。

「來人！來人！」

明秋意強迫自己冷靜下來，大聲呼救。

這時，小黃似乎被什麼擊中，劇烈掙扎幾下，忽然軟了下來，趴在十一身上一動也不動。十一掙扎著推開小黃，明秋意這才看到她半張臉血肉模糊，下巴已經被咬了一個口子。

「快、快叫唐大夫……」明秋意再也沒了力氣，眼前一黑，癱軟下去，正好被趕來的穆凌寒接到了懷裡。

「秋意！」

第三十七章 小世子

穆凌寒看了一眼躺在血泊中的十一，眼眸迸出寒光，他抱起明秋意，對隨後趕來的宋池道：「快救十一！」

說完趕緊抱著明秋意回去。

昏迷中的明秋意忽然被腹痛驚醒，她隱隱察覺到肚子有些不對勁，卻想起之前的事，猛然睜開眼睛，看到穆凌寒就坐在她身邊。

「十一……」

「她沒有危險，老唐已經在為她治傷了。」穆凌寒急忙說：「秋意，妳別急，千萬別急壞了身體。老唐醫術很好，他一定有辦法救十一的。」

他不敢告訴明秋意，十一雖然沒有生命危險，但是下巴被咬了一個大口子，無論如何也不能恢復如初了。

當然，不需要穆凌寒說，明秋意也猜得到這個結果，她記起當時十一滿臉鮮血的模樣，忍不住哭了起來。

在她遇到穆凌寒之前，她唯一能依靠的人就是十一。

可現在，十一卻再次為了救她……

「秋意，妳要冷靜……」

穆凌寒見她難過哭泣，心中又急又怒，趕緊安慰。剛才唐清雲為明秋意診斷，便察覺不好，說明秋意受到驚嚇刺激，有出血的症狀，可能會早產。

果然，他還沒說完，就見明秋意痛呼一聲，似乎難以忍耐疼痛。

糟糕，又被老唐的烏鴉嘴說中了！

「秋意，妳……」

「王爺，我肚子好疼，是不是要生了？」明秋意一邊喘氣，一邊低聲道。

「阿霜，快去叫唐大夫！」

「不、不成，唐大夫還得給十一治傷，再去外面請個大夫吧！」明秋意急忙阻止。

「秋意！」穆凌寒神色嚴肅，顯然不贊同。他知道十一對明秋意十分重要，可眼下明秋意和孩子，才是最重要的。

「王爺，十一不同，她對我而言，就像是親人……求王爺別讓我後悔……」明秋意一邊忍痛，一邊斷斷續續的說著，眼淚大顆大顆的滾下來。

穆凌寒一時錯愕，不過他很快做了決定，讓宋池迅速去外面請大夫。

幸好之前接生婆早已備下，張元找了三個鞏昌府最有經驗、名氣最響亮的接生婆，眼下雖然沒有大夫，她們也能有條不紊的安排。

眼下十一受傷，只有阿霜、阿來兩人方便伺候，穆凌寒並不信任其他婢女，便讓石頭、袍子也來外面幫忙。

石頭內心愧疚，但是眼下也不是檢討的時候，便在外間幫忙倒水，準備物件。

明秋意躺在床上，覺得腹痛一次比一次劇烈，那名接生婆聽了她的描述，點頭道：「這個狀況確實是要生了，雖然提前了一個月，但是問題不大，王妃這孩子健康，早一個月也沒事的，不用擔心。」

穆凌寒聽了這話，放心了一些。

「早產一個月，王妃身體會如何？會不會受損？」

「只要王妃能順利生下孩子，不會有太大影響。不過王妃這是第一胎，會比較難生，得痛上一陣子。王爺，您在這裡多有不便，請去外面等候吧。」

穆凌寒自然不聽，便守在床邊不動。他剛才才離開那一會兒，便出了這麼大的事情，若不是十一機靈擋在明秋意身前，小黃撲到明秋意身上，那結果他不敢想！

他現在沒心思去查這些，不過敢害他妻兒的人，他必然要那人碎屍萬段！

正如接生婆所說，明秋意的腹痛一次痛過一次，卻沒有那麼快生出來。宋池請來的大夫也給明秋意看了，說法與接生婆一致。

又過了一個時辰，唐清雲處理好了十一的傷口，讓人照料十一，便趕了過來。

「王妃現在需要養精蓄銳，這胎恐怕要到晚上才能生。阿霜，妳去給王妃準備點吃的。」唐清雲詢問了接生婆後道。

「什麼？這都疼了快兩個時辰了，還要到晚上？」

穆凌寒眼見明秋意疼得冷汗直冒，死去活來。剛開始疼痛還能叫喚，到了現在，她只咬著牙，連叫喊的力氣都沒有了。

唐清雲無奈的看了他一眼。「王爺，女人生孩子本就艱難，你之前不是有所了解嗎？王妃這個情況，還得疼上一、兩個時辰，所以得讓她吃點東西、喝點水，生孩子可是力氣活。」

他又對幾個接生婆交代了幾句。「我就在外面，有什麼情況隨時告訴我。妳們務必當心謹慎，王爺可不像看上去那般好說話。」

今日出了這種事是誰也沒想到的，王府的防範還有諸多漏洞，這幾個接生婆雖然是張元親自去找的，但也得緊緊盯著。

那接生婆被唐清雲冷冷掃了一眼，嚇得一哆嗦，連連點頭。「小人知道。」

穆凌寒也不離開，一直守著明秋意，等阿霜把吃的拿來。

到了這個時候，也沒什麼講究了，阿霜準備的都是明秋意愛吃的一些甜點還有甜湯。

然而，明秋意現在痛得恨不得暈過去，哪有心思吃東西？

「王妃，一定要吃，您中午、晚上都沒吃東西，等會兒怕是沒力氣生了。」接生婆勸道。

穆凌寒聽了，讓阿霜扶起明秋意，他親自餵她。

「秋意，妳這麼看重這個孩子，現在她就要來了，為了她，妳也得多吃點。不然妳沒力氣生她，把她憋壞了怎麼辦？」

明秋意這時疼得滿頭大汗，淚眼汪汪，喝了一些湯，吃了幾塊糕點。

她的衣服汗濕了，阿來、阿霜又幫她換了一身，轉眼，已經天黑了。

明秋意已經痛了三、四個時辰，眼下的痛越發強烈，那感覺就像肚子要炸開了一般。

接生婆檢查了一下，驚喜道：「王妃，您堅持住，快要生了，從現在開始，您要根據小人說的，找到用力的方法，千萬別胡亂施力，得把力氣省下來。」

明秋意可不想被穆凌寒看著，便道：「王爺你再不走，我就不生了！」

穆凌寒只好去了外間。

張元已經開始調查這件事了。

「小黃是被餵了藥，吃了這藥，能讓狗喪失神志，見人就咬。王爺扔的那一顆石頭，已經讓牠斃命。」

唐清雲趁王妃還沒生的空檔，去檢查了小黃的屍體，把結果告訴張元。

「可惜了，這麼忠心的狗。」張元嘆氣。他知道小黃曾經救過王妃一次，現在卻被人害成這樣，還是王爺親手結束了牠的命。

唐清雲憤怒道：「下藥的人可真夠惡毒的。」

小黃是王妃最心愛的狗，十一是王妃最心愛的婢女，如今一個斃命，一個毀容，而王妃也受到驚嚇早產。這番算計，不得不說陰毒萬分。

想到十一那張臉，唐清雲不禁惱火。

「查得怎麼樣了？」

張元答道：「自然跟照顧狗的幾人相關，嫌疑最大的是柳月，她是皇上送來的人，我已經把她拿下了，還有石頭說當時是唐大夫派人去找他，所以暫時沒有跟在王妃身邊。」

唐清雲一愣。「不是我。」

「我知道，傳話的那個僕從我也拿下了。你在這邊照看好王妃，我這就去查清楚這件事。」

張元說完便轉身離開。

穆凌寒在外間坐立不安，他不知道裡面的情況怎麼樣了。

阿霜、阿來不斷端水進去，端血水出來，穆凌寒看得腦袋發暈，幾乎有些站不穩。

「王爺，你暈血？」

唐清雲扶住他，有些詫異，王爺之前可不會暈血啊。

「……我有些喘不過氣來，胸口悶得慌。」穆凌寒想坐下，可坐著他更難受，於是又站了起來，卻似乎站不穩。

總之，一副站也不是、坐也不是的樣子。

唐清雲有些好笑。「王爺，你這是緊張。你放鬆一些，再這樣下去，孩子還沒出來，你就暈倒了。」

穆凌寒吁了一口氣。「我也想放鬆，可怎麼還沒生出來，還要多久？秋意是不是暈過去了？我怎麼沒聽到她的聲音了？」

「……王爺，你實在難受的話，便去院子透透氣，我在這裡，不會讓王妃有事的。」

「不不不，我還是在這裡安心些……老唐，你那裡是不是有避孕的藥，我再也不生了，我受不了了。」

穆凌寒扶著椅子坐下，又重重的呼了一口氣，似乎真的有點呼吸不暢了。

「王爺，瞧你說的，好像是你生一樣。」

「我情願是我生。」

「……」唐清雲直搖頭。

終於，又等了半個時辰，忽然聽到阿霜驚喜的聲音。

「生了，生了！」

穆凌寒從椅子上跳起來，衝進裡間。

裡面，阿霜抱著一個渾身沾了污漬的孩子，正在幫他擦拭，而明秋意神色虛弱，她看著孩子，露出笑容。

穆凌寒還來不及看孩子，已經撲到明秋意面前。「生孩子太辛苦了。秋意，以後我們再也不生了。」

「……孩子怎麼樣？」明秋意懶得理他這孩子氣的話，問了一句。

穆凌寒這才去看孩子。

他見阿霜拿熱帕子把孩子擦乾淨，正用小被子把孩子裹起來。

「咦，怎麼是個男孩？」

穆凌寒詫異，明秋意一直信誓旦旦的說是女孩，他也以為是女孩呢。

「恭喜王爺、王妃，是一個健康的小世子！」

接生婆來恭喜他們，穆凌寒有些錯愕的看向明秋意。

果然，她也是一臉震驚。

什麼？不是女兒嗎？

原來那一世，她生的是個女兒呀！

明秋意睡著了，阿霜在照看她，阿來和奶娘則照顧小世子。

穆凌寒讓袍子打賞了眾人。

此時已是子時，可穆凌寒卻一點睡意都沒有。

這些毒害孕婦、孩子的骯髒伎倆，他在皇宮十數年見過很多次，也聽過無數次。

當白天看到小黃撕咬十一那一瞬間，他便明白了一切。

沒想到，他帶著王妃遠遠躲到西境，還是逃不開皇宮中特有的陰毒算計。

穆凌寒來到院子裡，張元已經把一切查清楚了。

此時柳月癱軟在地上抽搐著，幾乎失去神志，既然她用最惡毒的伎倆害人，張元便也用最惡毒的辦法對付她。

他有無數辦法讓人痛不欲生，生不如死。

「她已經招了，她是張明珠派來的人，是專門來對付王妃的。她取得王妃信任後，被分派去照顧動物，便有機會接觸小黃。而支開石頭的男僕，曾經負責給偏院的四女送飯，和柳月有了接觸，這次便是柳月讓他去支開石頭的。」

「皇兄對我也太好了。」穆凌寒笑得溫和。「皇兄是不是覺得，不管怎麼欺負我，我都會忍氣吞聲？」

張元聽出閒王不同尋常的語氣，這次涉及到王妃，王妃運氣好，又有十一忠心，才逃過一劫。

但是，終究是觸怒了王爺。

「若不反擊一次，他可能永遠都會覺得我是膽小鬼吧。」穆凌寒收起笑意，目光變得冷冽。

「王爺，您要怎麼做？」

「我要讓他和張明珠知道，惹火我的下場！」

次日快中午時，明秋意醒了。

雖然這一胎早產，生的時間又久，但總算有驚無險，平安順利的把這個孩子生了下來。

她看到穆凌寒正守在旁邊打瞌睡，他眼底一片青色，可見昨天一晚都沒睡。

昨天她忽然早產，把穆凌寒給嚇壞了，他從上午陪她，熬到深夜才把這個孩子生下來。

明秋意身體有點痛，她哼了一下，穆凌寒便醒了。

「怎麼樣？還痛嗎？」他也不讓她起來，趕緊讓守在外頭的人準備吃的。

「孩子呢？」她也不敢動，身體還是很痛。

「被奶娘抱到隔壁去休息了，有袍子和阿來看著，孩子很好，不必擔心。」那真是一個健康可愛的孩子，昨天生出來後，明秋意看了他一眼便睡過去了。

這小子估計不爽，便開始哇哇大哭，想引得母親的注意，穆凌寒怕他打擾明秋意休息，便讓阿來把他抱走了。

誰知這小子去了隔壁，也不肯罷休，哭了好久，最後累了，喝了奶娘的奶，哼哼唧唧的睡了。

「嗯。」

孩子和她都沒事，明秋意便想起了十一。

「十一呢？」她又想起昨天上午在花園裡，十一被小黃咬得面目全非的模樣。

「……她沒有危險，只是臉受了傷。不過妳放心，老唐會竭盡全力幫她恢復的。」

只是臉被咬了那麼大一個口子，傷口深可見骨，想要完全恢復，華佗再世都難。

第三十八章　問罪皇后

「她是為了救我。」

明秋意心裡難過。

原來那一世，她雖然身為皇后，但是後來被皇帝厭棄，如在冷宮，宮中的人勢利，後來對她也是應付了事。

唯有一直在她宮裡做灑掃雜活的十一細心照料她。

十一告訴明秋意，自己從小被買下來帶回府，數十年從未被苛待過，讓她有吃有穿，過上了好日子，所以她一直很感激小姐。

那時明秋意才知道，十一竟是一個如此有情義、憨厚樸實的人。

她重活一世，想要好好重用十一，卻又幾次被十一救了。

「十一很忠心，我們日後必不會虧待她。」穆凌寒早已覺得十一不錯，這次更是對她刮目相看。

「嗯……小黃呢？」她記得昨天，小黃好像被打死了。

「……當時情況緊急，我迫不得已打死了小黃。」

昨天上午，穆凌寒打發了來送賀禮的閔恆，便匆匆趕回花園，想要陪明秋意逛花園，結果卻聽到明秋意的尖叫聲和狗吠聲。

他頓時覺得不好，飛快趕了過去，看到小黃把十一撲倒在地上撕咬，他便迅速拔下手中的戒指，打中小黃的後腦。當時情急，也為了救人，出擊的力道非常大，小黃腦漿迸裂，當場斃命。

明秋意的眼淚又滾了下來，她養小黃許久，那時除了十一，也沒有別人，是小黃陪她打發了許多時間。

如此可愛活潑的小狗，卻得到如此下場，讓她愧疚不已。

「秋意，妳別太傷心了，妳現在要保重身體，小黃被人設計，我也心痛，我已經命人厚葬牠。妳放心，害了妳、十一還有小黃的人，我不會放過他們。」

穆凌寒伸手給明秋意擦眼淚，也不知如何安慰她。她平時十分看重十一，也十分喜愛小黃，結果這次卻……

不久，阿霜端著一些米湯和清淡的小菜走了進來。

穆凌寒小心翼翼的餵明秋意吃下。

明秋意也不敢讓自己一直沈浸在難過的情緒中，事已至此，她若是痛苦傷心，傷了身體，只會讓親者痛，仇者快！

在小世子出生的第三天，鞏昌府、臨洮府、平涼府等閒王的封地內，不少地方府衙門前等顯眼處，都貼上了認罪狀。

那認罪狀是認罪之人親筆書寫，親手畫押，將所犯之事來龍去脈講得清清楚楚，等官民百姓們好奇一看，頓時便掀起西境內的軒然大波！

原來認罪之人是皇帝送給閒王四個美人之一的柳月，她是皇后的人，受皇后指使，混在皇帝送來的女人中，為了要謀害王妃。

柳月得到了閒王妃的信任，便在府中照料王妃的愛狗。結果，她卻趁王妃即將臨盆之際，給狗餵了藥，讓狗發狂撲咬王妃，導致王妃早產，差點一屍兩命。

閒王憤怒不已，特將柳月的罪行公開，要懲治真凶，為王妃討回一個公道。

這認罪狀上說得明明白白，柳月不過是被皇后派來的，王爺說的真凶，自然是指皇后。

若他要殺了柳月，也用不著搞得這麼大張旗鼓。

閒王直接對皇后發難，這可把幾府的官員嚇得半死。

於是，閒王妃被皇后謀害這件事，一下子傳遍了三府數地，漸漸的往外地傳去。

同日，穆凌寒讓人押著柳月，還有那名協助犯事的男僕，帶著認罪狀，親自到了鞏昌府府衙。

閔恆已經看到貼在他府衙門口的認罪狀，正心驚肉跳，想著閒王竟然如此膽大包天，向皇后問罪，這件事很難善了了。

他正想召集底下的官員，商討如何解決這件事，就聽說閒王來了。

閔恆趕緊去見閒王。

然而此時的閒王如同變了一個人，他冷著臉，一身肅殺之氣。

閔恆和身邊的同知幾人也看得心中七上八下，臉色發白。

「王爺，您……怎麼來了？」閔恆擠出一個笑，小心翼翼問道。

他自然清楚閒王這次來，是為了王妃被害之事。

穆凌寒語氣冷厲。「我自然是來伸冤的。閔大人，你是鞏昌府最大的父母官，你的管轄下有人被害，你管不管？」

「……自然管。」

閔恆腦袋都大了，皇后害閒王妃，這算什麼事？這皇后也是閒得慌，鞏昌府距離京師幾千里，她居然派人如此大費周章的來害閒王妃？

好好的做皇后不行嗎？

「好，有你這句話，本王就放心了。本王的王妃被人所害，前日早產，差點一屍兩命。凶手柳月是幾個月前皇上送我的美人，如今她招供是皇后指使她謀害閒王妃。柳月是凶手，卻只是被人利用，本王要求閔大人為本王的王妃伸冤，懲治這件事的主謀！」

閒王說得明明白白，他就是要懲治皇后。

可皇后是他一個小小的知府能懲治的嗎？

皇后謀害閒王妃這種事，即便真的有，閒王也應該忍，自己秘密去處理、去報復，而非找他。

而閒王不但來找他伸冤，竟然還把柳月的認罪狀貼得到處都是，如今周邊幾地的官民都知道這件事，事情越鬧越大，恐怕沒多久就會傳開……

閒王這是鐵了心要將這件事公諸於世，讓天下知曉皇后的罪行。

思索之間，閔恆明白了一件事。

得罪誰，也別得罪閒王妃。

「王爺，您這不是為難我嗎？若您說的這件事是真的，那幕後之人可是……皇后啊！」閔恆真的想哭。

他一個小小知府，怎麼會攤上這檔子事？

「閔大人，我如何為難你？本王不過讓你為民伸冤，你身為知府，難道要包庇惡人？天子犯法與庶民同罪，難道不是理所當然的嗎？」

穆凌寒繼續逼問。

閔恆啞口無言，天子犯法與庶民同罪這句話，自然是一點錯都沒有，也是朝廷對所有百姓標榜的話。

但這是一句空話，幾百乃至幾千年來，權貴犯法，如何與庶民同罪？他們自然可以運用各種方法逃避或者減免處罰。

「閔大人，這件事涉及皇后，你若是處置不了，便把這認罪狀還有犯人安全送到京師，交由刑部處理。不過，你若想瞞下此事或者大事化了，本王是絕不答應的。閔大人，你意下如何？」

閔恆明白了，閒王也知道他無權處理這件事，這是逼他把這件事往上遞，然後借用他把這件事捅到皇帝面前，逼著皇帝處置皇后。

他還能如何選擇？

左右是皇后自己搞的事情，他能得罪閒王嗎？看閒王這個架勢，如果他不同意，閒王還不知道要幹什麼。

閔恆只好道：「那麼便如閒王所言，我遞上奏章將犯人、認罪書送往京師。」

「那便好，不過，為了避免他人路上殺人滅口，本王會親自派人幫你護送犯人和認罪狀進京，免得沒了證據，本王空口無憑！」

穆凌寒派了張元、宋池親自護送，絕不能出差錯。

閔恆愕然，看來閒王已經籌劃好了一切，非要把這件事鬧到皇帝面前。畢竟能處置皇后的，也只有皇帝了。

等明秋意知道這件事的時候，已經晚了。

穆凌寒從知府府邸回來，便看到袍子等在大門口，看上去一臉焦急。

看到穆凌寒回來，他趕緊上前。「王爺，您可回來了。」
「怎麼，王妃出事了？」
穆凌寒心中一緊，見袍子這麼著急，擔心是明秋意出事了。
「王妃無事，但是……王妃知道您……最近做的事情，好像有些不高興，她讓我守在這裡，說若是您回府，便去見她。」
穆凌寒「哦」了一聲，明秋意會生氣，他其實早有預料。她的性子沈穩謹慎，自然不會同意他公然冒犯皇后。
穆凌寒知道她不會同意，所以一開始也沒告訴她。
反正做都做了，她不同意也沒用了。
於是穆凌寒慢慢走到後院。
此時，明秋意正在偏房中看小世子。
這時，小世子剛吃了奶，躺在搖床上睡著了。他剛出生沒多久，一天多數時間都在睡覺。
明秋意便坐在搖床旁看著這個睡著的孩子。
雖然小世子出生才三天，但是已經長得有些模樣了，眼睛大大的，臉上也肉肉的，格外可愛。
穆凌寒走進來，便看到他的王妃盯著小世子，一臉看不夠的癡迷模樣。

唉，又有點心酸了是怎麼回事？

穆淩寒扶起明秋意。「妳想看孩子，便讓人抱去看，怎麼自己走到這裡來？妳才生完沒多久，怎麼能隨意亂走？」

「唐大夫說了，適當走動可以快些恢復。再說了，從正房走到這裡才幾步路？」明秋意覺得穆淩寒過於小心了，卻還是隨著他回到了正房。

因為，她有事同他說。

「王爺，你這件事未免做得太過了。她畢竟是皇后，你直接在封地各地張貼認罪狀，等於向天下告發皇后，逼著皇帝問罪皇后。」

明秋意憂心忡忡，王爺十數年來遮掩鋒芒，依舊不能讓皇帝放心，如今他這般大張旗鼓的逼迫，只怕會讓皇帝心裡留下更深的忌憚。

「她活該，我就是要讓天下人知道她有多惡毒。她已經不是第一次害妳了，去年妳落水……」

明秋意沒想到，穆淩寒竟然知道這件事也是張明珠做的，她自己也只是推測而已。

「那件事確定是她做的？」

「是，我派人去追查那些凶徒，是張將軍花錢雇傭的匪徒。事後為了遮掩，張將軍又把那些人都滅口了。」

果然是張明珠。

原來那一世，她們一個是皇后，一個是貴妃，水火不容，如今她遠離皇宮，張明珠竟然還是這般緊緊相逼。

「可你這麼做，皇上對你的忌憚和不滿必定又多了幾分，日後只怕又要為難王爺。」明秋意嘆氣，本以為她隨閒王躲在西境，能過上安穩的日子，卻一波未平一波又起，他們和京師總是有千絲萬縷的聯繫。

穆淩寒冷笑。「我忍氣吞聲，皇兄難道就放過我了？再說，這次若不是他多事，非要送四個女人膈應我們，怎麼會引得張明珠算計？說不定他也是知情的。」

明秋意倒是不覺得，皇帝雖然忌憚閒王，即便想殺她，也不至於用這種婦人手段。

「你這般胡來，張元他們同意嗎？」

明秋意知道張元是穆淩寒的謀士，多少應該勸阻閒王鬧騰，結果這件事竟然鬧到這個局面。

「他同意啊，他說反正閒王就是不按牌理出牌、任性胡鬧的人，如果我忍下這件事，反而更讓人心疑。」

穆淩寒說得頗為得意。「他說的沒錯，我就是要把事情鬧大。」

雖然張元說得也有理，但是……難道王爺把任性胡鬧當成在褒揚他嗎？

明秋意看著得意洋洋的閒王，不知該笑還是該氣。

事已至此，明秋意反對也是無效了，她便隨王爺去做。

中午用過飯，她去看十一。

十一就住在後院的左廂房中，下巴撕裂很大一塊，唐清雲已經為她縫合包紮，她右邊側臉全部被繃帶包裹著，臉也因為受傷腫了一大片，整個人看上去慘不忍睹。

她下巴受傷，目前也吃不了東西，只能吃流食。

聽唐清雲說，幸好傷口處理及時，加上唐清雲醫術高超，否則十一可能會丟掉一條命。

十一臉受傷，倒是不影響她坐著，看到明秋意和阿霜進來，十一要行禮，被明秋意制止了。

「妳都這樣了，還講什麼禮節。十一，妳對我和小世子如此大恩，我說一句謝謝未免太隨意，妳為我做的，我都記著。」

明秋意語氣鄭重。

「王妃別這樣說，這不是我該做的嗎？這都是十一心甘情願的，當年要不是您把十一買回來，十一哪有這麼好的日子過？十一心裡一直感激小姐，不管做什麼都是願意的。」

明秋意眼淚又掉了下來，這話她已經是第二次聽了。她真的很幸運，兩世十一都守在她身邊。

「王妃，您怎麼哭了？您可不能哭，剛生產完要保重身體。」阿霜趕緊給明秋意擦眼淚。

十一也急了。「王妃，別哭了，其實我也沒什麼，就是有點疼。雖然以後會變醜，但是不要緊，我一點都不想嫁人，只要王妃別嫌棄我醜就行。」

「……我怎麼會嫌棄妳醜？妳得快點好起來，沒了妳，我還真不習慣。」明秋意早就打定主意，不管十一變得多醜，她也會把十一留在身邊，絕不會讓人輕視十一。

十一聽了很高興。「王妃放心，我過幾天就好了。」

小世子越長越可愛，才出生十幾天，就會睜大眼睛滴溜溜的瞅著人看，明秋意捨不得孩子，白天便讓人把搖床搬到正房，她就一刻不停的看著孩子。

「妳一天到晚盯著看，他也不就那樣？妳歇一歇吧。」

穆凌寒心裡不知是啥滋味，他早就發覺明秋意太愛這孩子了。

如今孩子出生了，雖然不是女兒，可一點也不影響明秋意對孩子的喜愛，成天把孩子抱到屋裡來，左看看，右看看，恨不得看出一朵花來。

這導致穆凌寒想對明秋意親親抱抱也只能等到夜深人靜時，白天孩子和阿來等人杵在這裡，他只好規規矩矩，如同老僧坐定，了無生趣。

「這天冷，我又沒出月子，不能去逛花園，看書你又說我傷眼睛。我不看孩子，看誰？」明秋意奇怪的看了穆凌寒一眼，說道。

「我！看我不行嗎？」穆凌寒語氣十分認真。

明秋意瞬間啞然，小臉發紅，旁邊的阿來低著頭，趕緊悄悄的走了出去。

穆凌寒滿意了，便走到明秋意身邊，在她床邊坐下。

「孩子都睡了，有啥好看的。」

「好看，很可愛。」

「……我呢？」穆凌寒腦袋往她身上蹭了蹭，似乎聞到一股奶香味。

「……王爺，你別鬧。孩子的名字你想好了沒？」

穆凌寒努力去聞那奶香味，他想明秋意不是不餵奶嗎？怎麼身上也有這個味道呢？好半天他才回答。「哦，想好了，就叫穆凡吧。我對他沒什麼要求，希望他以後平凡快意就好。」

明秋意點頭，她也是希望如此。「便叫凡兒吧。是個好名字。」

穆凌寒又心猿意馬的往明秋意身上蹭，親了她好幾口才作罷。

皇宮。

雖然皇后派人謀害閒王妃的罪人和認罪狀還沒送到京師，不過皇帝在鞏昌府有暗樁，暗樁知道這件事非同小可，早已寫了書信，快馬加鞭送來了。

皇帝看著那份抄錄的認罪狀，氣得一句話都說不出來。

他還真是娶了個好皇后啊！性子囂張跋扈、心胸狹隘也就罷了，竟然如此惡毒。惡毒就算了，竟然如此愚蠢！

她派人混在那四個美人中行事，這般草率魯莽，就沒想過被發現的後果嗎？

她是覺得閒王好欺負，只會忍氣吞聲？

可閒王偏偏不是好欺負的人，這不，她這皇后，成了天下人的笑話。

艾公公看皇帝緊捏著桌角，手背青筋暴露，便知道此時皇帝已經氣到了極致。

他也不敢說什麼，只好跪地不語。

許久，便聽到皇帝道：「把張明珠叫來。」

艾公公一驚。

關於閒王問罪皇后的事情，雖然京師中不許傳，但是知道的人越來越多了。閒王刻意把這件事鬧大，相信過不了多久，整個大月朝的人都會知道這件事。

皇后如此愚蠢，她自己沒了顏面，連帶著皇帝也跟著成了笑話，難怪皇帝惱怒，連皇后也不稱呼了。

沒多久，張明珠來了。

她臉色發白，關於閒王做的事，她自然是最快知道的。她只恨那派去的柳月怎麼沒有當場自盡呢？結果被閒王抓住了把柄，還鬧得人盡皆知。

如今全宮上下都在看她笑話，看她如何收場，張明珠是又急又氣，只好派人去跟父親商量，想辦法善後。

現在皇帝要見她，張明珠心中忐忑，她現在真是怕死了，皇帝本來就對她冷淡，如今……

張明珠進了大殿，便看到皇帝坐在案桌後面，冷冷的看著她，一言不發。

張明珠心驚肉跳，明白皇帝已經知道了，她卻不敢露怯，便假裝平靜的行禮。「臣妾拜見皇上。」

「跪下。」皇帝冷冷道。

「皇上，您為何這般？臣妾……」

「狡辯就不必了。妳在鞏昌府做的那些事，朕都知道了。張明珠，朕還真是小看了妳，又毒又蠢，朕怎麼選了妳當太子妃？」

這件事，皇帝懊惱，更是張明珠的痛處。

她一直都知道，當時她是僥倖才得到太子妃之位，實際上，皇帝心中屬意的一直是明秋意。

即便後來她成了太子妃、成了皇后，皇帝也沒有放下明秋意。

在皇帝心裡，她一直都不如明秋意，這也是為什麼她那麼恨明秋意！

「皇上，臣妾冤枉，那不是臣妾派人去的，一定是有人嫁禍給臣妾……是閒王，他想藉機對皇上發難，所以誣陷臣妾！」張明珠跪下，大聲哭喊。

「閉嘴！妳以為只有妳派人去鞏昌府嗎？朕在鞏昌府的暗衛已經調查清楚了，妳做了什麼事，朕一清二楚。朕送四個美人給閒王本是好意，妳卻做出這種蠢事，讓朕和妳一樣成為小人！張明珠，妳可恨，妳不配當皇后！」皇帝咬牙切齒道。

張明珠聽皇帝這麼說，知道自己無法抵賴，便癱軟在地上大哭。「皇上，饒了臣妾一次吧！臣妾也是被逼的啊！」

「誰逼妳？還不是妳惡毒！」

「皇上，若不是您對閒王妃念念不忘，臣妾……臣妾也不會這樣。是皇上逼臣妾的！」張明珠幾乎絕望，忍不住控訴，若是皇帝對她一心一意，她何必去嫉恨閒王妃？

皇帝一愣，忽然笑了。「這麼說，還是朕的錯？來人，把皇后押回她的寢宮，從今以後，沒有朕的允許，不許踏出宮門一步！」

張明珠這種毒婦，他真的不想再看一眼了。只是張明珠的父親如今還把持著西南、京師不少兵權，他若直接廢了張明珠，就怕張將軍不滿。

便將張明珠軟禁在寢宮中吧！

至於這件事如何善後，他還得好好想想。

處理完張明珠，皇帝覺得有些累了，便去了張歡歡的宮裡。

前幾天張歡歡生下了皇長子，立了大功。忽然，皇帝想到，張歡歡也是張將軍的女兒，雖然是庶女，但是對於張將軍來說，嫡女或庶女並不重要。

沒了張明珠，他寵幸張歡歡也是一樣的。張歡歡雖是庶女出生，性子卻十分柔和，雖然當皇后不夠大氣，但是……張歡歡比張明珠好上一萬倍！

「歡歡，妳為朕生下長子，功不可沒，朕便冊封妳為皇貴妃吧。」

張明珠的皇后之位雖然還在，但對於皇帝來說，她跟廢后沒什麼區別，皇帝再也不想看到張明珠了。

然而宮中不能沒有皇后，封張歡歡為皇貴妃，取代皇后，也可以安撫張將軍，這是一舉兩得的事。

張歡歡一愣，她雖然生下皇長子有功，但是一下子晉升為皇貴妃，卻是她沒想到的。她知道，這件事和皇后謀害閒王妃、閒王問罪皇后有關。張明珠被厭棄，那麼她張歡歡的機會便來了。

這麼說，又是閒王幫了她。

張歡歡跪地謝恩。「臣妾謝皇上恩典！」

張歡歡眼底泛出淚光，她終於走到了這一步。

她，曾經是張府最低賤的庶女，如今卻成了大月朝最尊貴的皇貴妃。

還真是世事難料啊。

只是……不知道閒王妃如何了？

聽說她早產了，閒王那麼愛她，一定很傷心吧……

第三十九章 蜀王世子

小世子滿月了。

穆凌寒只在府裡辦了滿月酒，和王府上下一起慶祝，並沒有邀請外人。

之前明秋意出事，他已經讓袍子、石頭把府裡上上下下的人清理了一遍，遣走了不少人。

如今府裡也就二、三十人，有些不夠。

明秋意打算過一些日子，再補充一些人手。

這次小世子的滿月酒，鍾濤夫妻來了。

鍾濤帶著妻子劉芸，還有去年剛出生的兒子來到了鞏昌府。他此前已經辭去千戶的職務，如今來鞏昌府，專門幫閒王籌備護衛營。

實際上，早在年初鍾濤就開始籌備這件事，這次鍾濤攜妻兒來，同行的還有數百護衛。

王府書房。

「王爺，為了不引人耳目，這次我只帶了五百人。另外還有四千多人留在其他幾地。」

鍾濤把過去一年護衛營的組建情況詳細告訴了穆凌寒。

營。

原來，早在去年閒王封王後，他便派人傳話給鍾濤，讓鍾濤幫忙在西境為他籌建護衛營。

按照朝廷規定，藩王可以有私兵護衛營，但不能超過三個，每個護衛營不超過五千人，而護衛營主要的職責就是保護藩王。

「這次辛苦你了，不到一年時間，便有了五千人的規模。不過，護衛營不在人多，而在精。這些將士要可靠，而非濫竽充數。」

「王爺放心，這一年來，我對這些將士也是細心挑選，不敢隨意充數。」

「好，我信你，以後你便是護衛營統領，護衛營的事情，便交給你了。對了，我讓宋池和張元去了京師，身邊缺個侍衛，你幫忙挑一個可靠之人。」

鍾濤點頭。「好，等一下我挑幾個人來給王爺過目。」

後院，劉芸正在幫明秋意準備滿月酒。

府裡的人不多，明秋意打算今天府裡所有人上下同樂，便在後院擺了幾桌酒席，為小世子慶祝滿月。

劉芸的兒子已經四個月了，長得白白胖胖的，奶娘抱著孩子，和小世子一起玩。兩個奶娃娃咿咿呀呀的，也不知道在說些什麼。

「其實府裡空置的房間很多，你們夫妻住在王府裡也很方便的。」

鍾濤和劉芸打算住在王府附近，明秋意已經為他們購置了一處宅子。

「我們夫妻還是住在外面方便，我們拖家帶口的，又帶了不少僕從，一起住在王府，人多嘴雜不安全。柳月那件事，還不夠讓妳警醒嗎？這裡距離京師三、四千里，張明珠都能動手腳，想想都後怕。妳身邊的人，一定要仔細些。」劉芸提醒她。

明秋意點頭。「我明白。那件事後，剩下的美人已經被王爺放到了府外，這府裡的人也被盤查過幾次。」

「如今妳有了小世子，再謹慎都不過分，不過王爺的手段我算是見識到了，這次張明珠真是要吃不了兜著走了。之前我收到母親的家書，母親說皇后已經被軟禁，另外皇上又冊封了一位皇貴妃，將宮中的大小事務都交給這位皇貴妃。這其實跟廢后也沒什麼區別了。」

想到張明珠的下場，劉芸真是要拍手叫好。她們幾人都是在京師長大的官家小姐，從前張明珠仗著父親是大將軍，囂張跋扈，可沒少欺負人。

張明珠如今落到這個下場，真是大快人心。

劉芸心裡對閒王真是佩服極了。

明秋意卻關注起這位皇貴妃。「皇后還在，卻冊封了皇貴妃？我妹妹呢？」

「妳妹妹現在也好不到哪兒去。妳又不是不知道她的性子，小家子氣，不過呢，她比張明珠聰明一點。那位新冊封的皇貴妃是剛生下大皇子的張歡歡，張明珠的庶妹。」

這下，明秋意便知道是誰了，不就是那個被閒王設計送給了皇帝的女人。

當時，閻王把張歡歡送給皇帝，就是為了膈應張明珠，卻萬萬沒想到張歡歡最後竟然取代了張明珠。

原先那一世，張歡歡不過被封為靜妃，沒想到這一世差別這麼大！

晚上，穆凌寒過了戌時才回來。

他進屋的時候，卻發現阿來、十一都在外間。

他以為明秋意已經睡了，便讓阿來、十一噤聲，他輕手輕腳的掀開簾子，進了內間。

結果，裡面還亮著。

明秋意坐在床裡面，背對著他，身上的衣服似乎敞開著，她懷裡抱著小世子……

穆凌寒正納悶，上前兩步，走到側面，立即看清楚了。明秋意解開了衣服，把孩子抱在胸前，正偷偷餵小世子。

昏黃的燈光下，她皮膚泛著瑩白的光，那臭小子正閉著眼睛，使勁的吃奶，還發出咕嚕咕嚕的聲音，似乎怎麼都吃不夠。

穆凌寒呆呆地看著這一幕，瞬間覺得口乾舌燥。他想說點什麼，又說不出口，想要走開，眼睛卻根本挪不開。

於是，他便繼續看著這一幕美景，直到明秋意發現了他。

明秋意紅著臉，低著頭，悄悄挪動了一下身體，又用後背對著穆凌寒。

這可把穆凌寒氣壞了，她親自餵養臭小子，他卻連看一眼都不行。

穆凌寒故意走近，直接坐在床上，看著她餵小世子。

「……你走開一點。」明秋意很不好意思，很想把小世子放下，穿好衣服，但是小世子此時正吃得帶勁，兩隻手狠狠扒拉著明秋意的衣服，不肯鬆手。

明秋意不忍心，這小世子真的是不挑食，兩個奶娘誰餵他都吃，之前她也偷偷餵過小世子幾次，他也是不挑。

但是明秋意自己覺得，小世子更喜歡她一些。

所以，眼下看小世子扒拉著不放手，她也不忍心丟開小世子，便只好任由穆凌寒看著，繼續餵。

過了一會兒，她又抱著小世子轉了個方向，穆凌寒看她半邊身子裸露著，趕緊給她披了一件外衣。

「咱們之前不是說好了，不親自餵養孩子的嗎？」

看夠了之後，穆凌寒想起了正事。

明秋意有點心虛，其實她背著穆凌寒餵了很多次了。

「偶爾餵一下，又不耽誤我休息。等會兒餵完了，讓阿來抱他去隔壁睡覺。」

穆凌寒可沒那麼容易被糊弄，他之前仔細問過唐清雲了。

「餵養孩子會消耗母親的身體，即便不耽誤妳休息，也不能這般，妳之前落下的病根，還得好好調養。」

明秋意只好說：「知道了，今天是凡兒滿月，我做母親的，餵他一次嘛。」

「嗯，就一次。」

又過了一會兒，小世子吃飽了，十分滿足的睡著了，明秋意便讓阿來來抱。

結果，小世子一到阿來手裡，就哇哇哭了起來。

這讓明秋意納悶，這孩子之前並不挑人，誰抱都可以。於是她試了試，又從阿來手裡把小世子抱回來，結果小世子便不哭了，安心睡覺。

阿來驚奇。「小世子長大了，會認人了？」

「他眼睛都沒睜開，怎麼認人？快抱走，別耽誤王妃休息。」穆凌寒不耐煩道。

可阿來一抱，小世子又哭了。

穆凌寒不信邪，便自己去抱，卻沒想到小世子在他手裡並不哭。

「我就說嘛，認什麼人？阿來，妳抱穩一點。」穆凌寒又把小世子交給阿來，小世子不給面子，繼續哭。

穆凌寒頭疼，把兩個奶娘喊來抱，結果就是小世子會挑人了，只讓親娘和親爹抱。

穆凌寒抱著孩子，目瞪口呆。「他這屁大一點，還真會認人嗎？」

太神奇了，這麼小的一個孩子，他抱在手裡跟捧著個燙手山芋似的，居然會認人？小世子還閉著眼睛，就知道誰是他爹、誰是他娘了？

「王爺，孩子是有靈性的，嗅覺也很好，他能感覺到誰抱他。看來今天小世子被王妃餵奶，便想和王妃一起睡了。」一個奶娘說。

「那不行，不能影響王妃休息。」穆凌寒想了想。「這樣，我先把這臭小子抱到隔壁去，等他睡熟了，我把他偷偷放下，然後再回來。」

如今夜色深了，穆凌寒不許明秋意再為孩子熬夜，讓她早點睡。明秋意知道穆凌寒對這件事很有原則，便只好同意。

於是，穆凌寒抱孩子去隔壁，明秋意便躺下睡了，今天她也累了，剛剛又餵了孩子，沒多久便睡著了。

第二天她醒來，時辰還早，她的身邊卻沒人。

王爺雖然向來比她早起一些，卻也不會這個時候就起，再看看身邊的情況，似乎王爺昨晚並沒有回房睡覺。

明秋意趕緊喊人，十一進來了。

「王爺呢？」

「王爺昨晚都在隔壁呢，小世子不讓王爺鬆手，王爺一放下，小世子就哭。」十一道。

明秋意驚呆了。「那王爺豈不是一晚上沒睡？」

「剛剛小世子已經睡熟了，王爺也把小世子放下了，王爺說怕驚醒了您，去書房睡了。」

想到王爺一晚上抱著一個奶娃子放不下的淒慘樣子，明秋意忍不住笑了，雖然王爺平時似乎對小世子不耐煩，不過其實還是很心疼孩子的，因為怕孩子哭，竟然抱了一晚上！

明秋意便吩咐，讓王爺今天好好補覺，不要去打擾他了。

不過，她還是得放棄餵養小世子這件事，否則小世子太過依賴她，她和王爺都不能好好休息。她若是身體不好，王爺又要生氣了。

這該放下的事情，還是得放下。

將來小世子長大了，她再盡心養育，母子斷不會生了分。

幾日後，府中來了一位不速之客，原來是李雪兒。

她來拜訪親戚，順道來找明秋意。

明秋意有點詫異，但是她之前答應過李雪兒，願意和她成為朋友，此時李雪兒來，明秋意也不好拒絕，便見了她。

李雪兒告訴明秋意，她的婚事已經定下了。

這算是一件好事。

「是哪戶人家，定的是什麼日子，看來我這一份嫁妝得快些準備了。」明秋意忙問。

「多謝王妃費心。定的是蜀王世子，今年八月完婚。」李雪兒道。

明秋意愣住了。

蜀王便是皇帝、閒王等人唯一在世的皇叔，也是先皇的弟弟。

先皇在世時，曾經也和如今的皇帝一樣，對幾個兄弟十分不信任，暗中排除異己，對閒王的幾位皇叔趕盡殺絕。

最終因為種種原因，除了蜀王外，其他幾位皇叔都英年早逝了。

蜀王卻幸運的活了下來，雖然被軟禁在京師，不過他之前有一個兒子，兒子隨著蜀王妃去了娘家生活。

沒想到，蜀王世子已經到了婚嫁的年紀，明秋意更沒想到，李雪兒居然攀上了這麼一門親事。

明秋意知道，蜀王是裝瘋的，他早已對先皇、皇帝不滿，她死的那一年，蜀王已經開始反撲，想要推翻皇帝。

嫁到這樣的人家，可不是什麼好去處。

李雪兒居然選了這樣一門親事。她父母雖然不是大官，但好歹是一方知縣，若是選個小官之子，將來也能安穩度日。

李雪兒道：「蜀王世子知道我最近要來鞏昌府探親，特意寫信讓我拜見閒王、王妃，並為小世子準備了禮物。」

李雪兒讓婢女呈上禮物，一只純金的如意，上面鑲嵌各種寶石，價值不菲。又有兩個上等成色的玉珮，還有一些少見的金銀器具。

這些禮物價值貴重。
明秋意呆住了。
蜀王世子如今的境遇，哪裡拿得出這般禮物？是娘舅家資助的？可蜀王王妃娘家，為何要資助蜀王世子？蜀王世子有一個瘋了的爹，還被軟禁在京師，世子有什麼可圖的？
除非……他們早就已經知道，蜀王是裝瘋的，而且蜀王還有野心，他此時是裝瘋蟄伏，靜待時機，來日蜀王謀逆，討伐穆凌澈若是成功……
那麼蜀王娘家，豈不是新一代的皇親國舅？
再看看李雪兒對這些貴重禮物淡然處之的模樣，似乎這些禮物在她眼裡如同沙塵，不值一提。
她一個知縣女兒，這些禮物對她而言，本應該是十分貴重少見，她卻……不在意。
明秋意便明白了，李雪兒對於蜀王、蜀王世子的謀劃是清楚的，她大概也想著有朝一日，蜀王登基，自己會成為太子妃、皇后吧。
可嘆可笑。
又是一個深陷進去的女人，太子妃之位有那麼好嗎？看看張明珠的下場，看看她原來那一世的下場。
「李小姐，這禮物太貴重了，小世子不過一個嬰孩，實在用不上，還請拿回去吧，替我謝過蜀王世子。」

蜀王世子怎麼會無緣無故送這麼貴重的禮物，自然是有所圖謀。

「這是蜀王世子的一片心意，若是王妃不收，我怎麼和世子交代？還請王妃不要客氣，收下吧。」

「李小姐，妳是聰明人，我們明人不說暗話，這禮太重，我實在沒有收下的理由，我是個怕麻煩的人，也不想給王爺找麻煩。」明秋意大概猜到了蜀王世子的意圖，便直接拒絕了李雪兒。

李雪兒看向她。「王妃，您和王爺是淡泊之人，原本也只想在這鞏昌府安穩度日，可你們不想惹麻煩，麻煩會放過你們嗎？我聽聞閒王在來鞏昌府的途中，被派去邊境抵禦韃靼，王妃早產也是被人所害。王妃，匹夫無罪，懷璧其罪，您難道不懂嗎？」

「……李小姐，妳真是好口才，妳的意思我明白了，但我們不是一路人。看在妳我有緣的分上，我提醒妳一句，聰明反被聰明誤。」

說完，明秋意吩咐十一。「送客。」

李雪兒原本設計好了這番話是打定閒王妃會動心的。閒王妃和閒王來鞏昌府，幾度被皇帝、皇后算計，心中怎麼可能無怨無恨？

這次她其實是特意來鞏昌府，替蜀王世子說服閒王、閒王妃和蜀王世子達成聯盟。

李雪兒本是成竹在胸，沒想到她才說完，閒王妃便要趕她走。

李雪兒急了。「王妃，您真的願意任人宰割嗎？若是不趁早籌劃，等到來日想要反抗，怕是也來不及了。您就算不為自己打算，也不為小世子打算嗎？」

十一並不客氣，直接招呼阿霜，拉著李雪兒出去。

李雪兒有些狼狽，衣衫也有些凌亂，她被十一拉出屋子，卻看見閒王正冷著臉站在外面。

李雪兒剛剛生出絕望的心又有了希望。「王爺，請聽我一言，這次您大動干戈得罪了皇上，皇上他不會放過……」

「閉嘴！」穆凌寒呵斥道。他冷厲的看著李雪兒，實在厭惡李雪兒居然長得有些像母妃。

穆凌寒已經在門口站了一會兒，剛才李雪兒和明秋意在裡面的談話，他聽了一些。

他生在皇室，對皇權相關的事極其敏感。李雪兒那一番話，他立即明白，蜀王世子這是有謀逆之心，而李雪兒則是他的說客。

蜀王世子大概以為他被皇帝忌憚、陷害，此時心中對皇帝極為不滿，已經有了反心，便讓李雪兒來說服他與蜀王世子結盟。

真是可笑。

即便皇帝如今有種種不是，但是也遠遠不到旁人覬覦皇位的時候。

蜀王世子野心不小，卻自不量力。

再者，若是天下大亂，這天下之人，又有幾個人有安穩日子？

他並非什麼憂國憂民之人，可也想著天下太平，過一些舒適自在的日子。

李雪兒見閒王神色肅穆，眼中似乎有殺氣，嚇了一跳。這樣的閒王，實在嚇人，但是李雪兒沒忘記這次來的目的，她鼓起勇氣，硬著頭皮還想說幾句，旁邊的袍子已經幫十一把她拖走了。

幸好這後院都是可信之人，否則李雪兒說的這些話給有心之人聽到，傳了出去，後果不堪設想。

穆凌寒走進屋子。

明秋意正皺著眉，她沒想到，原來蜀王這個時候便開始謀劃了。

原來那一世，蜀王反叛是在十五年後。

籌謀十五年，她死的那年，蜀王剛剛起兵謀反，不知道他最後成功了沒？

「別想她了，惹人煩。沒想到她竟然有這般野心。」一想到李雪兒和母妃長得像，穆凌寒心中不快。

他的母妃從不在意權勢位分，和李雪兒天壤之別。

「李雪兒不過是有一些虛榮之心，然後被有心之人利用，蜀王世子寄居在娘舅家中，竟然還有這番心思，李雪兒剛才拿出的那些禮物，並不是蜀王世子能拿得出的，看來那蜀王王妃娘家也是有了些心思。」明秋意道。

穆凌寒卻顯得疑慮重重。「只怕這不是蜀王世子的想法，他今年不過十六歲，心機還沒這般深沈……我那瘋了的皇叔，原來真的是裝的。」

「……蜀王裝瘋？」明秋意沒想到，王爺一下子就猜到了。

「嗯，若非蜀王在背後籌劃，王妃娘家也不敢如此相助蜀王世子。隨他們去吧，反正與我們無關。」看明秋意有些擔憂，穆凌寒趕緊打住。

明秋意點頭。「嗯，我們只管吃喝玩樂，輕鬆度日就好了。」

「哈哈哈，對，王妃真是近朱者赤，英雄所見略同！」

「……」明明就是近墨者黑才對。明秋意心想。

「王爺，鍾濤他為您籌備護衛營之事如何了？」明秋意只知道鍾濤這次來鞏昌府後，成了閒王的護衛營總統領。

穆凌寒也不瞞她。「目前護衛營已經有了五、六千人，分散在鞏昌府、平涼府附近各地。皇兄對我疑心很重，目前我在鞏昌府只有一千左右的私兵，日後再慢慢增加，也好讓他放心。」

「可皇上耳目眾多，萬一他知道了……」

皇帝一向對各個王爺十分忌憚，派不少暗衛去監視他們。而和原來那一世不同，這一世皇帝對閒王早早生出了防範之心，只怕鞏昌府有不少皇帝的暗衛。

「自然不會讓他知道。他再厲害，也不是神仙，總不能天下事事都知道。」穆凌寒胸有成竹道。

明秋意沈吟片刻，還是決定把此前她還沒有出嫁前，皇帝讓她暗中監視閒王、皇帝在罣昌府有暗樁之事也一併說了出來。

「……這便是當時皇帝告訴我的幾處店鋪，這裡的人便是皇上安排的暗樁。王爺還需多加留意，這罣昌府皇上的耳目眾多，王爺一定要當心。」

穆凌寒大吃一驚。「什麼？皇兄讓妳……在我身邊監視我，還給他送情報？他怎麼想的？」

明秋意有些不好意思。「可能皇上還覺得我們之間有昔年的情誼……另外，父親在朝為官，他覺得我多少會顧忌這一點吧。」

穆凌寒頓時心情不爽。「昔年情誼……也是，妳差一點都成太子妃了。不過秋意，不是我說皇兄的壞話，當時太后是讓他自己選的，他卻選了張明珠。可見他並不把你們這點情誼放在眼裡。還有，他也不珍惜妳送給他的栗子糕，轉頭就送我了。」

似乎生怕明秋意還有這點昔年之情，他竹筒倒豆子，把當年皇帝的絕情之事全部說出來。

明秋意聽了，哭笑不得。「你跟我說這些做什麼，這都是皇帝一廂情願的，當初我既然不想成為太子妃，便對他如同陌路一般。當日他跟我說監視你的事情，我也只是應付他。從沒想過會做什麼，今日說出來，是讓你警醒一些。」

「哦，這樣啊。」穆凌寒似乎放了心，又似乎不太放心。「那妳為什麼不大婚的時候便同我說，今日才同我說。」

明秋意一時啞然，她沒想到閒王竟然這樣追問，自然是因為那時她才嫁給閒王，和閒王並不熟悉，也不是那麼相互信任。這種事情，也沒必要說出來讓閒王不快。

他對很多事情從不計較，卻對一些小事總是刨根問底。讓她不知所以，比如現在。

「……自然是現在不同之前了。」明秋意想了想，並沒有明說，希望王爺能懂。

果然，穆凌寒聽了眉眼放鬆，露出喜意。「嗯，秋意如今心裡有我了。」

「……」

第四十章　韃靼王子

兩個月後，京師。

今年春闈頭名是大家都沒有想到的人，沈獲。沒多久，沈獲又在殿試中得到皇帝的青睞，被皇帝欽點為新科狀元。

說到沈獲，那真是一個傳奇。

他中了狀元之後，不少人為他寫了話本子，民間茶館內，也有不少在說他的傳奇故事。

他少年就考中了舉人，結果後面再無進展，十數年連會試都沒通過一次，直到今年忽然一飛沖天，會試第一，殿試奪魁！

因為沈獲家鄉遠在鞏昌府，若是回去報喜探親，這一來一回，半年就過去了。皇帝有意讓沈獲盡快入朝為官，為他效力，便專程派禮部官員替沈獲回鄉報喜，並加以賞賜，而沈獲則直接留在京中任職。

沈獲被皇帝授命為正五品戶部郎中，可見皇帝對他的信賴和重視。

這天，皇帝接見沈獲，和他談起了幾位王爺之事。

「如今，五王爺已經不足畏懼，六王爺還算安分。二王爺看似老實安靜，卻最不讓朕放心。最近，又聽說蜀王世子有些不安分。而這閒王最能鬧騰。朕的這些皇叔兄弟，總讓朕睡得不安穩。」

皇帝扶著額，十分苦惱。

這些日子，沈獲已經得到了皇帝的信任，和皇帝數次交談，自然知道皇帝的疑心。

「還請皇上恕罪，臣認為，皇上不必為這些事過於煩惱。」

「哦？沈獲，朕信你，你有話便說，不必隱瞞。」

「臣認為，這些王爺中，多數暫時並無異動。臣從鞏昌府來，至少閒王目前沒有這方面的舉動。即便閒王有二心，此時卻還沒有落到實處。而其他幾位王爺，目前看來大多也是如此。因此，皇上即便有心處置他們，也不可輕舉妄動，一來落人話柄；二來，若是那些王爺因為惴惴不安，最後為了保全自身而結盟反叛，那豈不是適得其反？不如靜觀其變，各個擊破。當然，如蜀王世子之流，皇上應當多加防範，未雨綢繆。」

其實，沈獲最擔心的就是這些王爺被逼結盟，那樣一來，必然是天下大亂，百姓遭殃。

皇帝點頭。「你這番話，朕也考慮過。確實，若是他們結盟造反，反倒讓朕苦惱，倒不如靜心等待，逐一處置。不過，你說閒王並無異動？他公然問罪皇后，不就等同於挑釁朕的龍威？」

沈獲趕緊又拜了拜。「皇上恕罪。臣認為，會咬人的狗不叫。正如皇上之前擔心不聲不響的雲王令人擔憂，如閒王這般，為了王妃公然問罪皇后，看似是對皇上的不滿挑釁，實則也說明了他並不是那種心機深沈之人。就臣的了解，閒王雖然不像傳言中無能，但確實無心權勢。他到鞏昌府一年多了，從不結交當地官員權貴，也並不熱衷組建私兵護衛營。」

「也許……這些都是表面功夫呢？」

「即便是為了欺騙皇上，可他若是真的做些什麼，皇上耳聰目明，想必第一時間便知道了。臣也受過閒王恩惠，臣知道這番話，看似是為閒王說話，但臣卻是為皇上著想。如今皇上才登基一年不到，此時萬不可貿然行動，皇上逼得過緊，那些王爺更容易齊心。」

皇帝笑著點頭。「是，你確實敢說實話，朕信你。沈獲，你若是忠心不二，朕必不會埋沒你一身才華。」

「謝皇上。」

沒多久，皇帝便傳聖旨到了鞏昌府，謀害閒王妃的柳月，確實是皇后的人，但是皇后只是想為閒王選送美妾，並沒有指使她謀害閒王妃。

是柳月心生嫉妒，想要謀害閒王妃，取而代之。柳月被處以極刑，皇帝、皇后對閒王妃被害之事十分不安愧疚，賞賜閒王妃許多金銀、禮物作為撫慰。

五個月後。

轉眼，小世子已經會滿地亂爬了，他天生好動，手腳靈活，一眨眼的功夫，就能爬出好遠，阿來、幾個奶娘、宋池照看他都滿頭大汗。

穆凌寒對他這個兒子不耐煩得很，實在太皮了。他四處搞破壞，一個才會爬的孩子，竟然能趁奶娘她們不注意，從隔壁屋子爬到這個正房來搗亂。

你說愁不愁人？

這天早上，天剛亮，明秋意還睡著，穆凌寒便醒了，昨晚他意猶未盡，今早又來了精神，看明秋意的睡臉十分恬然溫順，便忍不住親了上去。

這時，那該死的聲音又來了。

只見門口傳來「嗷嗚嗷嗚」的聲音，不用說，是小世子又爬過來了。

看門的阿風便抱住他。「小世子，您怎麼來了？王爺、王妃還沒睡醒呢，您先回去玩一會兒，過一會兒再來成不？」

跟一個八個月大的小孩講道理便是笑話，小世子被抱了起來，不能繼續往裡面爬，頓時就生氣了。

「哇嗚！」

他從小被餵養得很好，身體健壯，聲音十分洪亮。

即便是在屋子內的穆凌寒，瞬間也覺得耳朵要聾了，他皺眉，心想這孩子怎麼回事？這嗓門也太大了一些。

這大早上的，就打擾了他的好事，簡直不是他的兒子，而是他的仇人！

果然，明秋意也被兒子的哭聲吵醒了。

「是凡兒？」

「別理他，一天到晚的，就不幹點好事，妳睡，咱們就當沒聽見。」穆凌寒抱著明秋意不鬆手。

明秋意皺眉。「王爺，你這樣我也不能睡啊。」

小世子在門外號哭的聲音更大了，阿風急得不行，趕過來的奶娘想把孩子抱回去，可她剛伸手，小世子便撕心裂肺的哭叫。

這下別說明秋意了，穆凌寒也聽不下去了，只好起身，對外頭道：「行了行了，讓他進來吧，真是欠了他的。」

於是，外頭的阿來把小世子抱了進來，小世子一進來，便跟明秋意伸手討抱。

顯然，一大早就來找娘了。

明秋意趕緊讓阿風幫她穿好衣服，才去抱小世子。

「這兒子一點都不貼心，一大早就打擾妳休息。平時這個時辰，妳哪起得來。」

穆凌寒起來後，便開始數落這搗亂的兒子，自從有了兒子，他感覺和明秋意單獨相處的機會都少了許多。

「今日本來就有事，就算凡兒不來，我也是要起來的。」明秋意立即為兒子辯護，如今孩子已經快一歲了，王爺還是很孩子氣，逮著機會便和兒子爭風吃醋，讓她哭笑不得。

「有事？」穆凌寒一愣。

「你忘記了？」明秋意好笑。「之前你說這鞏昌府等地的人可憐，沒口福，街上最好的酒樓做的菜餚也只是為了果腹，不懂欣賞美食，想去街上開一家酒樓，我便籌備了這件事。」

穆凌寒大吃一驚。「我只是隨口說說，妳怎麼還真去開酒樓了？」

明秋意並不喜歡出門，平時若無必要，只帶著孩子在王府玩，這王府場地大，各種玩意兒都有，他還專門在後花園找了塊地，教明秋意騎馬。

他一直覺得明秋意天性雖然不古板，卻受到多年閨閣千金的教化，只喜歡待在家中，不多過問外面的事情。

結果，他這個大門不出、二門不邁的王妃，居然不聲不響的在外頭開了家酒樓。

明秋意抿著嘴笑。「之前聽王爺說鞏昌府這麼多酒樓飯館，卻沒有一家飯菜可口，我便覺得這是個機會。」

「什麼機會？」穆凌寒有點懵。

「賺銀子的機會啊！王爺你想，雖然鞏昌府沒有好吃的酒樓飯館，但並不代表鞏昌府的官民不喜歡吃美味的食物。我若是開一家品味好的酒樓，豈不是生意大好，財源滾滾來？」

明秋意想到這兒，又偷笑了起來。

穆凌寒目瞪口呆，他知道明秋意十分會打理財務，比如說，府裡多餘的銀子，她都會去購置店鋪、田地。他覺得明秋意十分會當家，可他萬萬沒想到，王妃竟然還會自己去開酒樓賺銀子。

「再說，王爺總是出去宴請他人，這花的銀子都讓那些不好吃的酒樓賺了，思來想去，還不如讓自己賺呢。」明秋意又說。

「……妳的意思是，開了這酒樓，我日後就去妳的酒樓吃飯喝酒，左手出，右手進？」穆凌寒哭笑不得，明秋意竟然開始打他的主意了。

「嗯。」明秋意點頭，有些得意。「這樣不好嗎？」

他能說不好嗎？其實王府壓根兒不缺錢。他這王府，只有明秋意一個正妻，也沒有其他侍妾，所以也不需要多少僕從，養的人還不如小官家的多。目前王府最大的開支，便是護衛營的開支了。

可見明秋意這麼興致勃勃，他哪能說不好，雖然他覺得沒必要，明秋意也不必這般操勞，但是……

只要她高興，又有什麼不可呢？

「好，今天是酒樓開張？」穆凌寒問。

「嗯，就叫如意酒樓，在王府不遠的街上，今日我們去看看情況。這一個月，我找了幾個江南、京師那邊的廚子，又讓阿霜好好指導了他們，今天開張，看看大家評價如何。」

這麼一說，穆凌寒也很感興趣，於是兩人穿戴好後，又吃了一點早飯墊墊肚子，便坐馬車出了門。

到了如意酒樓門口，穆淩寒才知道，這些日子這裡大興土木改建的一座酒樓，竟然是明秋意主導的。

原先這家酒樓經營不善，但是位置不錯，占地也大，有上下兩層，後面還帶了一個大院子。明秋意看中這場地，便花錢將這酒樓買下，原主人本就因為經營不善賺錢不多，見有人買，便趕緊賣了。

然後，明秋意又花了大筆銀子，仿造江南那邊的酒樓風格，將這酒樓修葺一新。這般精緻、奢華的裝飾，在犟昌府等地是很少見的。

所以，大家對這間新酒樓以及酒樓的主人充滿好奇。

酒樓一開業，犟昌府不少人都紛紛來嘗試。

他們看到閒王從一輛馬車裡鑽出來。

這閒王成日裡沒事就在犟昌府到處轉，吃飯喝酒找樂子，這犟昌府上下，誰不知道他？

只是，平時閒王出門都是騎馬，這次卻坐了馬車……

眾人正奇怪，只見馬車門簾又被掀開，閒王扶著一名女子出來了。

這女子臉戴面紗，身上裹著一身白色的狐皮斗篷，只能看到她膚色雪白，目光柔和。

看到閒王這般小心翼翼的樣子，大家不用猜就知道是閒王妃。

閒王妃極少出門，犟昌府除了一些官家夫人、小姐，便沒有人見過閒王妃了。

大家對這位能讓閒王公然問罪皇后的王妃十分感興趣。

沒想到，今日來如意酒樓吃飯、喝酒，還能見到閒王妃，大家覺得一點都不虧。

如意酒樓的女掌櫃方娘見到閒王和王妃，趕緊過來拜見。

「王爺，王妃，你們來了，請隨我上樓，樓上預留了位子。」

方娘是舊酒樓原先的管事，明秋意買下舊酒樓的時候，就發現方娘其實還算能幹，只是原先酒樓菜品不佳，才經營不善。方娘只是一個管事，做不了決定，而且她是個女人家，說話不被原主人看重，因此對舊酒樓的沒落無可奈何。

明秋意見她有幾分見識，便留下她擔任如意酒樓的掌櫃。

其他人見閒王、王妃來了，也紛紛來拜見。更多的是想多瞧瞧王妃，日後也好吹噓。

「王爺，您今日好雅興，和王妃一起來用飯？」

「王爺，今日還一起喝酒嗎？聽說這酒樓的酒是從南方運來的，口感很不一樣呢。」

穆凌寒擺擺手。「今日沒空和你們一同喝酒了，我今日要陪王妃。」

也難怪王爺、王妃要來這裡用飯，聽說這家如意酒樓幕後的主人非富即貴。看這如意酒樓的修葺，在鞏昌府等地都是獨一份的，乾淨、精緻、奢靡，走進這酒樓就像是到了另一個地方。

今日如意酒樓開張迎客，鞏昌府不少官員、富商都紛紛前來。

沒多久，各桌點的菜品陸續上桌，眾人又是一陣迷惑。

這小碟子小碗的，夠塞牙縫嗎？

而且就這小小一碟菜，也不比其他酒樓那一大盤菜便宜，只是看起來十分精緻可口而已。

怎麼算也太貴了一些。

當即便有人不滿。「這是店大欺客嗎？這麼小的一個碟子，裝這麼點菜，剛才店小二說竟然要五十文！」

立即有人附和。「就是，別的酒樓一大盤還不到五十文呢！」

眼見如此，其他還不了解價錢的客人也開始詢問價格，等店小二一一告知之後，不少人紛紛不滿。

這時，方娘走到大堂中間。

「諸位貴客，我家的菜品確實貴一些，但是，貴有貴的道理，我們請的是江南來的名廚，還有不少做菜用的材料，在西境也是少見。物以稀為貴，我們價錢是高，但絕不是宰客，更不會強買強賣。眼下若是有人對這價錢不滿，現在便可離開，我也不會收一文錢。」

有些人起身憤然離開，但更多人還是留了下來。

許多達官貴人也不在乎這點錢，更何況還有面子問題。

若是走了，豈不是等於告訴閒王和眾人，他這頓飯吃不起？

然而，等這些人開始品嚐這些菜，才真覺得十分不同。這樣的口感，他們長這麼大，還是第一次吃到！

所以雖然貴了一些，還是不斷有人加點。

明秋意和穆凌寒在樓上的雅間用飯，不一會兒，方娘來說明情況，明秋意很滿意。「雖然貴了一點，以後應當是不缺客人的。」

「放心，有我呢，我以後只來如意酒樓喝酒。」穆凌寒道。

明秋意好笑，心想王爺來喝酒還不是王爺請客，那錢還不是府裡出的，好處就是沒讓別的酒樓賺去了。

她心裡這麼想，嘴裡卻說：「以後如意酒樓就靠王爺關照了。」

穆凌寒十分受用，得意道：「當然了。」

這時，明秋意從窗戶看到大堂的一個角落，坐了幾個面容和中原人不同的男子。

鞏昌府位於西境，北面和韃靼接壤，平時兩國間有商人往來不足為奇，只是……

明秋意一眼便覺得，那坐在最裡面的男人非同一般。

果然，明秋意才看了他一會兒，那人便立即察覺到了，他猛然抬頭，看向明秋意的方向。

那人眉目粗狂，眼神銳利，明秋意被他看了一眼，便嚇得趕緊縮回脖子。

穆凌寒見她如此，便也看向窗外。

他的目光和那男子對上……

穆凌寒一愣，這個人……不是去年在邊境，和他交過手的韃靼王子巴特耳嗎？

當時穆凌寒為了趕緊離開邊境，便假裝中計，貪功冒進去追韃靼王子，結果「不小心」被韃靼王子抓獲受傷。

又「很幸運」的被鍾浩救下。

這韃靼王子還真是膽大包天，居然跑到了鞏昌府。就他所知，目前韃靼又開始騷擾邊境了，如今兩國處於交戰狀態，雖然只是小打小鬧，他一個王子居然深入敵方?!

穆凌寒立即站起。「石頭，宋池，你們送王妃回府。」

他忽然面色肅然，似有殺氣，把明秋意嚇了一跳。「王爺……」

「沒事，妳先回去吧，我去會會故人。」

穆凌寒今日身邊沒帶太多人，他讓人悄悄去找鍾濤，讓鍾濤迅速調人過來，若是能在這裡拿下韃靼王子……

這時，韃靼王子朝他一笑，手裡舉杯，似乎在邀請。

穆凌寒更是惱火，心想巴特耳這狗膽還真大，難道還真把他當草包了？他那日被俘明明是裝的，其實他身手不比鍾浩差好嗎？

故人？明秋意想到大堂那個男子……難道王爺認識他？

這時，穆凌寒已經出去了，石頭和宋池便送明秋意、十一離開。

明秋意經過大堂時，看到穆凌寒帶著侍衛秦遠走到那男人的身邊。

看王爺神色如此緊張嚴肅，這人定然不簡單。明秋意也不敢留下給王爺增添麻煩，便趕緊帶著十一、石頭和宋池回去了。

巴特耳做了一個「請」的手勢，穆凌寒也不膽怯，直接在他對面坐下。

這角落偏僻，大家雖然好奇閒王到這裡的理由，但見他似乎和人談話，也不好去打擾。而巴特耳的隨從便站在一邊，擋住其他人看向巴特耳的目光。

「你膽子真是大。」穆凌寒盯著巴特耳道。

「好說好說，你王妃長得也就那樣，值得你那麼寶貝？去年你還假裝受傷，只為了去見她？」巴特耳忽然說。

「……關你何事？我的王妃，我喜歡就行了。」穆凌寒忽然很生氣。他的王妃只能他說醜，別人不許說。

巴特耳很詫異的看著穆凌寒，沒想到他這麼生氣，他忽然輕聲道：「你還真的很寶貝她。不過，以你們皇帝的小心眼，你能好好保護她嗎？」

穆凌寒皺眉。「這又關你何事？」

巴特耳輕笑。「以你們皇帝的性子，你早晚性命不保，屆時你心愛的王妃又何去何從？閒王，我知道你是個有能耐的人，何必委屈自己屈居人下……」

「你是不是找錯人了？」穆凌寒這才領悟，巴特耳居然是想找他結盟。

見鬼了，他看上去像是想要造反的樣子嗎？他明明只是一個只想吃喝玩樂的王爺，為什麼大家就不信他呢？

怎麼一個、兩個，都來找他結盟造反？

第四十一章　戰事

「不，我是認真的同你說這件事。以你的才能，才是這大月朝應當有的主人。你屈居於此，皇帝還不放過你，還有你的王妃也跟著受苦……」巴特耳低聲說道：「我是真心想把你當兄弟，也是為了你和你的王妃考慮，若是和我結盟——」

「巴特耳，你是不是忘記你現在身處的地方？要知道，只要我招呼一聲，今日你便休想離開這裡。沒了你，韃靼前線必然大亂，今年這場戰役，我們便不戰而勝了。」

巴特耳笑了。「然後呢？你立了功，成了有威望的閒王，然後皇帝更加忌憚你，你死得更快，這樣值得嗎？你該不是個傻子吧？」

穆凌寒臉色難看，他當然知道，巴特耳的推測是有道理的，按照皇帝的個性，若是他在西境有了名望，皇帝豈不是著急跳腳？

但是，他難道就這樣放過巴特耳？

不行，得以國家為重！

穆凌寒正想著護衛營快來了，誰知巴特耳似乎知道他的思慮。

「兄弟，你還真是個傻子，給你機會你都不要，護著那狼心狗肺的皇帝，對你有什麼好處？行，既然你這麼傻說不動，我便找你王妃說。」

穆凌寒怒火中燒。「你是什麼意思？」

「剛剛我看你王妃先走，派人去抓她了，應該得手了吧。」巴特耳輕描淡寫道。

穆凌寒一下子站了起來，也不理巴特耳了，趕緊朝王府方向追去。

巴特耳見穆凌寒走了，也鬆了一口氣。「快撤，等這傻子反應過來，我們就走不出這犟昌府了。這還真是個傻子，給他好處都不要。」

說完，巴特耳和幾個隨從迅速離開，消失在人群流動的街道中。

穆凌寒帶著秦遠很快追上了明秋意，才知道他被巴特耳騙了，此時再讓鍾濤去搜，早已不見巴特耳的蹤跡。

這讓穆凌寒氣惱不已，他還是第一次被人如此戲耍。這個狗賊子，下次別讓他再遇到！

回到後院屋裡，明秋意才敢仔細問。

「王爺，那人是誰，為什麼你看到他後如此緊張？」

穆凌寒怕明秋意擔憂，便說：「是韃靼的一個將領，膽子也真肥，可惜讓他跑了。」

「他似乎是專程來見你的，他找王爺是為了何事？」明秋意心中其實已經隱隱有了猜測。

如今閒王被皇帝針對，他的封地又正好在犟昌府，和韃靼交界，若是韃靼中有那聰明之人，知道用反間計，那麼……來說服王爺和韃靼結盟，對付大月朝，豈不是正好？

穆凌寒看明秋意那憂心的樣子，只好說了實情，隨後，他萬分苦惱。「為何人人都來找我說這件事？難道我像是有反心之人？」

明秋意嘆氣。「匹夫無罪，懷璧其罪。你如今被皇上忌憚，他人自然猜測你對皇上不滿。鞏昌府正好是你的封地，韃靼想找你做內應，也不奇怪。」

「秋意，妳怎麼想？妳希望我怎麼做呢？」穆凌寒認真的看向明秋意。

「王爺只需遵從本心，我相信王爺。」明秋意了解閒王並不想造反，那太費事了，他更不想推翻皇帝自己當王，太麻煩。

閒王是真心想要當吃喝玩樂的閒王，而這也是她的心願。

人生在世，若是能得一世安穩和富貴，那比神仙還快活。

穆凌寒滿足的笑了。

「我知道，秋意和我一樣的想法。天下大亂，民不聊生，並非我所願。只希望皇兄能早些想明白吧。」

一個月後。

每年到了秋冬季節，因為糧食不足，韃靼總會來騷擾大月朝邊境，劫掠大月朝村民的糧食及牛羊。

這一年冬天，因為韃靼雪災嚴重，韃靼境內百姓更是缺衣短食，因此對大月朝邊境的村落騷擾更是嚴重。

不少邊境村民不堪其擾，紛紛逃到東南邊的鞏昌府、平涼府等地。

西境冬天極為寒冷，到了十一月，晚上已經到了滴水成冰的地步，這些難民若是露宿街頭，一個晚上便會凍死。

明秋意不忍心，便讓閒王督促官府，搭建棚子收留這些難民，她又以閒王的名義採購棉衣、棉被給這些難民使用。

在邊境抗敵的陝西都指揮使周振也察覺到今年的戰事不同以往，趕緊寫奏摺遞去京師。閒王這邊也收到了鍾浩的信。

「大哥在信中說，今年韃靼的進攻比以前猛烈許多，他擔心韃靼怕不只是騷擾邊境搶奪糧食那麼簡單。大哥推測，韃靼有可能想要南下侵犯。」

王府書房中，穆凌寒、張元、鍾濤等人正在議事。

「鍾浩在西境擔任秦州衛指揮使十餘年，對邊境的情況十分熟悉，他的推測應當不會有錯。看來，韃靼今年是想動真格了。」

穆凌寒又把一個月前，在鞏昌府遇到韃靼王子的事告訴大家。

「這麼說，韃靼本是想聯合王爺，共同進犯中原。王爺沒有答應，但是他們並沒有打消野心。」鍾濤分析道。

「周振對眼下的情況也有警醒，已經向朝廷寫了奏章，如今附近數衛的兵力都去了西北邊境，不知道能抵擋多久。」穆凌寒心中憂慮，若是邊境危險，那麼隨後鞏昌府、平涼府便面臨危機。

他即便不擔憂百姓，也為自己的妻兒擔憂，一旦犟昌府等地面臨敵軍侵犯的危險，明秋意和凡兒怎麼辦呢？

回去京師避難嗎？先不說皇帝允不允許，這大老遠的，他也不敢把明秋意送到京師去。他還怕皇兄賊心不死，惦記明秋意呢。

送到別處？這邊境不保，哪裡又是安全的呢？

「韃靼鐵騎確實不可小覷，不過韃靼內部一向四分五裂，他們又缺衣少食，應該不成氣候，王爺不必太擔心。」張元又道。

穆凌寒點頭。「希望如此，眼下我們也得警醒起來。鍾濤，你要抓緊護衛營將士的操練，只怕萬一。」

鍾濤抱拳。「屬下明白。」

出了書房，穆凌寒便去了後院。

小世子如今九個月了，也不知他是天生了得還是怎麼著，現在把他放在地上，他都能搖搖晃晃的走兩步了。

不過，唐清雲說太早走路對小世子的腿不好，明秋意便不讓小世子走著玩，但他自己卻偏偏找到機會就要走，扶著牆走，扶著人的腿走。不讓他走，他還發脾氣。

這不，穆凌寒才走進屋子裡，坐在床上的小世子見到父親就哇哇亂叫，招呼父親過來扶他學走路。

穆凌寒不理他，看向坐在一邊的明秋意，她正在看帳本。

這些日子，因為要拿出銀子給難民搭棚子、做棉衣棉被、買糧食，府裡的開支很大。

穆凌寒向來不管銀錢支出，但他也知道大概，再加上他最近讓鍾濤加緊訓練王府護衛營，也是開銷不少。

「是銀子不夠了嗎？」

明秋意搖頭。「雖然最近支出大，但是府裡這些銀子還是有的。只是，我發現近來鞏昌府的難民越來越多，這才冬月初，便有這麼多人，這情況讓我有些擔憂。」

明秋意此前一直在安穩的京師，原來那一世也一直待在皇宮，如今到了西境，親眼看到這些難民，心中不忍。

去年冬天，雖然偶有難民來鞏昌府討生活，卻遠遠不及今年的人數，眼下的情況，似乎有些不對。

「韃靼似乎意圖大舉進犯。也不知道後面如何，妳需要早些準備，以防萬一。」穆凌寒告訴明秋意實情。

若真到了那一步，早些準備總比臨時慌亂來得好。

明秋意懵了。「早些準備？王爺的意思是……」

「若是邊境幾城失守，那麼接下來鞏昌府等地就危險了，妳和凡兒最好離開這裡，往東南邊避一避，南下便是漢中府……」

明秋意驚呆了，她萬萬沒想到會面臨這樣的情況，她以為和閒王來封地之後，雖然環境艱苦一些，卻能安安穩穩度日。

如今，若是韃靼南下，兵臨鞏昌府，她便要如同那些難民一般逃難去了。如今她可憐那些難民，將來她也如同他們一般。

這是她沒預料過，也不知道如何應付的日子。

原來，她設想的歲月靜好，其實……很難存在。在宮中是如此，在宮外也是如此。

看到明秋意迷茫又有些淒涼的神色，穆凌寒心疼又愧疚。

她本是千金小姐，跟他來這環境惡劣的鞏昌府已經是虧待她了，而現在他竟然連安穩的日子都沒法給她。

若是日後讓她奔波逃命，他又於心何忍？

穆凌寒神色苦澀。「也許我不該娶妳，妳若是留在京師……」即便嫁給混帳章簡，也不會過這般日子。

「王爺，嫁給你，我一點都不後悔。我只是……有些不知道怎麼辦，不過我會準備好的，如果到了那一天，我會照顧好凡兒。」明秋意趕緊道。她是真心不悔，如果不是閒王強娶她，她又怎麼會得到閒王這樣的夫君，這樣肯一心一意對她的良人？

「我會安排好一切，不會讓妳受苦，我這樣說，只是讓妳心裡有個準備。」

穆凌寒一直知道，明秋意想要的就是安穩平淡的日子，她不求富貴權勢，只求安穩度日，否則她也不會看上章簡、鍾浩等人。

他們的婚事，一開始便是他強求的，若是這一點安穩都不能給她，那麼便是他負了她。他不求得到明秋意的真心愛戀，只求她不後悔嫁給他。

旁邊的小世子被冷落，十分不滿，努力的爬呀爬，爬到爹和娘中間，一手扒拉一個，扶著兩人的胳膊，顫巍巍的站了起來。

明秋意趕緊去抱住小世子。「呀，小心肝，你怎麼又站起來了，唐叔叔說你的腿還沒長好呢。」

穆凌寒那點惆悵之心又沒了，他瞪著這搗蛋鬼兒子，心想有個兒子其實也不錯。

十數日後，邊境傳來消息，寧夏城被韃靼攻破，寧夏指揮使以身殉國，幾衛將士死傷慘重。

寧夏城破，敵軍直逼平涼府北面，鞏昌府、平涼府境內人心惶惶。

明秋意已經讓十一等人收拾好東西，雖然眼下鞏昌府還算安全，畢竟平涼府才是和寧夏城最近的地方。

不過明秋意習慣未雨綢繆，可不敢等到敵人到了跟前再倉皇逃跑。

此前，穆凌寒已經派張元去漢中府安排，買好宅子並佈置好，也派府裡一些人提前過去安頓下來。

所以，這時他們如果要離開鞏昌府王府，只需要輕車簡行便可。漢中府在陝西最南邊，靠近湖廣，若是將來漢中府也不安全，便可繼續南行。

此前，穆凌寒總是很黏明秋意，沒事便跟她一起窩在屋子裡，和小世子一起玩鬧。小世子現在正是調皮的時候，他卻能耐心陪伴小世子。

可這幾天穆凌寒卻很忙，總是在書房和鍾濤等人商議著什麼，晚上回到後院也是心事重重的。

「王爺，如今寧夏城已經被韃靼攻破，我們近日是不是要準備離開了？」

穆凌寒神色肅穆，他看向明秋意，片刻才道：「秋意，我不同你們去漢中府了，不過我會讓宋池帶兩千護衛護送妳和凡兒去漢中府。」

這幾天，穆凌寒少言寡語，面對她的時候，又似乎很心虛的模樣，明秋意心思剔透，便早已猜到。

於是她坦然點頭。「嗯，那王爺是要留下守衛鞏昌府嗎？」

穆凌寒驚訝明秋意的淡然，又搖頭。「不，我打算向朝廷請命，去寧夏城下，相助陝西都指揮使周將軍。」

明秋意愕然，鞏昌府等地是閒王封地，若是閒王帶著妻兒逃走避難，確實太傷民心，也會造成民心不安，軍心渙散，對北方正在奮力反抗韃靼的將士來說，是一個極大的打擊。所以，她能理解王爺不跟她一起逃難。

但是去戰場上抵抗韃靼，那也太危險了。

明秋意慌張搖頭。「王爺，你不必如此，你從未行軍打仗過，世人也知道你什麼都不會，只要皇上沒有下旨，你留在鞏昌府鎮守，西境軍民也會十分感恩的。」

她眼中的害怕和擔憂刺痛了他。

可，這個決定他想了半個月，終究是下定了決心。

這大月朝的天下，不是皇帝一個人的，而是萬民的。倘若西境不保，韃靼無論是往東或往南，大月朝岌岌可危，天下百姓猶如螻蟻。

他雖然想過安穩的日子，可覆巢之下，焉有完卵？

他若是不在西境，還可勉強隔岸觀火，可如今他是這裡的藩王，如何能坐視不理？

「可我並非什麼都不會，如果我真的什麼都不會，我還可以坦然，什麼也不做。」穆淩寒嘆氣。他明明可以保家衛國，卻裝作不會……他做不到。

明秋意的眼淚大顆大顆滴了下來，她知道閒王的決心已定。

在安逸的時候，他可以裝笨去騙皇帝，但如今危難在前，他又怎能安心裝愚笨去看他人受苦？

「可王爺，你這麼去了，日後皇上……」若是閒王暴露了自己的才華和能力，皇帝豈不是更加忌憚他？

他今日幫助皇帝守住邊境，明日皇帝第一個想殺的人便是閒王。

「隨他吧，我不會坐以待斃的，妳也不需要太擔心。」穆凌寒抬手為她擦了眼淚，又將她抱進懷裡。「再說了，我去了軍營，也能繼續裝傻充愣，讓鍾浩、鍾濤他們出頭便是了。」

「……那王爺，你保證會平安回來，對嗎？」

「當然。鍾浩都打不過我，我有什麼危險的？」

提起鍾浩，穆凌寒憋了一股氣，他當然忘不掉，明秋意當初想要嫁給鍾浩這件事，哼！

第四十二章 被抓

第二天晚上，穆凌寒就把明秋意等人送出城。

明秋意本不想走，可穆凌寒卻不放心，她又想到還沒滿一歲的凡兒，終究是太擔心，便同意去了漢中府。

和她一起去漢中府的還有劉芸母子。

宋池、石頭帶了兩千王府護衛隨行。

此前，府裡部分僕從已經去了漢中府，所以此時明秋意身邊只帶了隨身的一些婢女、僕從，像是十一、阿霜、阿來、袍子等人。

他們向東南前行，幾日後，到了鞏昌府轄下西和縣。

這日，他們走了半日，到了一處人煙罕至的地方，結果小世子因為長期待在馬車內，發脾氣哭鬧起來。

明秋意便請宋池先讓護衛隊停下，暫時休息，也讓將士就地用飯。

此時已經是臘月初，外頭十分冷，不過幸好最近沒下雪。

明秋意給小世子穿好衣服，才讓阿來抱著他出來透透氣。她也穿好狐皮斗篷，又帶上手爐，才和十一一起出去。

這條官道兩邊有一些小樹林，石頭就在四丈內守著他們，宋池則帶著人去附近巡查。

就在這時，遠處宋池的大吼聲傳來——

「有敵情，保護王妃和世子！」

他的聲音伴隨著一陣騷動，明秋意還聽到不遠處有混亂的馬蹄聲，周圍士兵紛紛拿起兵器警戒。

石頭也迅速靠近他們。

「王妃，快帶小世子上馬車！」

明秋意趕緊示意阿來抱著小世子往馬車那邊趕去。

石頭遠遠望去，此時隊伍左側、右側分別衝出四支騎兵隊伍，大概有兩、三百人。這些騎兵速度極快，才一會兒功夫，便從官道兩側的小樹林裡衝到跟前，和護衛隊將士展開激殺。

可他們這兩千護衛隊看似人多，卻大多數是步兵，只有三百來人的騎兵，更糟糕的是，剛才宋池命將士原地休息，騎兵都下了馬，此時即便迅速翻身上馬，也陣型混亂，慌張不已。

等敵人靠近，便聽到將士中傳來聲音。「是韃靼人！」

石頭震驚不已，這裡是鞏昌府東南方，距離被攻破的寧夏城這麼遠，這些韃靼騎兵如何出現在這裡？

只怕是早已在這裡埋伏，專門等著王妃。

石頭直覺十分危險，跟在王妃、小世子身邊，心想這次即便豁出性命……

忽然，那些韃靼騎兵中，有十數人騎著高頭大馬，衝破了護衛隊，直接衝向明秋意。

石頭趕緊攔在明秋意身邊。

明秋意也看出來了，這些韃靼人的目標是她！

衝過來的十數鐵騎顯然是極其驍勇的精銳，他們排成兩列，迅速朝著她的方向衝擊。他們手持長刀，將阻擋的將士一刀斃命，那些步兵將士還來不及反應，已經腦袋落地。

這等可怕的場景，若是之前的明秋意，只怕早已嚇暈過去，連身邊的阿來已經在發抖了。

明秋意當機立斷，把小世子從阿來手裡抱過來，放入十一手裡。「十一，快跑，離我越遠越好！」

她知道十一非常聽話，向來她說什麼，十一便聽什麼，不會想太多。果然，十一抱著小世子，拔腿就朝著另一個方向跑。而明秋意便朝著和十一相反的方向跑。

既然這些韃靼人衝她而來，小世子遠離她才是安全的！

此時，韃靼鐵騎已經衝到了石頭跟前，石頭仔細一看，便看到為首的那個人，不就是先前他和王爺、王妃在如意酒樓見到的那位韃靼將領?!

宋池在隊伍右側被纏住，石頭再厲害，也不是這些鐵騎的對手，那韃靼將領劈了石頭一刀後，便直接閃過石頭，直奔明秋意。

他身後立即有幾位鐵騎圍住石頭！

石頭萬分絕望，這些鐵騎絕非普通韃靼士兵，他們一個個驍勇善戰，以一敵百，他豁出一條命，也根本保護不了王妃！

明秋意才跑沒多久，便聽到背後馬蹄聲越來越近，突然，她肩膀一陣劇痛，被人抓起用力一甩，頭暈目眩後，腹部又是一陣痛，明秋意便知道，她被人甩在了馬背上。

她聽到不遠處小世子撕心裂肺的哭喊聲，抓她的這位韃靼將領也聽到了，迅速調轉馬頭，朝著哭聲便要過去。

明秋意心驚膽顫，她大叫一聲，也不知道哪裡生出來的力氣和膽魄，迅速拔下頭上的簪子，對準自己的脖子。

「你要是去抓孩子，我就死在這裡！」

那韃靼將領抓她，無非是她有用處，可以用來威脅閒王。抓了她還想抓小世子，不過是想要多一個人質，她只得用性命威脅，才能讓他放棄。

這位韃靼將領正是巴特耳，他愣了一下，低頭一看，只見被他扔在馬背上的女人正拿著一支簪子抵著自己的脖子。

她被他扣在馬背上，也見不到她的神色，不過巴特耳萬分吃驚，這女人居然還沒嚇暈？

也沒痛哭流涕？

膽子挺大的。

他再看一眼被婢女抱著跑走的小世子，心想算了，這小世子搶回去又不好養，死了就麻煩了。之後也不耽誤時間，朝身後的騎兵吹了聲口哨，便帶著明秋意往林子裡衝去。

韃靼騎兵們見得手了，分別朝身旁最近的林子撤退，至於受傷落馬的同袍，他們壓根兒不管。

片刻間，剩餘的一百多韃靼鐵騎迅速撤進林子中。

石頭手臂受了傷，但他不管，直接騎上馬便去追，不少護衛跟隨他同去。

宋池卻不敢同去，他召集留守的將士，圍在十一身邊，生怕敵軍去而復返。若是再丟了小世子，他們死一萬次都不夠。

韃靼騎兵分頭行動，留下數十人拖住追來的護衛隊，巴特耳等十數人便帶著明秋意一路向南。

眼下，他劫走閒王妃，相信閒王很快會得到消息帶兵追擊。

他若是往北，那閒王肯定在那裡等他，所以巴特耳之前早已安排好撤退路線，先往南繞一段，再返回北邊。

他的兩百鐵騎化整為零，十數人為一小隊，深入這犟昌府山林間，閒王想要找到王妃，無疑是大海撈針。

明秋意被放在馬上顛簸著，她難受得想吐，卻又吐不出來，終於，她暈死過去。

等她悠悠醒轉，發現自己身處一處山洞中，她趴在地上，睜開眼睛，周圍有數個韃靼人正坐在旁邊吃肉乾。

其中一人，明秋意認出來了，正是之前她在如意酒樓看到的那個韃靼將領。雖然穿著打扮和其他幾個韃靼鐵騎一樣，但他明顯有種令人生畏的氣場。

王爺說他是韃靼將領，只怕還不是一般的將領。

巴特耳見明秋意醒了，給她扔一塊肉乾。

「吃吧。」

明秋意爬起來坐在地上，攏了攏身上的斗篷，又整理一下散亂的頭髮，再看了一眼地上的肉乾，撿起來慢慢吃了。

這肉乾硬得如同石頭，根本咬不動。可不吃，她只能餓肚子，最後苦的還是自己。

巴特耳見閒王妃不哭不鬧，坦然無懼地吃著肉乾，更覺得好奇。

看來，這閒王妃不僅大膽，還十分冷靜，確實不是一般的女子。

「妳很不錯，可惜配了那傻子。」巴特耳道。

明秋意正奮力嚼肉乾，忽然聽到韃靼將領這麼說，頓時怒了。

「你說誰是傻子？」

「他不是傻子嗎？你們皇帝要殺他，他還想幫著皇帝守邊境，是不是傻？」巴特耳嗤笑。

「要我說，他就是傻子一個。」

「閒王保家衛國，堂堂正正，是好男兒，他一點都不傻。」閒王這樣的人，才是世間少有。

「說得好聽，那傻子是對得起國家，可他對得起自己、對得起妳嗎？國家又算什麼？你們那個皇帝能治理好國家嗎？他和我結盟，自己當大月朝的皇帝，那才是真正的對得起國家。」

巴特耳不滿。「這麼划算的買賣，他居然不要？害我費勁來劫妳！」

「……你抓了我也沒用。你不了解閒王。」

明秋意覺得好笑，且不說閒王用他那幾千個護衛，如何造反當皇帝？即便他真的有那個能耐，閒王本人根本也不想當皇帝。

「我當然不如妳了解，妳可能知道他喜歡吃什麼、睡覺是否打呼，可我是男人，我了解男人。身為男人，難道不想一朝權傾天下，成為天下之主？」巴特耳說著便激動起來。「與我合作，來日，我是草原之王，他是中原之皇，不好嗎？」

明秋意吃了一驚，這個韃靼將領這麼說，那麼他是……

看他的年紀，應該不超過三十歲，又這般驍勇善戰，莫非是韃靼的大王子巴特耳？

原來那一世，巴特耳在明年成為韃靼之王。不過，她在世的十幾年，巴特耳雖然不斷騷擾，但是並沒有大舉起兵攻打大月朝，也就是說，有人阻止了巴特耳？

明秋意立即想到了閒王。

這一世，巴特耳眼下便如此忌憚閒王，可見原來那一世，巴特耳自然也被閒王掣肘，無法舉兵攻打大月朝。

明秋意放心了，這一世，巴特耳也不會得逞的。

「你是韃靼大王子？」

巴特耳點頭。「正是，我就是去年俘擄了閒王的巴特耳。哼，閒王居然坑我，假裝被我俘擄又逃了，害我丟臉。」

想到去年那件事，巴特耳還是很生氣。

這閒王裝蠢的本事，還真是天下第一。

「王子，你不會以為天下男人都跟你一樣，都想要權傾天下吧？」明秋意倒是理解巴特耳的心思，和皇帝、其他幾個王爺都是一樣的。

自古以來，大多數人都把權勢當成最愛。

可也有例外。

「難道不是？還有人不愛權勢嗎？會有人主動放棄權勢嗎？」巴特耳覺得這是可笑的問題。「沒有人能抗拒權勢的誘惑。」

明秋意笑了。「有，我就是。如果大王子對大月朝很了解，也稍微了解我的話，便知道我從前差點成為了太子妃。」

這件事巴特耳也有所了解。

「但是皇帝沒選妳，妳當不了太子妃，便選擇了閒王。」

「您錯了，是我沒選他。是我故意觸怒皇后，故意裝病，避免自己成為太子妃。」明秋意道。

巴特耳不可思議地盯著她。「這怎麼可能？妳騙我？」

「我沒騙你。我本也沒想過嫁給閒王，因為我不想跟皇家扯上關係。」

巴特耳越聽越納悶。「怎麼，妳們女人畢生所求不就是嫁給皇族嗎？」草原上想當他女人的女孩子，比草原上的牛羊還多。

女人嫁給皇子王孫，便等於榮華富貴唾手可得。一生免於奔波勞碌，還可以提攜家族親人。這等好事，哪個女人不想要？

「我可不覺得嫁給帝王是好事。比如現在，我若不是嫁給閒王，怎麼會被你抓？我若不是嫁給閒王，怎麼會被皇后毒害？當皇族的女人，總是有數不完的麻煩。」

巴特耳有點心虛。「那是妳倒楣，如果妳當了皇后，那就不一樣了，整個大月朝最尊貴的女人，誰敢惹妳？妳不想試試？若是妳能說服閒王……」

「我不想。皇帝身邊妃子無數，爭風吃醋，背後暗算。大王子，你身邊應該也有不少女人吧，你的女人為你爭風吃醋，甚至喪失性命這種事，應該也有吧？」

自然是有。

巴特耳的女人雖然不多，但這種明爭暗鬥也不可避免，他平時也看得煩了。

「皇后是不一樣的，畢竟皇后是最大的。」他趕緊又說。

「有什麼不一樣？還不是和其他女人一起去想方設法得到夫君的愛。每日步步為營，說句話都要在心中斟酌數遍，這種日子，送我，我都不要。」明秋意嫌棄道。

巴特耳雖然很不想信，但是這女人說的話卻句句在理。

確實，人在高位，總是有數不盡的麻煩，這是不可避免的。

他覺得有得必有失，可這位閒王妃卻像是真的十分厭惡這些爭鬥。

巴特耳有種不好的感覺，他本是想抓了閒王妃，說服閒王妃去勸說閒王，可似乎……並不可行。

「妳真心這麼想？當皇后不好？」巴特耳瞪大眼睛問。他看著閒王妃，像是看著一個罕見的怪物一般。

「剛才若有違心之言，我兒必短壽夭折。」明秋意看著巴特耳，語氣堅定。她真心真意，便敢發毒誓。

巴特耳有些鬱悶了，這女人之前那麼護著兒子，若是說謊，怎麼敢拿兒子的命發誓？

「那閒王呢？他的想法呢？」

「和我一樣，他真的只想當閒王。」明秋意道。

「……」巴特耳有點想哭，這世上，居然有男人只想好吃懶做睡大覺?!
他懵了。
他以為世間沒有不愛權勢的人，但是真的有，而且他一下子遇到了兩個。

第四十三章 巴特耳

「可皇帝不會放過你們，你們不想造反，那皇帝不信。」巴特耳冷靜片刻，繼續分辯。

明秋意嘆氣。「皇上的想法是皇上的，我們的想法是我們的，王爺是兔子，他變不成老虎，大王子您怕是要白費心了。」

「……」巴特耳還能說什麼，閒王妃都說閒王是兔子了。

巴特耳惱羞成怒。「我不管，反正妳在我手裡，閒王就得和我合作。」既然無法讓閒王妃去說服閒王，那就讓閒王妃當人質好了，只要結果一樣，過程不重要。

明秋意無語，這韃靼大王子怎麼也這般孩子氣?!

這時，明秋意的袖子中忽然有東西一動，巴特耳嚇了一跳，大聲道：「什麼東西?!」坐在旁邊的兩個韃靼將士見狀，趕緊站起來拔刀對準明秋意。

明秋意嚇了一跳，面上卻故作冷靜。

只見明秋意淡定的提起袖子，另一隻手從裡面掏出一隻雪貂。「大王子莫怕，是我的小寵物雪貂，無毒。」

「……」嚇了一跳的巴特耳面紅耳赤，幸好，他皮膚黑。

前幾日穆凌寒就向皇帝請旨，他願去寧夏城協助陝西都指揮使周振。他送走明秋意和小世子後，便和鍾濤、秦遠、張元等人一邊整頓護衛營，一邊等待朝廷的回覆。

誰知，卻等到了宋池快馬加鞭傳來的消息，明秋意被韃靼將領抓了！

宋池護送小世子、劉芸母子繼續去漢中府，而石頭帶另一半護衛隊去追尋。石頭認出為首的韃靼將領是那日在如意酒樓出現的人，在信中說明情況，穆凌寒便知道，抓走明秋意的是巴特耳。

那個混蛋東西！

早知今日，去年假裝被他俘擄的時候，便應該一刀砍了他。

穆凌寒怒火攻心，也不等朝廷的旨意了，如今他的王妃被抓，他也管不了那麼多，便帶著鍾濤等人，領著五、六千王府護衛軍，去追查巴特耳的下落。

「王爺，巴特耳抓了王妃，一定會回北邊去和韃靼大軍會合。那麼從鞏昌府西和縣北上的這一片，都可能是他的必經之地。」張元分析。

「那混蛋狡詐得很，他必然不會蠢到直接北上。石頭說巴特耳還剩大概一百來人，分成了好幾支小隊，分別往不同的方向逃走，究竟王妃在哪個方向，還很難說。」

穆凌寒心中焦慮不已，只希望巴特耳還有點腦子，不要傷害明秋意。

「那我們也分成不同的方向。」鍾濤建議。「我哥在北邊邊境，也會派兵在北邊搜查，巴特耳想要回到韃靼，沒有那麼容易。」

穆凌寒點頭。「除了石頭追尋的方向，我們四個各自再分成四隊追尋。」

巴特耳等十數人帶著明秋意，一路在山林中行走。

這個苦，明秋意哪受得了，她跟著爬了兩天山，弄得渾身髒兮兮不說，腳都起了泡，累得渾身痠痛。

明秋意這輩子加上輩子都沒這麼辛苦過。

「妳行不？不行我讓人揹妳。」巴特耳走在前頭，很不耐煩。帶個女人麻煩，帶個軟趴趴的女人更是煩人。

這閒王妃走不上幾步路就喘氣走不動，他讓人揹她，她還不要。

「不用，我、我自己走。」明秋意上氣不接下氣，扶著一棵樹道。

「妳怎麼跟斷氣了一樣？妳要是真斷氣了，我怎麼找閒王談判？讓呼蘭揹妳。」巴特耳頭大，就這速度，還不知道什麼時候能翻過這座山到平涼府境內。

「男女授受不親，餓死事小，失節事大。你讓別人揹我，我就自盡！」明秋意決然道。

巴特耳皺眉。「妳是不是在蒙我？怎麼揹一下就要自盡？妳們中原女人有這麼認死理嗎？」

「我出身名門，是太傅千金，和一般女子不一樣。我就是死，也不能受辱，讓家族、讓閒王蒙羞。」明秋意神色嚴肅，看起來並不像說謊。

巴特耳也不敢把她逼急了，若是她真死了，他豈不是偷雞不成蝕把米？可這閒王妃自己走，磨磨蹭蹭的，太耽誤時間了，這個速度……只怕要不了多久，就被閒王找到了。

「大王子，別聽這個女人瞎扯，我看她就是想拖時間！咱們走了兩日，還沒走出鞏昌府，這閒王可能早就在北面布下天羅地網了！」

呼蘭很厭煩這個矯情的閒王妃。

巴特耳想想也是，閒王那般狡詐會騙人，他的王妃自然是一個路數的。於是，巴特耳給了呼蘭一個眼神，呼蘭直接把明秋意打暈，扛在肩上走。

等明秋意醒來時，他們已經扛著她翻過了兩座山，到了平涼府境內，再往北走就是寧夏城了。

若他們把她帶到寧夏城，帶到韃靼軍營中，情況就複雜了，她便真正成了人質。

那時，閒王會怎麼做？大月朝的將領又會怎麼做？明秋意不敢想。

得想辦法拖延時間。

明秋意「悠悠醒轉」，此時已是晚上，巴特耳等人找了一處大石頭後面休憩，這大晚上的，山林中多野獸，他們不敢貿然趕路。

冬夜的晚上，山林中十分寒冷。

他們點火取暖，又讓明秋意喝了點酒，她裹上厚厚的斗篷，巴特耳又給她一條虎皮毯子，她才勉強不冷得發抖。

她緊緊蹲在火邊，汲取那一絲絲暖氣。心中卻委屈得想哭，閻王會來救她嗎？什麼時候來救她？

她重生一世，也混得太慘了些。

巴特耳又遞給明秋意一塊肉乾。他們這兩天趕路，都是吃肉乾、喝水，明秋意一開始還很難忍受這個肉乾的味道，現在餓了兩天，也能拚命咬著肉乾吞下去。

巴特耳給她的一大塊肉乾，她吃得一點不剩。

這一點巴特耳還滿欣賞她的，還不算嬌氣，不至於不肯吃餓暈過去。

他們帶著她逃命，可沒時間去找別的東西吃。

呼蘭坐在明秋意另一邊，他看了她一眼，火光下，明秋意雖然顯得很憔悴狼狽，卻還是有種獨特的氣質。

她和他們見過的韃靼女人，完全不一樣。

她身材嬌小，皮膚雪白，就像是雪山上嬌嫩的雪蓮。

呼蘭扛了這女人一下午，他一路便在想，這個女人真輕。

然後，他情不自禁地朝明秋意的臉伸出了手。

明秋意早就發現呼蘭看她的目光不對勁，她一直警覺著，眼看呼蘭把手伸過來，她迅速拿出早就藏在袖籠中的金釵，狠狠對著呼蘭的手背扎下去。

這狠狠一扎，呼蘭一陣劇痛，他大叫一聲，甩開手上的金釵，而後惱羞成怒，揚起手就要朝明秋意打去。

這一切發生在電光石火之間，明秋意自然是無法避開的，她閉上眼睛，心想像呼蘭這般身強力壯之人，她必然是承受不住的。

可她別無選擇，若是此時不激烈反抗，豈不讓這些男人以為有可乘之機？若是名節不保，她以後便不能好好活下去了。

不過，意料中的劇痛沒有傳來，巴特耳伸手抓住了呼蘭的手臂，他瞪著呼蘭，目帶凶光。「呼蘭，你要幹什麼！」

呼蘭惱怒。「是她先傷我的！」

「是你要去碰她的！別忘了我們的目的。她若是死了，我拿什麼和閒王談判！」巴特耳惡狠狠道：「你這是在挑釁我嗎？」

「摸一下又不會死！」呼蘭依舊不甘心。

「閉嘴！」巴特耳怒氣有些懲不住了。「她不是普通的女人，想摸你自己去！」

看巴特耳真的生氣了，呼蘭也不敢再造次，便向巴特耳認錯，走到一邊去了。

明秋意鬆了一口氣，有了這一下，這些人便不敢再輕易冒犯她了。

明秋意走到一邊，撿起剛剛被呼蘭甩飛的金釵，又收到袖籠裡。

巴特耳看著她做這一切。「妳不但膽子大，還很聰明，也夠狠。真讓我大開眼界。」

他不喜歡中原那些嬌弱的女人，尤其是江南那些嬌滴滴的女子，據說走兩步都會累死。

巴特耳一開始以為，閒王妃便是這樣的女人，但是，並不是。

她雖然身體嬌弱，但是她的心智絕不弱。她聰慧，有膽識，夠狠辣。就剛才那件事，一般的韃靼女子都未必做得出。

但是她做到了。

面對呼蘭這般高頭大馬的韃靼勇士，閒王妃卻能出手傷了他。

呼蘭生氣，並非只是沒得手，更重要的是他丟臉了，傷在一個嬌弱的女人手裡。

明秋意並不開口，只是繼續坐在火堆旁，又從懷裡掏出雪貂，為牠順毛。

他們停下來休息的時候，閒王妃便很喜歡逗弄這隻寵物。

「我們韃靼人不喜歡養這種弱小的寵物，我們喜歡養海東青。」

「牠雖然嬌小，但是不弱。牠曾經救過我，也許將來也會救我。」明秋意淡淡道。

巴特耳看了雪貂一眼，若有所思。

片刻，他又說：「明日我們就可以到平涼北部，靠近寧夏城了，妳覺得閒王會來救妳嗎？」

明秋意不做聲。

明秋意覺得會，但是她不敢肯定。

她不知道閒王能不能找到她，她也不知道閒王會不會來冒這個險……

所以此刻，明秋意心中忐忑、委屈、害怕。可卻不能表露半點。那樣只會讓巴特耳得意。

她眼睛酸楚，卻只能咬著唇，逼著自己不要哭出來。

巴特耳盯著明秋意。「若是……閒王沒有來救妳，或者他沒有救下妳，妳可以跟我去草原。我比閒王可強太多了，連他妳都看得上，妳應該也會喜歡我。」

明秋意目瞪口呆，她抬頭看著巴特耳，震驚不已。「大王子，我不喜歡你。你也千萬別生出奇怪的想法。若是閒王不來救我，我就自盡好了。」

「……妳寧願死，也不跟我?!」

巴特耳惱羞成怒，心想自己哪裡比那傻子差了？看到閒王妃又在順雪貂的毛，他憤恨不已。「妳以為我不知道妳在幹什麼？妳這幾日總是扯那雪貂的毛，雪貂毛都給妳摸禿了，不就是想給閒王留下線索嗎？」

明秋意手中一頓，臉色發白。

她以為自己很小心，卻沒想到這看似粗魯的韃靼王子，竟然也心細如塵。

巴特耳有些後悔說溜了嘴，不過既然都說了，也沒什麼好隱瞞的。

「我知道妳的打算，不過……妳可要失望了，我早在寧夏城南面佈置了陷阱，等這兩日，妳把閒王引來，我便可以抓了他。他不肯和我合作，那我便殺了他，這大月朝少了一個他這樣的人才，我也省心很多。」

明秋意一聽，再也冷靜不下來，她錯愕的看著巴特耳。「你……你早就知道了，你想利用我把他引來？」

「沒錯，如果閒王真的喜歡妳，他一定會來。那麼，便是妳親手送他赴死。那樣的話，妳還能回大月朝嗎？」巴特耳冷笑。「妳只能跟我去韃靼。」

明秋意已經淚流滿面。「你休想！閒王那樣的人，你殺不死他！」

之前她害怕閒王不來救她，現在，她卻害怕閒王來救她送死。

她下定決心，一定要找機會挽回這個局面。若是……真讓巴特耳得逞，她便賠給閒王這條命！

「那我們就等著瞧吧！看那傻子厲害，還是我厲害！」

石頭在鞏昌府東北方向的山上，發現了一簇毛，那毛他自然認識。

他和閒王一起將雪貂從小照顧到大，所以一眼便認出那是雪貂的毛。

石頭立即通知穆淩寒等人，大家很快聚集到一處。

「這霞山從鞏昌府連到平涼府，直至平涼府北邊，靠近寧夏城。看來，我們推測的沒錯，巴特耳帶著王妃棄馬步行走山路。」張元道。

穆淩寒立即安排。「鍾濤，你親自傳信給鍾浩，讓他帶人在平涼府山腳四處佈置兵馬。」

「屬下領命。」

「其餘護衛軍兵分三路，一路隨我上山追蹤，兩路沿著霞山兩邊山腳一路向北仔細搜尋，絕不能漏掉半點可疑的跡象。」穆凌寒又道。

「是。」

於是穆凌寒帶著石頭上了山。張元、秦遠分別帶一路，在兩邊山腳下搜尋。

他帶著兩千護衛兵，在山上分成幾十個小隊，分散搜尋。

果然半日不到，便發現了蹤跡，不但有雪貂的毛，還有一些炭灰。

如此，他們便確定了大致的方向。

「看來，巴特耳帶著王妃走這個方向。貂毛是王妃有意留下為我們指路的。」石頭道。

「嗯。」

不過，穆凌寒有些疑惑，若是明秋意留下貂毛作為引路線索還好說，可這炭灰……

巴特耳看似粗野，實際上是一個非常細心有才能的人。鍾浩在西境十數年，和巴特耳數次交手。鍾浩曾經告訴他，韃靼有巴特耳，日後必成大月朝勁敵。

巴特耳只帶著一、兩百人，從韃靼潛伏進入鞏昌府，一路竟然沒有被察覺。而後，巴特耳輕鬆擄走明秋意，也證明了這人的能耐。

這樣一個能人，竟然會留下……炭灰？

穆凌寒立即派人把在山下的張元叫來，說出了自己的顧慮。

張元點頭。「王爺明智，我懷疑是巴特耳故意引王爺前去。」

「可巴特耳身邊至多不過一百來人，他引王爺前去又能如何？」石頭不解。

「我想，他可能在平涼府北面佈置了軍隊。但若只是數百人潛入平涼府、鞏昌府，還可以做到無跡可尋。而若是軍隊數萬人進入平涼府不被發現，那是不可能的。」穆凌寒分析道：「也許，他是打算這兩日內攻入平涼府，然後順便抓了我？」

張元連連點頭。「這個分析，極有可能。否則他幹麼要引王爺去找他？他抓了王妃，最終的目的其實就是王爺。」

石頭恍然大悟。「也就是說，兩日之內，韃靼極有可能對平涼府出兵！」

第四十四章　閒王的鄙夷

穆凌寒點頭。「石頭，你快追上鍾濤，說明情況，讓他迅速轉達給鍾浩、周將軍做好準備。」

若是這個分析是真的，那麼時間緊迫，早一個時辰讓邊境守軍做好準備，便多一分勝算！

石頭知道刻不容緩，立即下山去追鍾濤。

「另外，既然巴特耳有意引王爺去，那這個方向肯定沒錯，如今也用不著兵分三路，便讓所有護衛軍集合，朝這個方向搜尋。屆時，我們護衛軍和周將軍、鍾將軍的軍隊來個前後夾擊，活捉巴特耳，豈不是美哉？」張元又說。

穆凌寒再次點頭。「正合我意。不過我對活捉巴特耳沒興趣，王府護衛軍所有人的目標只有一個，便是救下王妃，保證王妃安全。」

既然巴特耳的目標是他，秋意應該是安全的吧。巴特耳不是蠢人，應該不會傷害明秋意。

然而，穆凌寒心中仍舊焦慮萬分。

「我等自然明白。」

如今，寧夏已經失守，韃靼部分大軍便占在寧夏城中。陝西都指揮使周振，便帶著數萬將士守在寧夏附近。

這天，秦州衛指揮使鍾浩，急急來平涼府軍營拜見周振，說是有要事稟報。

等鍾浩說完，周振神色肅穆。

「這是閒王派人送來的消息？鍾浩，我知道你和閒王交情頗深，我也知道閒王並非表面那般無能。只是這樣的消息，是否可靠？」

鍾浩把鍾濤帶來的消息告訴了周振。兩日之內，韃靼鐵騎很有可能強攻平涼府北面，希望周振能提前部署軍隊，做好準備。

「大人，屬下信得過閒王，寧可信其有，不可信其無，韃靼以為他們這次從平涼府北面突襲是天降奇兵，無人知曉，可若是我們早有準備，打他一個措手不及，必定讓韃靼元氣大傷！」

周振點頭。「這確實是一個機會，若是能一舉把韃靼趕出寧夏，那可是大功一件！好，立即召集各衛指揮使，咱們好好部署一番。」

又過了一日，巴特耳揹著明秋意，來到了平涼府北面。

既然已經被發現她拖延時間、留下貂毛做記號，明秋意也懶得裝了。她也不是那麼死板的人，與其讓呼蘭扛著走，她寧可讓巴特耳揹著。

所以，這一日他們腳程很快。

按照巴特耳和韃靼將領的約定，就在今晚，韃靼軍隊會越過寧夏衛，突襲平涼府北面幾處守城，一舉攻破平涼府。

而後，大軍來山腳下與他會合，利用閒王妃活捉閒王。他還捨不得讓閒王死，最好能和他合作。

巴特耳就等在山上，他派呼蘭等人去山腳下觀察情況，一旦發現韃靼軍隊，便讓他們上山埋伏，準備設下陷阱抓閒王。

結果呼蘭在山腳下蹲了一晚上，眼看到了次日卯時，也沒見到韃靼大軍半個人影。

巴特耳不禁納悶。

哪裡出了問題？明明之前他派人去通知韃靼大軍將領，就在昨晚對大月朝平涼府北面數城，發動突襲。

巴特耳越想越不對勁，若是按照計劃，眼下韃靼軍隊應該到了平涼府北面，和他會合。

「大王子，難道我們的大軍失敗了？沒有攻破平涼府北面數城？」呼蘭道。

巴特耳沈吟一會兒。「如今的情況，恐怕是這樣。」

雖然韃靼軍隊沒有按照他原先的計劃成功拿下平涼府，不過打仗勝敗是常有的事，巴特耳雖然懊惱，卻並不沮喪。

他很快定下新的計劃，帶閒王妃繼續北上，離開平涼府，去寧夏城和韃靼軍隊會合。

只是，眼下韃靼沒有拿下平涼府，閒王肯定已經在附近早有設防，守株待兔只等他出現，想要離開平涼府，怕是很難。

再看看手上這個弱不禁風的累贅，巴特耳有點煩。

抓不到閒王，帶回這個王妃又有什麼用？這個閒王妃又說不動閒王和他結盟。

雖然這個女人很對他口味，但畢竟只是個女人。

這次他帶著韃靼最精銳的勇士冒險深入敵方，終究是一無所獲啊。

明秋意似乎看出了巴特耳的嫌棄，不過她也不敢貿然開口讓巴特耳放了她。畢竟，殺了她豈不是更方便？

明秋意不想死。她知道巴特耳的計劃已經失敗，韃靼大軍並沒有攻破平涼府，因此巴特耳想要抓住或殺掉閒王，很難。

唯一的變數便是她。

她在巴特耳手中，是閒王的掣肘。

當然，閒王也可以放棄她。

巴特耳當機立斷，不再等待，繼續帶著明秋意往北。

如今他不敢貿然下山，便想尋一條小路下山，然後喬裝打扮，走出平涼府。

轉眼，天亮了。

這時，空中傳出兩聲長嘯，巴特耳、明秋意等人紛紛抬頭去看，是兩隻海東青！

明秋意一眼便認出，這是她和閒王養的兩隻海東青！

雪貂看到老朋友，也從明秋意袖子裡鑽出來，跳到明秋意的肩膀上，抬頭去看海東青，還衝著海東青發出咯咯的叫聲。

巴特耳瞪大眼睛，神色大變。

他生在草原，如何不知這兩隻海東青是被人給馴化過的？

再看看這雪貂的反應……

「這是妳的海東青?!」

巴特耳萬萬沒想到，這個嬌柔的王妃，居然也把海東青當寵物。

明秋意並不回答，她心中激動又忐忑——

王爺來救她了！

王爺沒有辜負她，他沒有放棄她，他來了！

她的心中生出一種莫名的情愫，讓她有些想哭。

巴特耳等人紛紛警戒，這時，穆凌寒、張元、秦遠等人已經出現在不遠處。

他一眼便看到巴特耳身邊的明秋意。

她頭髮亂了、衣服髒了，一臉疲憊，看起來十分狼狽。但是看她的神色是欣喜和激動的，穆凌寒便放了心。

巴特耳還算個人，沒有傷害她。否則，他必要巴特耳粉身碎骨。

巴特耳也看到了閒王三人。

他不知道閒王三人是在何時靠近的。不過他知道，穆凌寒身後，絕對不只這三人。

而眼下，閒王卻只帶了其他兩人，似乎……是想和他談判。

巴特耳看到閒王看向閒王妃的眼神，專注高興，旁若無人，便知道原因了。

這一刻，他徹底相信閒王妃的話了，閒王這人真的對權勢毫無興趣。

否則，閒王眼下調來將士，將他一舉擒獲，重創韃靼，揚名天下，豈不是成為天下之主的一次好機會?!

「巴特耳，我後面有六千將士，山腳下有鍾浩帶兵把守，現在你插翅難飛。」

穆凌寒看向巴特耳，聲音平穩有力，篤定自若。

巴特耳知道閒王說的八成是真的，但他也不能就這麼投降，多沒面子。

「你又想騙我？閒王，你演戲的能力，我可是見識過的。」

穆凌寒大笑。「這次真沒騙你。」

他說著，朝天上的海東青吹了一個口哨，兩隻海東青於是盤旋在高空，高聲長嘯！

這時，穆凌寒身後不遠處傳來一陣整齊劃一的「殺」聲，那是數千護衛軍一起吶喊的聲音，震耳欲聾。

周邊林子內的鳥受到驚嚇，齊齊飛向天空，偶爾還聽到野獸受驚的奔跑與咆哮聲。

巴特耳臉色發白。

他知道這次閒王真的沒撒謊，這聽起來至少有四、五千人。

「那你孤身前來是何意？想明白了，願意和我結盟了？」巴特耳明知故問。

穆凌寒陰惻惻的看著他。

「你覺得可能嗎？你品行不端，我跟你說話都難受。」

「……我什麼時候品行不端了?!」

被鄙視的巴特耳非常惱火。

「你欺軟怕硬，抓我的王妃，你若是真男人，怎麼不敢來抓我？大王子號稱韃靼第一勇士，也不過如此，只敢對女人下手！」

這一番鄙視，差點讓巴特耳升天。

他跑去抓閒王妃，確實不地道，他也是因為知道想要直接抓閒王是不可能的，便想了這個計策。

兵不厭詐，這本沒什麼，可被閒王這麼一懟，他也覺得自己又心虛又惱火。

「行，那我今天就抓你！」

巴特耳氣惱下就要上前，幸好被呼蘭攔住。

「大王子，別上當，他身後可是有數千軍隊啊！」

眼下敵我懸殊，最重要的是把握好人質，而不是和閒王硬碰硬。

穆淩寒也懶得繼續耽誤時間了。

「行，今天我也不想跟你打。巴特耳，我可以放你走，也可以讓山下的鍾浩放你一馬，作為條件，你放了我的王妃。」

他只帶了張元、秦遠在身邊，便是為此。

若想強行抓巴特耳，那明秋意的安全便不能保障。那就不抓巴特耳了，這次韃靼大軍突襲，被周振埋伏反擊，打得大敗，相信也夠他苦悶一陣子了。

閒王的這個交易，對巴特耳來說自然是划算的。

他如今已經被閒王發現，想要安全離開平涼府萬分困難，若是死在這裡，他一生鴻圖如何施展？

不，他絕不能現在就死。

只是……

「你真的會放我走？」

巴特耳有點不敢相信，為了一個女人，閒王竟然要放了他？

這對大月朝來說，是放虎歸山，後患無窮。對閒王來說，亦是失去一次揚名天下的機會。

如今在世人眼裡，閒王還是一個草包，若能抓住這次機會……

「我與你不同。你品行不端，可我卻說話算話。我說放你走，便放你走。」閒王又不著痕跡的嘲諷了巴特耳一番。

巴特耳忍著怒氣。「只是為了救一個女人，你便放我走，你可知這其中的代價？若是天下人知道你就這樣放了我，會怎麼想你？」

穆凌寒笑了。「天下人怎麼想我，與我何關？我只想要王妃。」

巴特耳不可思議的看著閒王，終於頓悟。

他想和閒王結盟的想法是癡人說夢，這閒王就是個毫無志氣的癡情種！

這次算他功虧一簣，白來了一趟。

「你說話算話？」

「自然。」

巴特耳看著閒王。「你還真是……特別。若不是我們互相為敵，我應該會跟你成為朋友。」

一個想法和他完全不同，卻有能力、有智慧的人。

「那幸好，我們在敵國。」穆凌寒一臉嫌棄。

「……山下是鍾浩的軍隊，他如何會放過我？即便他和你關係不錯，可私放敵人，他也不敢吧？」巴特耳還是不放心。

「你可以原路返回犖昌府，先躲幾天。」穆凌寒建議。

「……」這好像也是個辦法。

既然談妥了，巴特耳便讓呼蘭放開閒王妃。

呼蘭不太情願。「大王子，中原人狡猾，他說的話不可信，若是我們放了這女人……」

「不放，我們就能離開這裡？」巴特耳瞪了呼蘭一眼。

先不管山下有沒有鍾浩的軍隊，就山上數千人，他們十幾個人，又如何能應付？除了選擇相信閒王，也沒有別的辦法。

呼蘭才放下擱在明秋意身前的大刀，明秋意便飛快朝穆凌寒跑去。

雖然，她已經又餓又累，腿腳發軟。但是這一刻，她渾身充滿力氣，跑得比兔子還快，一下子就撲到了穆凌寒身邊。

穆凌寒也張開手接住她，將她納入懷中！

這一刻，他的心終於放了下來。

接著，穆凌寒吩咐秦遠帶路，讓巴特耳從他身後的南邊離開。

「對了，巴特耳，差點忘了告訴你，昨晚韃靼大軍想突襲平涼府北面幾城，結果卻中了周將軍的埋伏，損傷慘重，周將軍帶兵乘勝追擊，將韃靼趕出了寧夏城，韃靼大軍狼狽逃回韃靼境內。」

這話幾乎讓巴特耳站不穩。

怎麼會這樣？

周振怎麼知道韃靼大軍昨晚會突襲？他怎麼知道要提前埋伏？

巴特耳震驚萬分。「怎麼會……」

「誰讓你畫蛇添足，留下炭灰呢？你留下炭灰，不就是想引我過來，讓我落入韃靼大軍手中嗎？」

「……所以，你猜到韃靼大軍會突襲平涼府，與我在這裡會合！」

巴特耳瞬間想明白了。他想引閒王過來，被閒王看破了。他身邊只有十幾人，是不可能對付得了閒王的護衛軍。所以閒王猜到，他故意引閒王親自前來，必然有韃靼大軍進入平涼府！

穆凌寒點頭。「多虧那炭灰，這下周振可是立了大功。」

巴特耳幾乎吐血，他千算萬算，沒算到閒王竟然如此睿智。

「……是我又小看了你。」這已經是巴特耳被閒王戲耍的第二次了。他這一身的驕傲和榮耀，都毀在了閒王手裡。

看來，閒王將成為他最強的敵手。

「希望沒有第三次。」

穆凌寒看巴特耳被氣得幾乎暈倒，有些同情他了。

巴特耳幾乎無法行走，被呼蘭扶著離開。

穆凌寒抱起明秋意。「我們下山吧。」

她點頭。「嗯。」

明秋意早已精疲力盡，現在鬆了口氣，渾身一點力氣都沒有了。

到了山下，明秋意並沒有看到鍾浩的大軍，只看到鍾濤帶著一些將士守在山下。

明秋意有些錯愕。「鍾浩將軍呢？」

「本就沒打算抓巴特耳，也沒必要讓鍾浩來了。」

鍾浩提前告訴周振情報，昨晚又帶著麾下秦州衛五千人作為先鋒軍，瓦解了韃靼的突襲，將韃靼打得屁滾尿流不說，還直接把韃靼趕出寧夏以北，立了大功。

鍾浩是個不可多得的將才，和穆凌寒也有深交，但是，穆凌寒還是很不爽鍾浩！

尤其是，他剛救下的王妃提及鍾浩的時候。

外面冷，穆凌寒把明秋意送進了馬車。

他把明秋意狠狠抱在懷裡，這幾日他帶著人四處搜尋巴特耳和她的蹤跡，真是心急如焚。

想到這樣惡劣的氣候，巴特耳帶著她四處奔波，必然是吃不好、睡不好。又想到她落入巴特耳手裡，擔心她被折磨羞辱。

明秋意也順從地趴在他的懷裡，十分安心。

王爺沒有讓她失望，親自來救她了。

這一刻，明秋意覺得自己重活一世，終究不虧。

之前那些忐忑不安也消失了。

第四十五章 人心

「王爺，你為我放走了巴特耳，若是被皇上知道了……他會不會問罪你？」明秋意冷靜下來，有些擔心。

「妳這次被抓，那麼多人看到了，加上我為了尋妳，驚動了鞏昌府、平涼府轄下的州縣……人多嘴雜，這件事怕是瞞不住。不過，功過相抵，我提供了情報，讓周振把韃靼趕出寧夏，也是大功一件吧。」

明秋意點頭，王爺放了巴特耳的事情，知道的人不多，即便有人猜到，也沒有證據。再者，這次王爺也立了功，相信皇帝也不能拿他怎麼樣。

「妳還有功夫操心他？妳看看妳，才幾天功夫，就瘦了一圈。」

原本明秋意吃得有些圓潤的臉蛋，現在又變回了瓜子臉，膚色也蒼白。這幾日她跟著巴特耳在山上趕路，實在辛苦。

不提還好，穆凌寒一提，明秋意想到這幾日自己受的苦，眼淚就忍不住落下。

「怎麼，他們真沒給妳吃的？」穆凌寒見了，心疼道：「這個混蛋，下次我……」

「王爺，你怎麼不問我，我有沒有……被欺負？」明秋意輕聲問道。

其實，明秋意一直有些忐忑，她被十幾個男人抓走幾日，和他們朝夕相處。

大月朝女子注重名節，她這次的遭遇，只怕以後都會被人詬病，但這也無可奈何。

當然，明秋意並不會太在意別人怎麼說或怎麼看她，她怕的是閒王心有芥蒂。

穆凌寒聽了，卻將她抱得更緊，壓得她胳膊都有些疼。

他把下巴抵在她的頭頂。「我知道巴特耳不至於如此不堪。他有心和我結盟，又怎麼會欺辱妳？再說……我見妳還有心情扯小白的毛當作記號，便知道妳沒事。」

可憐那小白，被弄掉那麼多毛，只怕都快禿了。

「而且，即便……那樣了，也是我害了妳，我只有心痛自責。」他這次還真沒想到，巴特耳居然會做出擄走王妃這樣的事情。

幸好明秋意沒事，否則他真不知道自己會如何。

明秋意仰頭，第一次主動親了穆凌寒。

穆凌寒一愣，隨即反客為主，低頭狠狠啃起了她的唇。

一如從前，還是這般急切，毫無章法的親吻，讓明秋意又痛又憋氣。

只是沒多久，她肚子「咕嚕」一聲，穆凌寒便放開了她，忍不住笑了。「這巴特耳，還真餓著妳了。」

明秋意不好意思。「這幾天只能吃肉乾，太硬了，我咬不動。」

「馬車裡也沒什麼好吃的，只有一些餅和乾果，妳先墊墊肚子，一會兒我們去平涼府再吃好的。」

穆凌寒從馬車內的抽屜裡拿出一塊餅，遞給明秋意。明秋意這次也顧不得矜持了，拿起餅大口大口的吃了起來。

穆凌寒看著又新奇又心疼。他還是第一次看明秋意這樣狼吞虎嚥吃東西呢。

等她吃飽了，又喝了一點水，便舒舒服服的躺在穆凌寒懷裡睡了過去。

中午，他們到了平涼府。穆凌寒讓護衛軍駐紮在城外，自己帶著王妃以及一些近衛進入城中，入住一家酒樓。

明秋意第一件事便是要沐浴，她在山裡鑽了幾天，感覺整個人都快成野人了。剛才下馬車，她披著斗篷，都不好意思抬頭。

只是，穆凌寒急著去救她，也沒讓十一等婢女跟隨，她不得不親自動手。穆凌寒很細心，還讓人給她準備了衣物，又要進來親自幫她沐浴。

「秋意，妳看我讓人給妳準備的新衣服，粉色的，怎麼樣？」

明秋意坐在浴桶裡，不知所措。

她和閒王做了快兩年夫妻，但是也沒親密到……她沐浴的時候他就跑進來了。不過，眼下她的身邊沒有婢女，也只能煩勞王爺來給她送衣服了。

「放在那邊的椅子上就好。」明秋意刻意壓低身體，只露出一個腦袋在水面上。

看他的王妃羞澀的恨不得把自己埋進水裡，穆凌寒覺得很好笑。

他盯著她，看得她整張臉都紅透了，眼睛飄忽無處放。「王爺，你放下衣服就可以出去了。」

「妳沒婢女伺候，不如我幫妳吧？」穆凌寒建議。

「不用不用，我自己可以，就是洗個澡、穿個衣服而已。」明秋意急忙道。

「我可以幫妳搓背！」穆凌寒說著，捲起袖子。「這個妳自己總不會了吧！」

「……不不不，我從不搓背！」明秋意說的是真話，她不喜歡搓背。

穆凌寒十分驚訝。「什麼？妳不搓背？搓背那麼舒服，要不，妳試試？」

「……不用了，王爺，我、我還是自己洗吧。」明秋意見穆凌寒走近，站在浴桶外，居高臨下，似乎對她一覽無遺……

這水也不知能遮擋住什麼？

「哦。」穆凌寒聲音很是不甘，他倒是真的很想試試，可他的王妃這麼羞澀，他怕嚇到她。

以後再說吧！

雖然這水底的春色若隱若現，讓人心動……

「那妳快點洗，別著涼了，我就在外面，有事叫我。」

穆凌寒說完，依依不捨的又多看了幾眼，才走了出去。

沒多久，明秋意洗好，換了一身衣服，飯菜早已備好，她迫不及待的吃了起來。

她就像自己曾在鞏昌府中看到的難民，幾日沒吃過食物，忽然有了食物一般。

唉，她沒想到，自己也會這麼慘。

穆凌寒本打算陪明秋意一起吃，房間外卻傳來石頭的聲音。

「王爺，周將軍來了。」

周振？

穆凌寒立即明白，只怕是為了巴特耳的事情來的，他消息倒是靈通。

穆凌寒便去了另一個房間接見周振。

周振三十多歲的年紀，和鍾浩一樣，在西境任職十數年，對韃靼十分了解。

前幾天，閒王妃被韃靼鐵騎被抓，雖然閒王已經命在場將士不可外傳，但當時在場的將士兩千人，自然有人管不住嘴，說了出去。

而後，閒王又領著他的數千護衛軍，在鞏昌府、平涼府各處搜尋部署，這件事也就越來越多人知道。

周振是陝西都指揮使，發生了這麼大的事情，自然也知情。何況，韃靼鐵騎偷偷潛入鞏昌府內抓人，本就是他的失職。

「下官是來向王爺告罪的，由於下官疏忽，讓韃靼大王子巴特耳率兵潛入鞏昌府，抓走王妃，差點釀成大禍，幸好王爺及時救回王妃。下官汗顏！」

「……什麼韃靼王子？王妃確實被韃靼將領抓了，不過不是什麼韃靼王子。好在本王英明神武，又把王妃救了回來。這事確實是你的失職，韃靼鐵騎居然能偷偷潛入鞏昌府，這多可怕，若是潛入京師呢？」穆凌寒避開問題道。

不過，周振卻又把話題拉了回來。「不是韃靼王子？可下官聽說……」

「是你的聽說可靠，還是本王親眼所見可靠？」穆凌寒有些生氣。

「……自然是王爺說得對。那……王爺，那抓走王妃的韃靼將領，如今在何處？」周振知道是閒王放走了韃靼王子，這可是大罪。可閒王不承認，他也沒辦法。

「跑了，本王忙著救王妃，哪裡顧得了那麼多。應該還在鞏昌府吧，你快帶人去抓，別在我這裡耽誤時間了。」穆凌寒這是要趕周振走。

他才不耐煩和這些朝廷的人打交道呢。

但是，周振這次特意來拜訪，不只是為了詢問巴特耳的下落，更重要的是……

周振也不再拐彎抹角，直接道：「王爺，其實下官和何原是好友，何原曾對下官說過一些您的事情。」

誰知閒王竟然挑眉。「何原？誰？」

周振無奈。「就是那年護送您和王妃來西境的京軍衛指揮使，何原。」

閒王便好似才想起這個人。

當年閒王去慶陽府接王妃後，何原便帶人返回京師。

「哦，是他啊！」

「王爺，雖然我和您並沒什麼接觸，但從何原給我的信，以及鍾浩的言語中，我便知道您並非等閒之人。」周振態度恭敬，顯然不把閒王當草包。

這下讓穆凌寒有些不自在了。「啊？可我確實是等閒之輩啊。」看周振這一番馬屁，接下來肯定要說他不願意的事情了。

「王爺，您明明有才能，又何必自謙呢？」

「我沒有。」

「……聽鍾浩說，您看到韃靼王子……哦，不，韃靼將領留下的炭灰，便分析出這是他故意留下的，只為引您上鉤，從而又推斷出韃靼大軍準備突襲平涼，和這名韃靼將領會合。王爺知己知彼，觀察入微，能從細微處推算出敵方動向，可見王爺才能。」

「這個啊，這是我身邊的謀士說的，不是我。」穆凌寒拒不承認。

「……王爺，不管是您還是您身邊的謀士，既然有這般才能，就應該報效國家才是。」果然說到了這裡。

穆凌寒嘆氣。

周振不懂他的苦啊！

穆凌寒只好說：「既然周將軍這般有心，那我便去問問我那名謀士有沒有這個想法。」

「……」看閒王這般推三阻四的樣子，周振也知道一時半刻是說不動閒王了。

不過他也知道閒王的顧慮，是怕皇帝忌憚他。

這時，外面傳來聲音。「王爺，王妃似乎有點不舒服。」

穆淩寒立即道：「王妃怎麼了？我得趕緊去看看。周將軍，您自便。」說完便走了。

周振無奈，搖頭嘆氣。

穆淩寒帶著明秋意在平涼府休息一日，第二天便啟程回到鞏昌府。同時，他也派鍾濤親自去把小世子接回來。

如今韃靼大軍被重創，周振打敗韃靼，奪回寧夏，又把韃靼趕回韃靼境內，今年韃靼大軍也無力再大舉侵犯大月朝了。

經此一役，大月朝西境又恢復了平靜安穩。

而這一戰能大獲全勝的原因，便是周振提前知道韃靼大軍會偷襲平涼府北邊。關於這個情報來源，軍中很多人都知道，這是閒王在追尋閒王妃時，得到的線索。

因此，這次勝仗，閒王立了大功。

消息很快傳回京師，朝野上下，一片歡騰。

原本他們還擔心今年冬天一場大戰不可避免，只怕今年冬春，朝廷和百姓的日子都不好過。卻沒想到，戰局忽然發生了逆轉。

看著周振八百里加急傳回來的捷報，皇帝心情複雜。

周振特意提到是閒王得到了關鍵情報，才促成這場勝仗。另外，周振也為閒王求情，雖然閒王為了救閒王妃，放走了韃靼將領，但是，功大於過。

皇帝早就知道這老三不簡單。這才去西境多久，便立下大功，連周振都為他求情。

「沈獲，你怎麼看？」

皇帝看向身邊的沈獲，不到一年，沈獲已經從戶部郎中成了戶部侍郎，可見皇帝對他的信賴。

此事涉及閒王，沈獲早前便知道皇帝會問，他已經思慮許久。

閒王、閒王妃對他有雪中送炭之恩，皇帝對他有知遇之恩，他誰也不想辜負。

「皇上，正如周將軍所言，這次閒王也算是功過相抵了。不過，閒王確實有才能，如果他能安心為皇上守住西境，皇上在京師也可高枕無憂。」

閒王是一把鋒利的刀，若用得好，刀口對準韃靼，那便是兩全其美的事情。

可若是閒王有了反心，不管是如何起了這反心，對大月朝、對百姓都是極大的損失。

「閒王能為朕所用嗎？他真的會真心順從朕？」皇帝始終是不放心的。

他如何能放心呢？一個藩王在外，有錢有兵，隨時都可以造反。

「皇上，若不去試試，怎麼知道閒王不能成為皇上的劍呢？其實，閒王也是有心為朝廷效力，此前，閒王不是請旨親自去輔助周將軍對抗韃靼？只是正好出了韃靼將領擄走王妃這事，便不了了之。但是，也可見閒王還是有護國之心。」

「可他放走了韃靼大王子。」這點讓皇帝非常不滿。若是能殺了韃靼大王子，那對韃靼可真是致命的打擊。

沈獲只好說：「閒王素來愛妻，為了救王妃，放走韃靼王子，確實是大罪。」

閒王愛妻都能問罪皇后，放走一個韃靼王子，對他也不算什麼。

「為了一個女人……若是殺了巴特耳，至少可保我大月朝西境十年安定！」皇帝鬱悶，更是不解。

老三做的這些事，他真的很疑惑，他問罪皇后，放走韃靼王子，是故意挑釁皇威，還是真的……僅僅是為了明秋意。

一個男人，真的能那麼愛一個女人嗎？

全心全意去愛一個人，是什麼樣的感覺？

第四十六章　皇貴妃的禮物

皇帝不禁想起了他的後宮。

這一年，他又有了幾名新的妃子。

張皇后等同被廢，明貴妃讓他厭煩。蘇貴人……他都快忘記她長什麼樣子了，她模仿明秋意，真是東施效顰，可笑至極。

至於皇貴妃張歡歡，她已經生下了皇長子，如今又有孕，還算合他心意。

新來的幾個妃子，眼裡只有諂媚、討好和算計，真是一群蠢貨。

這些女人，又有哪一個值得他全心全意去喜愛呢？

明秋意……如果當年她做了太子妃，會是什麼樣子？

「閒王行事向來不拘常理，皇上息怒。」

「沈獲，你也許說得對，多一個幫手，總比多一個敵人好。雖然朕不放心閒王，但若他真能為朕守住西境，也是一件好事。這樣吧，你本就是犨昌府的人，你替朕走一趟，去犨昌府幫朕看看能不能信他這一次。若是能，便讓他戴罪立功，幫周振守住西境。」

「臣遵旨！」

見了沈獲，皇帝覺得有些氣悶，心情鬱結。

他為何氣悶？是為了閒王嗎？也不是，畢竟他早就疑心閒王，也習慣把閒王當作眼中釘。

也許，是為了明秋意。

失去她越久，總覺得越不甘。那原本是屬於他的女人，現在卻似乎……在老三那裡過得很好？

皇帝去了皇貴妃的宮中，她有孕三個月了。

「馬上就要除夕了，妳如今有孕，又要籌備宮中許多事，累不累？」

張明珠被軟禁，皇帝把後宮事務交給了張歡歡。

張歡歡微笑。「皇上，臣妾不累，這個孩子十分乖，臣妾懷了他後，竟然沒有一點不適，可見他也體諒臣妾。」

皇帝很高興。「老二是個好孩子。妳也不錯，把璋兒教導得很好，才一歲不到便會走路、喊人，可見聰慧。」

張歡歡也很高興。「這是因為他們都是皇上的孩子，才這般聰慧孝順。」

皇帝心情瞬間好了，跟張歡歡相處，他最是自在。張歡歡似乎很懂他的心意，說出的話也讓他非常舒服。

今天，張歡歡穿了一件紫色長襖。

紫色，是明秋意最愛的顏色。

這時，大皇子邁著小短腿，顫巍巍地朝皇帝走來，嘴裡喊道：「爹……」

他學不會「父皇」，張歡歡便教他喊「爹」，這孩子一下便學會了。

皇帝眉開眼笑，立即抱起心愛的大皇子。「璋兒真聰明，閒王的世子和璋兒是同月的。」

張歡歡眼中一亮，點頭。「是的，聽說前陣子閒王妃和世子遇險，也不知道他們最近如何了？」

「沒事了，只是閒王妃被韃靼人擄走，後來被閒王救回了。」皇帝解釋道。

「那可受驚了吧？」張歡歡一副害怕擔憂的樣子。

皇帝這才想到，他之前只是惱火閒王放走了韃靼大王子，卻沒想過被抓走的明秋意會如何？

那幾日，她可有受到折磨？

看皇帝一副擔憂的神色，張歡歡垂下頭，遮住眼底的嘲諷，再抬起頭時，一臉難過。

「皇上，閒王妃受到這般驚嚇，讓臣妾實在不忍，臣妾如今是皇貴妃，大膽的說一句，她也是臣妾的弟媳，若是能安撫一下……」

「對，這朕都沒想到，還是妳細心。幾日後，沈獲要去鞏昌府見閒王，妳便準備一些禮物，讓沈獲帶過去吧。」

張歡歡露出笑意。「皇上善心！」

轉眼到了除夕。

這一年除夕，穆凌寒有了一家三口過年的溫馨、熱鬧之感。

小世子如今會走路了，越發調皮，沒有他不能去的地方，又爬又走，恨不得要上天。只是他還不會說話，也不會喊人，只能哇哇嗚嗚的亂叫。

他和穆凌寒、明秋意一樣，十分喜歡吃甜食，這讓明秋意很擔憂，因為唐清雲說小孩子不能吃太多甜食，對牙齒不好。

這會兒，小世子又往她身上爬，想要爬到桌上去拿糕點。因為明秋意不幫他拿，他只好自己去拿了。

「……凡兒，不能吃了，咱們不是說好了，一天只能吃一塊嗎？」

她把小世子抱下來，小世子委屈的嗚嗚叫，又繼續往明秋意身上爬。

「都是跟你爹學的！」明秋意嘆氣。「這般愛吃甜的。」

穆凌寒正坐在旁邊看話本，聽見明秋意抱怨，很是無奈。「秋意，難道是我一個人愛吃甜食嗎？妳不也愛吃嗎？」否則，她怎麼會把點心做得那麼甜？

「……」明秋意只好拿波浪鼓去哄小世子，轉移他的注意力。

自從他把明秋意從巴特耳手裡救出之後，穆凌寒感覺到明秋意的變化。

具體哪裡變，他不是很清楚，但這些細微的變化，讓他很高興。比如那天在馬車上，她主動去親他，這還是第一次。

她向來拘謹矜持，對夫妻親密之事從不肯主動。

再比如現在，她毫無理由的埋怨他，一點也不怕惹惱他。這也是之前沒有過的。

以前的明秋意雖然不怕他，可因為他是王爺，兩人平時相處時，她還是十分謹慎的。

這些變化讓穆凌寒很得意，他感覺明秋意已經開始把他放在心上了，而不是之前那般，只把他當作一個安穩的依靠。

「對了，王爺，上午宋池來找我，他向我求娶阿霜。」

「這是好事啊！之前妳不是說阿霜也喜歡宋池嗎？等開年便把他們的婚事辦了吧！」穆凌寒笑道。

「宋池和阿霜這是水到渠成的事情，我不操心什麼，可十一……」十一只比她小一歲，如今也是大姑娘了，卻……

想到十一下巴上的疤痕，明秋意還是很痛心。

十一本就長相普通，即便她和唐清雲想盡辦法弄來那些能消除疤痕的藥膏，十一下巴上的那道疤痕還是十分明顯。

十一本就對嫁人沒興趣，如今更是斷了這個心思，一心一意在她身邊伺候，照顧小世子，壓根兒不想嫁人了。

可明秋意怎麼忍心？這麼好的姑娘，當然值得一個優秀的男子來相配。

「十一……石頭不是喜歡她嗎？」穆凌寒也不是傻子，平時看見石頭對十一那般，看多了，也就懂了。

「其實，唐大夫也對十一很好。」明秋意是看出來了，十一很受歡迎。

穆凌寒也點頭。「嗯，這一年，老唐為了研究出去疤的藥，可費了不少心思。那可麻煩了，就一個十一，選誰呢？這得問十一才對吧，我們操什麼心？」

明秋意嘆氣。「可十一壓根兒沒考慮這件事。所以現在石頭、唐清雲都不好先對我開口。」

石頭、唐清雲是至交好友的關係，兩人雖然是情敵，可也不屑去搶占先機，先向王妃求娶十一。

他們覺得得先看十一喜歡誰再說。

於是問題來了，十一死腦筋，壓根兒沒想過男女之事。

穆凌寒聽了也無奈。「沒辦法了，只能等之後再說了。」

三月，天氣回暖。

因為去年臘月，周振率西境數衛將士將韃靼鐵騎趕出寧夏，避免韃靼大軍繼續南下，立下大功，皇帝特派戶部侍郎沈獲帶著皇帝的賞賜，替皇帝犒賞大軍。

沈獲去了平涼府等地，將皇帝的嘉獎賞賜給眾將士後，便馬不停蹄去了鞏昌府。

這次去鞏昌府，沈獲可以說是衣錦還鄉。

如今鞏昌府上下誰不知道，去年沈獲被皇帝欽點為狀元，而後步步高升，如今已是正三品戶部左侍郎。

而且，他還是皇帝身邊的紅人，皇帝十分看重他，這次便讓他代替皇帝，犒賞將士。

在沈獲離開鞏昌府前這十餘年，他不知被多少人嘲諷。他寄居在表哥閔知府家，也受盡嫂子、姪子、姪女的奚落。

如今，沈獲已經成了皇帝身邊的重臣，鞏昌府那些曾欺辱過沈獲的人都惴惴不安，生怕沈獲報復。

不過，沈獲回來後，並沒有去報復任何人，他也不是什麼寬宏大量之人，而是如今他懶得與那般小人計較。

沈獲回來第一件事，便是去閒王府拜見。

於公，這次皇帝派他來鞏昌府，最重要的就是探查閒王的心意，看他是否真心願意為皇帝效力。

於私，閒王、王妃對他有恩，他如今榮歸故里，怎麼也得去拜見感謝才是。

誰知閒王帶著王妃，一早就出去騎馬了。

沈獲撲了個空，有些失落，便留下皇帝和皇貴妃的賞賜，打算明日再來拜訪。

原來，這日風和日麗，穆凌寒帶著明秋意出來玩。

明秋意來鞏昌府已經一年多，去年因為生孩子、照料孩子，一直沒怎麼出門。所以穆凌寒今日便帶著明秋意出去騎馬。

鞏昌府城外有一片草地，很適合騎馬。

小紅如今已經長成了大紅，因為這一年多來，明秋意經常餵養牠，牠對明秋意也十分親近、信任。

此前，明秋意已經在王府花園學過騎馬，已經知道怎麼拉韁繩、控制馬的方向和速度，但到草原騎馬，還是第一次。

「速度別太快，先學會慢慢跑，等以後熟練了，再加快速度。」穆凌寒扶著明秋意上馬，對她道。

明秋意點頭。

等明秋意上了馬，穆凌寒也翻身上馬。

他騎著大黑，在前面帶路。「跟著我，我帶妳四處逛逛。這大草原的景色，妳會喜歡的。」

兩人一前一後在草地上慢慢奔跑，石頭、秦遠帶著幾個侍衛，騎馬跟在身後。

一開始，明秋意還很緊張，不過慢慢熟練了，膽子也大了，竟然敢讓小紅加快速度，跑在大黑前面。

穆凌寒也不阻止她，只是跟在她身後，若真遇到危險，他也能及時救下她。

而兩隻海東青，便在兩人上空盤旋。

石頭跟在後面感慨。「王爺養的動物，真是用處不小。」從雪貂到馬，再到海東青，不管是救人還是討王妃歡心，總是有大用。

秦遠卻不以為然。「那兩隻鸚鵡也算有用？」

秦遠是去年鍾濤給穆凌寒挑的貼身侍衛，因為明秋意生了小世子後，宋池就成了小世子的護衛了。

石頭像是看傻子一樣看著秦遠。「難怪你都二十好幾了還沒媳婦兒。那兩隻鸚鵡可是叫得出王妃的名字，你敢說牠們沒用？」

「……」秦遠頓悟了。

閒王不愧是閒王，總能玩出新花樣。

明秋意在草原上跑了幾圈，出了一身汗，穆凌寒怕她吹風又風寒，便帶她坐馬車回去了。

回到王府，他們才知道沈獲來過。

劉芸也在，她剛才和袍子一起清點沈獲送來的賞賜。

原來，沈獲是戶部左侍郎，劉芸的父親是戶部右侍郎。這次知道沈獲要來鞏昌府，也託沈獲送給劉芸和外孫一些東西。

見明秋意進了後院，劉芸立即上前。「秋意，這可讓我大開眼界，妳猜猜皇帝和皇貴妃給妳送來了什麼？」

「還有皇貴妃的賞賜？」明秋意詫異。「送了什麼？」

「那些金銀什麼的就不說了。皇貴妃竟然給小世子準備了衣物，從兩歲到五歲的小衣服、小帽子、小鞋子，還有各種玩具，一應俱全，這可是費了心思的，可不是一般的賞賜。這倒像是親姊妹的手筆啊，妳之前和她交好嗎？」

明秋意一愣，她怎麼會和張歡歡交好呢？張歡歡是閒王設計送到皇帝身邊噁心張明珠的，如今目的也已達成。

她曾經在東宮見過張歡歡一次，那時，張歡歡似乎很關心閒王。

但是後來，皇上利用張融害了閒王，張歡歡必然是幫凶。因此她對這個皇貴妃，並無好感。

現在，張歡歡如此費心準備這些東西，令人費解。

明秋意搖頭。「我與她不熟。我只見過她一次，那時她還只是太子良媛。」

「這就奇怪了，準備這些東西可是花了心思的。我剛找唐大夫來看過，這些衣物、玩具都沒有問題。」

「那便收起來吧，我看這些東西的用料、做工都是上乘，也別浪費了。」

「好，我讓阿風收起來。」

過了一會兒，穆凌寒餵完馬，回到後院，明秋意便把皇貴妃的賞賜告訴他。

「王爺，這皇貴妃的賞賜，也未免太細心了吧。」

提到張歡歡，穆凌寒可不敢忘。前年他和明秋意剛成親那時，明秋意便因為張歡歡吃醋，和他鬧脾氣。

所以，穆凌寒便不在意道：「管她呢，送妳妳就收，若不喜歡就把東西扔了。」

「東西倒是挺好的，我也喜歡，可皇貴妃為什麼這般對小世子？」明秋意卻不肯避開話題，繼續道。

「……或許是想展示她皇貴妃的恩威吧？」

明秋意哼了一聲，不以為然。

她認為皇貴妃送這些東西，是做給閒王看的。她自然不能明目張膽送閒王東西，便拿小世子當作藉口。

至於皇貴妃的目的，或許是感激閒王的舉薦大恩，或者是對閒王的愧疚，又或者是其他什麼。

但是，她不喜歡別的女人惦記她的夫君。

沒辦法，她就是那麼小心眼。

穆凌寒看著明秋意氣鼓鼓的樣子，覺得很可愛。

第四十七章　說客

「皇貴妃和我們相隔幾千里，妳管她做什麼？妳不提，我都忘記有這個人了。不過，她做了皇貴妃，張明珠可能會氣死吧。」

原本把張歡歡送給皇兄，就是要氣張明珠，不過結局還真出乎意料，才一年的時間，張歡歡成了皇兄後宮第一寵妃。

「張皇后狹隘高傲，以前未出閣的時候，對皇貴妃諸多打壓、欺辱，如今……她被軟禁在冷宮，自然不會好受。」

當然，也並非張歡歡多厲害，是張明珠作死，王爺為她出頭。

想到這兒，明秋意就消氣了。

「好了，來看看，這沈獲還真有心，居然從京師帶來最新的話本子，有的還沒刻印呢，也不知道他從哪兒找來的。」

原來，沈獲想要感激閒王，他知道閒王不缺金銀，一般俗物也入不了閒王的眼。他記得閒王愛看這些閒書，便在啟程前，四處派人搜尋最新的話本。

沈獲如今身居高位，那些寫話本的文人都巴結他，便把自己手中剛寫完，甚至還沒刻印的話本子趕緊謄寫一份送給沈獲。

穆淩寒讓袍子拿來一疊書，明秋意翻了翻，也很驚奇。「他倒是有心。」

「妳眼光還真不錯，那年妳看了沈獲一眼，便知道他來日必有出息，如今也應驗了……對了，秋意，妳這麼會看面相，那看看凡兒，他以後有沒有出息？」

穆淩寒把正在扯他褲腿往上爬的小世子抱起來，讓明秋意仔細看看。

明秋意哭笑不得。

她知道沈獲的未來，那是因為她重生了。可凡兒的未來，她如何知道？

「……差不多跟你一樣，只會好吃懶做、貪玩打鬧。」明秋意道。

「……那，也行。」穆淩寒有一點點失望。

雖然穆淩寒對外展現的是好吃懶做的形象，卻有早起練武、騎馬的習慣。但自從娶了明秋意，也漸漸養成和她一樣睡到日上三竿才起來。

結果這天一大早，天才剛亮，穆淩寒正抱著明秋意在溫暖的被窩裡親，門外傳來了袍子的聲音——

「王爺，沈大人來了。」

「……」

好事被打擾，讓穆淩寒火冒三丈！

壞人好事是要被天打雷劈的！這沈獲怎麼回事？專門找他不痛快嗎？

「叫他滾！」穆淩寒不耐煩道。

「王爺，沈獲昨日來沒見到你，今日又來，他這般有心，你不能不見。再說，他本就是代替皇上來的，你也不能不給皇上面子吧。」

明秋意輕輕推穆凌寒的胸膛，穆凌寒鬱悶至極，這箭在弦上，還得收工？別給他憋出內傷才好。

「我就不想給他面子。」

「他是皇上！」

明秋意又去推穆凌寒，穆凌寒沒辦法，又胡亂親了明秋意幾口，才心不甘情不願的爬起來。他給明秋意仔細蓋好被子，雖然是春日，但是西境溫差大，早晚特別冷。

「那妳多睡一會兒，我去打發了沈獲。」

沈獲就在前院大廳裡等閒王。

他怕像昨天那樣撲了空，因此今日來得特別早。

等了好一會兒，也不見閒王的身影。

管事老杜有點不好意思。「沈大人，我們王爺一向起得遲，讓您久等了。」

沈獲也不好意思。「是我來得太早，擾了王爺的清夢。」他怎麼忘記了，閒王一向懶散，自然是不會早起的。

真是失誤、失誤啊！

終於，一臉起床氣的閒王姍姍來遲。

沈獲便知道，他果然吵醒了閒王，惹閒王生氣了。他剛準備開口告罪，閒王已經開口。

「沈大人好勤快，這麼早就來本王王府了。」

「是下官來得早了，打擾了王爺。」沈獲一臉歉意。

「說吧，什麼事，說完我還得回去補眠。」那暖和的被窩裡，還有美人等著他呢。

「……王爺，這次下官來是奉了皇上的口諭。下官曾受王爺恩惠，也知道王爺脾氣率直，便有什麼就說什麼了。」沈獲道。

閒王這才神色緩和，笑著點頭。「那樣最好，我最不耐煩那些彎彎繞繞，聽得我頭疼。說吧，皇上讓你給了我什麼話？」

「王爺，之前閒王妃被韃靼王子抓走，您為了救王妃，放走韃靼王子巴特耳這件事，皇上已經知道了。」

穆凌寒一點都不覺得奇怪，當時巴特耳親自出現抓走明秋意，在場看到的人那麼多，自然也有人認出了巴特耳。雖然那些人都是他的護衛軍，但難免人多嘴雜，又或者混進來幾個探子……

「那我也給了周振情報，算是功過相抵了吧。」穆凌寒道。

「那是自然，因為您的情報，周將軍順利將韃靼大軍趕出大月朝邊境，皇上對王爺也有諸多賞賜。」

沈獲說的是昨天送來的那些金銀賞賜。

「哦，替我謝謝皇上。」穆凌寒興趣缺缺，不過他又真心補充一句。「對了，昨日你送來的話本子不錯，我喜歡。」

「……那便好。」沈獲心裡鬆了口氣，果然他送對了東西。

「王爺，另外，此前您曾向皇上請旨，想要去邊境幫助周將軍對抗韃靼……」

「有嗎？既然如今韃靼大軍已經被趕回了老家，那就當我沒說吧。現在也用不著我了。」

「王爺，皇上的意思是，您閒著也是閒著，不如為朝廷做些事。」沈獲又說。

穆凌寒很是無奈。「我能做什麼？我要是真有點本事，當年父皇也不至於把我趕到這裡來吃灰。」

「王爺，我可是和您說真話，您卻在這裡敷衍我。王爺對我有恩，我雖然為皇上效力，但也願意從中為王爺斡旋，王爺何必對我遮掩？」

如今沈獲也在朝廷裡混了一年，多少長了見識，他早覺得閒王不簡單，這一年來，又在京師打聽了閒王的一些言行舉止，刻意留意閒王在鞏昌府的一些行為，便慢慢察覺，皇帝對閒王的忌憚，怕不是無中生有。

這個閒王，可藏得深啊！

沈獲都說到這個分上了，穆凌寒也只好直說。

「我如何為朝廷效力？我在這裡什麼都不做，皇上都不放心。我做些什麼，可不是在皇上心裡扎刺嗎？」

「王爺，您若是真心為皇上守邊境，為朝廷效力，讓皇上安心，相信皇上最終會放下芥蒂的。」

「真心？皇上會信嗎？我今日效力，明日皇上忌憚，我又當如何？沈大人，我倒覺得多一事不如少一事，我游手好閒的，至少讓皇上稍微安心一些。」

反正眼下也無戰事，他又何必去找不痛快？

「王爺，此言差矣。您和皇上如果能信任彼此，那對彼此都是大有益處。皇上既然讓我來說服您，也是想和您緩和關係，您又何必固執，不妨信任皇上一次，試試看？」

這話沈獲也對皇帝說過，若是兩人能打開心扉，彼此信任對方一次，或許事情會有轉機。

「……試試看？」穆凌寒遲疑了。

這種被皇帝忌憚、時時提防的日子，他也很厭煩。皇兄總是不信他，他一人倒是無所謂，可如今有了妻兒，將來妻兒若是沒有安穩日子過，他枉為人夫，枉為人父。

「是，王爺，如今雖然韃靼大軍已經撤退，可王爺應當清楚，這只是暫時的安穩。今年秋冬，又怎知他們不會捲土重來？您身為封地王爺，也不忍心日後韃靼又來，封地百姓受苦吧？我說句不好聽的，西境不安穩，王妃和小世子也跟著受苦。之前韃靼王子擄走王妃，就是警示啊！」

沈獲這番話，倒是說到了穆凌寒的心裡。邊境不穩，他和妻兒也沒安生日子過。巴特耳能潛入鞏昌府擄走明秋意，這次僥倖無事，但下次呢？

他還真是為難，一邊皇帝忌憚，一邊有韃靼虎視眈眈，父皇怎麼不給他找個安穩的封地呢？

罷了，皇帝想什麼他沒辦法管，可西境的安穩，他或許可以管一管。起碼不能再讓韃靼這般放肆。

穆凌寒看向沈獲。「沈獲，若是皇上能信我，我願意為朝廷守邊境。」

沈獲見此，便鄭重其事向閒王鞠躬。「王爺大義。我來之前，皇上已經明言，若是您願意，便可去周將軍麾下，和他一同護衛大月朝西境安穩。周將軍也十分欣賞王爺，希望能得到王爺相助。」

「好吧，這坑都挖好了，就等我呢。」穆凌寒哼了一聲。

沈獲見閒王鬆口，想到自己不辱使命，讓皇帝和閒王兩人各進一步，彼此試著相信一次，心中暢快不已。

有閒王守護西境，大月朝可以安穩很多。

沈獲辦妥差事，高高興興回京了。

五月，京師。

沈獲回京後，第一件事便是向皇帝稟報這次去西境的情況。

「閒王已經去周振那裡報到，周振讓他擔任都指揮僉事，負責軍中的一些事務，閒王倒是沒有一點架子，周將軍讓他做什麼，他便做什麼。」

皇帝點頭。「老三這次還算聽話。沈獲，你這次親自去見閒王，你覺得朕能信他嗎？」

「微臣認為，皇上可以一信。如今閒王在周振麾下做事，他的一舉一動，皆在周振的眼皮下，不敢說周振對閒王一舉一動瞭若指掌，但若閒王真有異動，周振肯定有所察覺。」

皇帝點頭。「嗯，讓老三去周振那裡蹲著，朕也比較放心。」

「這次微臣去鞏昌府，也仔細詢問了周振以及閒王封地內幾位大人，他們都言明閒王並無異狀。微臣也悄悄派人去探查，閒王在封地的護衛營將士，不會超過一萬人。」

「那些官員在閒王封地任職，會不會和閒王沆瀣一氣，包庇他？」皇帝又問。

「微臣認為不太可能，閒王絕沒有結交封地官員的意圖。」

結束與沈獲的議事後，皇帝便去了明春如的宮中。

皇后被軟禁後，明春如的日子也不好過。雖然那混在四女中的柳月是皇后派去的，可這件事是明春如經手的，即便明春如狡辯自己什麼都不知道，那也說明她辦事不力，最後皇帝也罰了她。

不過，還好只是軟禁三個月，不像張明珠，如今已經被軟禁了一年，皇后之位，名存實亡。又因為張歡歡成了皇貴妃，張明珠的娘家也不為張明珠出頭，等於是捨棄了張明珠。

明春如心中常常有兔死狐悲之感。

如今張明珠已經徹底完了，那她呢？

她在這宮中雖身為貴妃，卻根本不受寵，皇帝偶爾來看她一次，也是看在父親的面子上。

可如今父親的地位也岌岌可危，她知道，現在皇帝十分看重沈獲，沈獲的勢頭正旺，只怕取代父親，指日可待。

若真到了那一天，她在這後宮中無依無靠，該怎麼辦？難道也像張明珠一樣，被永遠冷落嗎？

明春如不甘心。

她不禁想起了姊姊明秋意。

曾經，因為明秋意失去了太子妃之位，明春如得意洋洋，以為她終於徹底戰勝明秋意，可現在……

天下人誰不知道閒王有多寵愛王妃？

閒王身邊除了閒王妃，再無他人，就連侍妾都沒有。

為了閒王妃，閒王不知道做了多少離譜的事情，甚至得罪皇帝在所不惜！

明秋意怎麼那麼好命呢？

明春如每每想到這些，晚上都氣得無法入睡。

這日，難得皇帝來看她，她很高興。

皇帝仔細打量明春如，許久才道：「妳和妳姊姊，還是有幾分相似的。」

明春如一口氣差點上不來。原來皇帝來見她，還是為了那賤人！

「臣妾怎麼比得上姊姊貌美？」明春如咬著牙，心中卻生出惡毒的心思。

她這輩子已經到頭了，沒辦法再得到皇帝的寵愛，那麼明秋意也別想好過！

「閒王妃……倒算不上貌美，不過，卻讓人見之難忘。」

皇帝輕笑，他現在回想起明秋意，認同了老三的說法。

確實，明秋意算不上大美人，可她的模樣卻讓人很舒服。應該說，明秋意的氣質不俗，讓人難忘。

「皇上說得是，姊姊與眾不同，也難怪閒王那般寵愛她，自然也是捨不得她回京師的。」明春如嘆氣。「可憐父親那般思念姊姊……」

「妳說什麼？妳父親希望閒王妃回京師？」皇帝眼睛一亮。

「皇上，您也知道，近來臣妾父親身體不好，如今姊姊去鞏昌府兩年了，父親很想念姊姊和外孫，也不知道有沒有機會再見她一次。上次母親進宮，聽她說起，父親最近總是惦記姊姊呢。」

怎麼可以讓姊姊舒舒服服的在鞏昌府享福呢？也得來京師一起和她受受苦才好！

皇帝一聽，茅塞頓開。

沒錯，如果能讓明秋意回京師一趟，甚至帶著閒王、小世子，不管老三回不回來，有明秋意在京師，老三日後斷不敢有二心。

老三不是很在乎明秋意嗎？有了明秋意做人質，那還擔心什麼呢？

「明太傅思念女兒，乃人之常情。如今閒王妃已經出嫁兩年，也該回來省親了，明太傅若是想念女兒，可以修書一封，讓閒王妃回家看看。」

皇帝這下對明春如滿意得很，她這個建議很好。

於是，一連幾天，皇帝都在明春如的宮中過夜。

第四十八章 古浪縣

平涼府。

自從兩個月前，穆凌寒答應沈獲要為朝廷效力後，他便來到了陝西行都司官署。陝西行都司官署位於平涼府西北面的古浪縣內，接近鞏昌府北邊。

閒王雖然身分尊貴，但是畢竟沒有帶兵打仗的經驗，無從談起對邊境的部署能力，於是周振便讓閒王先跟在他身邊做個都指揮僉事，了解一下陝西西北邊境的情況，而後再安排具體事務。

閒王向來沒架子，從不因為自己是閒王就輕視他人，也和官署裡其他官員相處良好。

鍾浩本是秦州衛指揮使，因為去年年底立功，已經被周振調任為從二品指揮同知，目前無戰事，他也在行都司當差。

閒王應對這些軍中雜事雖然不耐煩，但也算脾氣好，學得不快，卻人緣極好，隔三差五就請官署裡幾位大人去喝酒。

只是，有一點可苦了。

古浪縣距離鞏昌府有兩、三日的路程，閒王只能半個月回去一次。

眼下，小世子正是一歲半學說話的時候，每次回去，小世子便學會了新的詞，讓閒王懊惱自己不在兒子身邊。

早知道這樣，便不答應沈獲了。當閒王不好嗎？他可真是沒事給自己找麻煩呢。

而在翬昌府的明秋意，一開始還覺得沒什麼。

她起初並不認為夫妻兩個要成天黏在一起，畢竟男子總有自己的宏圖偉業去做，女子安心在家，打理好家事，照顧好孩子，一家人各司其職，和和美美便很好。

可閒王才離開兩個月，她便很不自在，總感覺身邊少了一個人。

沒人帶她出去草原騎馬了，也沒人成天黏著她親親抱抱，讓她不堪其擾。到了晚上，明明是夏天，她卻覺得炕上還是涼颼颼的，可也沒法子，總不能五、六月讓人燒炕吧。

她以前總是嫌棄閒王體溫太高，抱著她睡，讓她渾身是汗，可如今閒王去外面忙，她卻不適應了。

明秋意納悶，她是那種離不開男人的女人嗎？不是吧！

她原先的計劃是，只要夫君和她一心，沒有其他女人，那便夠了。閒王出去為朝廷效力，她便在家當好賢妻良母。

她每天也有很多事要忙，要教小世子說話，要看話本子，還要去照顧那些小動物，忙得腳不沾地，可……

忙歸忙，她心底卻空落落的。

明秋意鬱悶了許久，忽然這天，她開竅了。

她為什麼要自尋煩惱呢？她離開京師，獲得了自由，那麼，她想做點什麼不可以呢？既然她思念閒王，乾脆搬到古浪縣不就好了嗎？而且換個地方住，還挺新鮮有趣，就當是……避暑好了。

古浪縣在北邊，用來避暑，豈不正好？

明秋意這麼一想，立即覺得可行，便找來袍子、十一等人商量。

袍子和石頭都驚呆了。

「去……古浪縣避暑?!」

古浪縣距離此地不到一百里，避暑是不是誇張了一點？去了古浪縣，也不見得比這裡涼快。更何況，西境的夏天本就不熱，用得著避暑嗎？

當然，大家心裡這麼想，卻沒人質疑。

「對，十一，妳這兩天趕緊收拾收拾，也不需要帶太多東西，咱們到了九月、十月，還要回來。帶些要緊的東西，還有照顧小世子的阿來她們便夠了。阿霜就不去了，她有孕了，就留在王府。」

「……王妃，咱們真要搬去古浪縣啊？」袍子驚疑不定，開口確認。

明秋意點頭。「袍子，剛來西境的時候，你不是去平涼府走過幾次嗎？古浪縣你也去過，你今日便帶人出發去古浪縣購置宅子，佈置好一切。我和小世子幾天後出發。」明秋意又道。

「……是。」

「石頭，你和宋池商量商量，我和小世子去古浪縣，你看看帶多少護衛軍。雖然兩地不遠，但也怕出現萬一。」

明秋意有條不紊，一一安排。

「王妃，這件事……王爺知道嗎？」

看王妃這雷厲風行的模樣，還真的要搬家。可此前，他們完全沒有聽王爺、王妃提起過這件事。

「他？等我去了古浪縣，王爺不就知道了嗎？」明秋意理所當然道。

「……」

行，反正王妃說的話，王爺沒有不聽的。既然王妃要搬去古浪縣避暑，那就避暑吧。其實，避暑的地方那麼多，為什麼是去古浪縣呢？明明就是想去見王爺嘛！

石頭啥也不說，他趕緊去找宋池、鍾濤，畢竟王妃這次帶小世子去古浪縣，一路護衛極其重要，可不能再出現紕漏了。

幾天後，袍子帶著人，提前到了古浪縣。

實際上，古浪縣位於平涼府西北，接近寧夏衛，他其實並不是很熟悉。

而且王妃要搬來古浪縣這件事，還是得和王爺說一聲。

於是，袍子便去陝西行都司官署找閒王。

穆凌寒不喜歡軍中雜事，這日正和幾個指揮使將軍比射箭。他這時也懶得裝了，拿出自己的真本事和這些將軍比試，這些將軍一個個佩服得不行。

他們心裡都想，這閒王草包的名聲，是如何傳出來的？

周振怕閒王初來不習慣，這兩個月便讓鍾浩對他多加照看，鍾浩這時也在同他比試。

沒多久，便有官署的小吏帶著袍子來見閒王。

穆凌寒見到袍子，吃了一驚。「你怎麼來了，是不是王妃……」袍子一向在明秋意身邊，不會輕易離開的。

袍子趕緊道：「王爺，王妃沒事。不過……」袍子看了看這校場周圍有鍾浩等數名武官，覺得這件事還是私下和閒王說比較好。

「不過什麼，快說。」穆凌寒急了，趕緊丟下手裡的弓箭。

「……王妃要搬來古浪縣避暑，這兩日應該就會從鞏昌府出發了。」袍子看閒王如此著急，便道。

「避暑？」穆凌寒一愣。「……這，鞏昌府很熱嗎？」

鞏昌府位於西北，即便是七月驕陽，也不算太熱。更何況，鞏昌府處於繁華之地，夏天還可以用冰，王府中也有自己的冰窖，平日明秋意也不會太委屈自己，是絕不會熱得住不下去的。

相反的，這偏僻的古浪縣，物資缺乏，生活也沒那麼便利，如何避暑呢？古浪縣和鞏昌府的氣候，也差不了多少。

「……王妃說熱。」袍子低著頭，也很無奈。

穆凌寒很快明白了。「哦，確實，鞏昌府的夏天也太熱了，王妃只好來避暑了，哈哈哈！」

說完他便要走。「鍾將軍，幫我向周將軍告個假，王妃要來古浪縣避暑，我得去準備準備。」

鍾浩嘆氣。「王爺，這等瑣事交給下人打理就好了，您何必親自去？」

自從閒王到了陝西行都司，三天打魚，兩天曬網，天天就是找人比武、喝酒，也不見他做點正經事，鍾浩幾次被周振提點，他心裡也無奈。

可，閒王愛妻，他是最清楚不過的。

當年在京師，因為王妃曾有意於他，鍾浩這幾年可沒少受王爺冷眼。

果然，閒王得意的掃了鍾浩一眼。「鍾將軍，王妃來避暑，我自然要事事親自打點，才不辜負王妃的心意。你連這都不懂，難怪至今光棍一個。」

奚落完鍾浩，穆凌寒才得意洋洋的離開。

他和袍子去縣城中購置宅子，又派人仔細佈置，最後乾脆親自帶人出城南下，去半路接明秋意。

反正都已經告假了，也不差這兩、三天。

明秋意一行人終於在古浪縣安頓了下來。

數日後，她收到從京師來的家書。

自從那年她被賜婚給閒王後，明宣便對明秋意死了心。

他白白培養了明秋意十七年，最後她嫁給一個被皇帝嫌棄的王爺。

如此，他對明秋意還有什麼指望呢？

家族的榮耀、弟弟們的前途能指望明秋意嗎？自然是不成了。

因此，明宣只當沒了這個女兒，明秋意離開京師兩年多，也從不過問。

他把心思放在明春如身上，況且去年起，皇帝重用狀元沈獲，似乎打算逐漸架空他，這讓明宣如臨大敵，更是忘了明秋意這個女兒。

直到明春如從宮裡傳來消息，讓他寫封家書給明秋意，並且暗示這是皇帝的意思。

明宣自然希望能重新獲得皇帝的寵信，即便他知道這封信對明秋意來說意味著什麼，也昧著良心寫了這封信。

明秋意有些意外。

她對父親的感情很複雜。

原來那一世，父親利用她，讓她一生為了家族、兄弟付出。她死的時候，恨透了父親。

可這一世，實際上，父親並沒有對不起她。雖然培養她是為了讓她有用處，可畢竟父親在她身上也花了很多心思。

明秋意也知道，父親並不愛她，因此隨閒王來封地後，明秋意一門心思在小世子和閒王身上，也並不去思念父親、親人。

可如今，父親卻來了信，信中情真意切，父親已經患病，臥床不起，直到這時才想明白了很多，自覺以前對明秋意疼愛不夠，十分懊悔，又盼著死前能見女兒和外孫一面。

父親這一聲懊悔，讓明秋意落淚。

誰不想得到親人真摯的愛？

她表面不去思念父親，可卻一直芥蒂這事。她恨父親，為什麼要把她當作一個棋子，而不是真心真意的愛她？

可……明秋意知道，她不能回去，更不能帶小世子回去。

她若是想回去，閒王必然不放心，會親自送她回去，那樣豈不是又重蹈覆轍。

皇帝心思深不可測，又好猜忌，明秋意怎麼不了解他？

他現在和閒王妥協，不過是他管不了閒王，鞭長莫及，便只好乘機和好。

若閒王又回到京師……這一次，皇帝哪裡會輕易放過他？

所以，也就一瞬間，明秋意下了決心，不會回京師探望父親。

只是，她心中惦記著這件事，也難免煩悶，連午飯都沒吃幾口。

穆凌寒下午回來，便聽說了這件事。

他臉色微沈，走進了房間。

明秋意打開箱子，拿出許久未彈的琴，看著琴發呆。

她三歲起，父親就請大師教她琴棋書畫，尤其是琴這一技藝，容易獲得他人讚美和關注，父親格外看重，日日逼她刻苦學習，也如願讓她成了京師的才女。

可那終究是父親心中喜歡的女兒，她卻不喜歡。

她這一生的快樂，是在到封地後才有的，她不想再回京師了。

穆凌寒走到明秋意身邊，手搭在她的肩膀上。「妳父親來家書了？」

穆凌寒不知道家書的內容，但是看明秋意這個樣子，必然不是好事。

明秋意點頭，眼底含淚。「父親病危，說想見我最後一面。」

穆凌寒眼中冰冷，又似有怒火。

他在京師中有探子，也特意叮囑蓮娘關注明府的情況，如果明太傅病重，他不可能不知道。

總之，明太傅病重將死這件事，八成是假的。

可明太傅卻寫這樣的信告訴明秋意，其用心如何，不難猜測。

為了迎合皇帝，甚至用這種謊言來欺騙女兒，真是讓穆凌寒大開眼界。

明秋意此時越是傷心難過，穆凌寒便越是痛恨這位父親。他這才覺得他的父皇，也許沒那麼差勁。

至少父皇死前，為他安排好了一切。

他更是心疼明秋意，竟然還為這樣的父親落淚。可他又如何忍心告訴她，明太傅是這樣的人？那不是拿刀子刺她的心嗎？

第四十九章 騎馬

「如果妳想回京師……我陪妳。」

穆凌寒想來想去，也開不了口解釋。畢竟，他也沒有十成把握明太傅是裝病，萬一真病死了，他以後又如何面對明秋意？

所以，即便知道這八成是陷阱，他也不得不去踩。

明秋意卻搖頭。「不，我們不能回去。王爺忘了嗎？我們從京師來到這裡有多不易？」

兩年前，若非先皇的特意關照，穆凌寒又如何能順利離開？

他走的時候，身上帶著傷，走到一半，被刺客刺殺，又遇到國喪，還被派去邊境抗敵。

想到這些事，明秋意都後怕。

穆凌寒有些詫異。「可不回去，妳父親……」

「我是很擔心父親，可我也擔心王爺和凡兒。我很害怕失去你們。」

穆凌寒眼睛酸澀，他坐在明秋意身邊，緊緊抱住她，心裡又高興又心疼。

他，也成了秋意心中十分看重的人呢！

臨近中秋，秋高氣爽，趁著天氣好，穆凌寒經常告假帶明秋意去城外草原騎馬。

這日早上，穆凌看天氣不錯，便打算帶明秋意出去騎馬散心，免得她在家悶著，擔心京中之事。

他把事務交代給幾個下屬小吏，便打算出門。

這時鍾浩得到消息，匆匆趕來，攔住了正要離開的穆凌寒。

「王爺，您這又是要去哪兒？」

「今日秋高氣爽，適合騎馬。」穆凌寒道。

「騎馬？正好，周大人今日去城外左軍軍營，忘記帶一份文書，您騎馬的同時，順便把這份文書帶去吧？」

鍾浩知道閒王妃來到古浪縣後，閒王便三天兩頭帶著閒王妃到處玩。

鍾浩見閒王今日又要出去，便隨口想了個主意牽制住他。

穆凌寒聽了，哪裡不明白鍾浩的心眼？

送文書需要用到他嗎？多的是小兵小吏。

他好笑。「成，送文書去城外的左軍軍營是吧？給我吧，我帶過去。」

閒王什麼時候這麼乖順的？怕不是想拿著文書不辦事，又跑去玩吧？

鍾浩實在不放心。「正好，我也有事去左軍軍營，咱們一同去吧。」

「……呵呵，鍾浩，你這是不放心我啊。我拿你當朋友，你怎麼拿我當犯人？」

「不敢，王爺您真誤會了，我確實去軍營有事。」鍾浩心虛的說。

結果，閒王讓秦遠取了文書，騎著馬，卻並不去北面城門，而是往城中方向去了。

鍾浩心想果然，趕緊追上。「王爺，我們不是說好了，去左軍軍營送文書的嗎？」

「是啊，但是我要先回家一趟。這天氣好，我帶著王妃出去騎馬，順便送了文書，豈不是兩全其美？你說呢，鍾浩？」

「……」鍾浩已然無語。是他低估了閒王。

秦遠提前回家通知了閒王妃，明秋意此時已經收拾妥當了，但她只知道要去城外騎馬，以為不遠，也沒帶著馬車，覺得麻煩。

加上明秋意覺得自己最近騎馬小有所成，便只戴了面巾，牽著她的小紅馬，帶上也學會騎馬的十一、石頭等人在門口等待。

穆凌寒和鍾浩等人過來，才發現她沒打算坐馬車出去。

「……」

穆凌寒看了鍾浩一眼，心想失策了。

「妳不坐馬車了？」穆凌寒問。

明秋意見鍾浩也在，有些詫異。「嗯，我想著最近騎馬也熟練了，便自己騎馬，輕便許多。」

她還怕閒王不信，趕緊拽著小紅馬，翻身上馬。「王爺你看，我這樣騎去城外沒問題吧？」

行，再去準備馬車也耽誤時間。「好吧，那我們便出城吧。」

於是一行人騎著馬，慢慢去了城北方向。

明秋意這才有時間和鍾浩打招呼。「鍾大人，許久不見了。」

不提還好，一提鍾浩就膽寒。他這兩、三年飽受閒王的嫌棄，便是從他和閒王妃第一次見面說起。

鍾浩吃足了苦頭，此時十分謹慎，只敢跟在閒王的另一側。「失禮了，剛剛還未拜見王妃。」

穆凌寒見兩人說話，便故意放慢速度，擋在兩人中間，不許他們說話。

很快，他們到了城外，一路向北，明秋意這才發現，閒王並不是帶她去近郊草地騎馬。

這時，穆凌寒才同她解釋。「我要去軍營一趟，鍾浩讓我去送文書。」

明秋意目瞪口呆，讓王爺去送文書?! 未免也太大材小用了。

「鍾大人也去軍營嗎？他……他也是同你一起去送文書？」

穆凌寒瞥了一眼沈默不語的鍾浩，輕笑道：「哪有那麼重要的文書，需要鍾將軍送，我送文書，鍾將軍自然是送我。他怕我跑出去玩，看著我呢。」穆凌寒一點都不覺得害臊。

明秋意聽了也是啞然，也是為難閒王身邊的這些人了。

左軍軍營距離這裡有六、七十里，明秋意雖然能騎著馬跑一會兒，但是時間長了，她便疲憊不堪，也沒力氣拉著韁繩了。

穆淩寒看她臉色不佳，便知道她累了，也不開口問，直接拉著馬靠近明秋意，彎腰過去，長臂一伸，摟住明秋意的腰，把她抱到自己跟前側坐。

明秋意嚇了一跳，驚呼一聲。

有鍾浩等外人在，她很不好意思，只是閒王已經把她抱過來，她再矯情掙扎反而更不好。

她也確實沒力氣了，再跑下去，她都擔心自己會摔下馬。

穆淩寒一手拉著韁繩，一手把明秋意抱在懷裡，低聲道：「還要跑一、兩個時辰，妳若是累了，就靠在我身上睡一會兒。」

明秋意紅著臉，不作聲，卻悄悄放鬆身體，靠在穆淩寒身前休息。她這樣便不用費什麼勁，頓時舒服了不少。

石頭在後面瞧見了，便也騎馬到了十一身邊。「十一，妳累不累，要不妳到我這兒，我騎馬帶妳？」

石頭心裡急啊！宋池和阿霜年初成親了，如今阿霜都有孕了，他這裡一點眉頭都沒有。要說起來，他認識十一的時間也長了，怎麼進展遠遠不如宋池呢？

他平時跟在王爺、王妃身邊，該學的都學了呀！

十一瞥了石頭一眼。「我一點都不累。」

石頭洩氣，他怎麼忘了，十一的耐力可比王妃強多了。

穆凌寒騎馬的速度不快，以至於兩個時辰後才抵達左軍軍營。

他不打算進去，只在軍營門口下馬，讓秦遠去把文書送給周振，又讓鍾浩去幫他借一輛馬車。

明秋意已經累了，不能再騎馬回去了。

結果沒多久，便看到秦遠匆匆返回，他身邊還跟著一名將軍，那是寧夏衛指揮使冷將軍。

冷將軍神色嚴肅。「王爺，周將軍請您去營中，有要事商量。」

「要事？是何事？」穆凌寒納悶。

今年入秋以來，韃靼一直很老實，可能是去年打了敗仗，元氣大傷，不敢隨便冒犯大月朝。

「您去了就知道了。」冷將軍見王妃等人在，不敢多言。

看冷將軍這般嚴肅，穆凌寒知道不是小事，便讓鍾浩安排明秋意等人進去營帳休息，才跟著冷將軍去了主營帳。

周振等不少將軍正等著閒王，神色看起來不輕鬆。

互相拜見後，周振從案中拿起一封信。「王爺，這是巴特耳給您的親筆書信。王爺見諒，事關邊境安危，下官已經拆閱過了。」

穆凌寒並不介意。「無妨。」

他接過信，打開一看，忍不住發笑。
原來，巴特耳派人送來親筆書信，居然是找他約架。他約十日後，也就是八月二十日正午，在兩國交界的野鴨湖邊，兩人一對一比試一番。
巴特耳會如此，穆凌寒約莫能猜到原因。
去年，他和巴特耳交易，巴特耳放了王妃，他放過巴特耳。他還建議讓巴特耳先去鞏昌府境內繞一繞，躲過大月朝大軍的搜尋。但事後，他告訴周振巴特耳可能去的方向。
雖然最後周振沒能抓住巴特耳，可巴特耳必然吃了很多苦頭才返回韃靼，這件事，巴特耳自然是記恨他了。
不過，即便心中記恨，也不該這麼不上道找他約架吧。說白了他就是一個可有可無的閒王，而巴特耳可是一國繼承人。
但是，閒王可不打算冒這個險。
他若是為國家而死，國家並未損失什麼，他自己就虧大了。
「周將軍，那送信使者還在嗎？我現在便可回覆他。」
周振點頭，便派人去把韃靼的送信使者請來。
穆凌寒認識這使者，是他去年在巴特耳身邊見到的人。
呼蘭見了閒王，草草行禮。「閒王，王子敬您是勇士，想與您一較高下。」
穆凌寒笑了。「本王多謝巴特耳王子的賞識，不過可能要讓他失望了，本王並不想同他一較高下，所以本王不會赴約。」

呼蘭沒想到閒王拒絕得這麼直接，他一臉鄙夷。「那閒王是承認自己是窩囊廢了？」

眾將士平日和閒王關係不錯，聽呼蘭這麼說，一個個怒目而視。

反而是閒王，繼續笑著。「窩囊廢啊，你不是第一個這麼說的，當然也不是最後一個。我大月朝勇士成千上萬，本王在其中也只能是個窩囊廢。不過，你的巴特耳王子數次氣急敗壞卻拿本王無可奈何，他是不是連窩囊廢也不如？」

呼蘭脾氣暴躁，又最尊重巴特耳，聽閒王這麼說大王子，立即瞪著閒王，眼看就要動手，周邊的將士紛紛拔劍，一時氣氛緊張。

「呵呵，大家冷靜，殺了這傢伙，誰回去回覆巴特耳呢？總不能叫那傻子在湖邊吹冷風苦苦等著本王吧？本王也於心不忍。」

呼蘭眼睛都紅了，他恨不得將閒王撕碎，居然敢調侃大王子！

不過，呼蘭還是冷靜下來，他又恨恨道：「閒王不敢赴約，我自會告訴大王子。另外，大王子聽說閒王妃體弱，特意讓我帶來一些韃靼特有的珍貴藥材、補品，送給閒王妃。」

這下，不僅是閒王，周振等人也錯愕。

韃靼大王子巴特耳居然送閒王妃禮物？這是什麼意思？巴特耳和閒王妃很熟嗎？

穆凌寒瞬間黑了臉。「王子倒是客氣。不過，本王並不缺你這些東西，帶回去吧。」

呼蘭看閒王生氣了，心情頓時變好。「大王子說了，這是他為閒王妃準備的，如果閒王妃不收的話，那便扔了。」

「那就扔了！」

周振看氣氛不對，趕緊讓人把呼蘭送走。

「王爺，巴特耳的那場比試，您不去嗎？」周振又問。

於公，他希望閒王去。若是能提前部署，或是閒王找到機會殺死巴特耳，那可是大功一件。

於私，周振卻不忍。畢竟，他們可以提前部署，巴特耳也一樣。若是巴特耳殺了閒王，那閒王何其無辜，他的妻兒又該如何？

「當然不去。我像是會去自尋死路的人嗎？沒事的話我走了，天色不早了，告辭。」

鍾浩已經準備好了馬車，閒王隨後便帶著王妃離開了。

第五十章　挑撥

馬車內，穆凌寒告訴明秋意今天營帳內發生的事。

明秋意沈吟片刻，有些擔憂。

「王爺，只怕巴特耳約你比試是假，挑撥離間是真。」

巴特耳其實很了解閒王，他自然知道閒王不會赴約。他自己也不敢冒這麼大的風險去和閒王比試。

他寫這封信，又讓人送來禮物，其實就是告訴旁人，他和閒王關係不錯。

這樣的關係，會讓皇帝怎麼想？

若是閒王和韃靼勾結，那大月朝豈不是危險了？

巴特耳的心機，實在是深沈陰險。

這一點，穆凌寒也想到了。

「他這表面功夫，只要皇兄深思，便知道是離間計。妳我都能想到，皇兄應該也可以。」

明秋意點頭。「王爺說得是。」

只是，她心中卻還是擔憂。皇帝對閒王本就忌憚，根本禁不起挑撥。即便能想明白這一點，皇帝心中還是不舒坦。

沒多久，這事便傳回了京師。

皇帝自然不滿。

「這老三未免太窩囊，既然巴特耳敢挑戰，他應戰就是了，若是能尋到機會殺了巴特耳，豈不是大功一件？」

沈獲拜了拜。「微臣認為，這件事不簡單。即便閒王真的應戰，巴特耳也不一定真會去。他是韃靼未來的王，若是有了閃失，後果不堪設想。巴特耳不是蠢人，他不會這麼做。」

「那他寫這封信……」

沈獲道：「自然是別有所圖。若是單單這一封信，微臣還不敢肯定。可巴特耳畫蛇添足，給閒王妃送禮，就顯得別有居心了。他若是真的和閒王妃交好，送禮怎麼會如此明目張膽？自然是偷偷摸摸的送。既然這般當眾送禮，便是居心叵測。」

皇帝點頭。「朕也是這麼想。這巴特耳是想離間朕和老三。」

「正是。若皇上現在設法除了閒王，大月朝邊境便會混亂，韃靼便有機可乘了。」

「真是狼子野心！朕雖然不放心老三，但還輪不到這些野蠻人來費心思。真把朕當傻子了?!」

皇帝越想越氣，他對老三的不放心，竟然讓韃靼來利用，可氣可氣。

「皇上英明，巴特耳的陰謀便胎死腹中，皇上無須為他動怒。周將軍的奏摺裡對此也有分析，他也言明，閒王目前並無異動。」

皇上這才稍微消氣。「老三那邊先這樣吧，另外周振說老三辦事也不用心，天天只知道陪王妃騎馬取樂，成何體統！」

沈獲對此無言以對。

他倒不覺得閒王還在裝，大概是他已經習慣了這行事風格，一時很難改了。

「老六最近總病著不出門，也不知道怎麼回事，你替朕去看看。」

「是。」

處理完政事，皇帝去了張歡歡的宮中。

張歡歡生了大皇子，今年又生了二皇子。如今皇帝膝下有兩位皇子、一位公主，其中張歡歡就占了兩個皇子。

皇后張明珠還被軟禁著，身體已經日益不行了，宮裡宮外都清楚，皇帝就等著皇后死了，給皇貴妃騰位置。

生了兩個皇子的皇貴妃，何等尊貴啊！

張歡歡生了兩個孩子，容貌、身段早已不如從前，宮裡這幾年也進了不少新人，皇帝偏愛年輕女子，張歡歡便用心為他張羅。

她知道，只要自己能讓皇帝高興，她便可以得到她想要的一切，那些她以前不敢想的東西。

她生母卑微低賤，她在嘲諷中長大，可她現在卻是大月朝最尊貴的女人，將來她的兒子，也會成為大月朝最尊貴的新帝。

她不求皇帝的愛，絕情的皇帝本就沒有愛，所以張歡歡一開始要的便是……地位與權勢。

「二皇子已經睡了，若皇上想看他，臣妾讓奶娘把他抱來。」

「不必了，何必吵他睡覺，小孩子要多睡才長得快。」皇帝扶起張歡歡，語氣溫柔。「這些日子辛苦妳了，要照料孩子，又要操持後宮。」

張歡歡扶著皇帝坐在床邊，低頭道：「臣妾不辛苦，能為皇上分憂，臣妾覺得自己很有用。」

「妳很懂事，朕一向放心。對了，朕聽說前幾日，明貴妃在御花園頂撞了妳？」

「不過一些小事，驚擾了皇上，是臣妾的錯。」張歡歡愧疚道。

「妳性子太軟了，這脾氣得改一改，否則以後怎麼統領六宮？明貴妃也不像話，脾氣暴躁，傳朕的旨意，降她為妃，讓她好好反省一下！」

於是，明春如便從貴妃變成了明妃。後宮中，再也無人能與皇貴妃爭鋒了。

一年後。

六王爺瑞王斷斷續續的病了一年，這期間，皇帝仁愛，多次派御醫去王府為瑞王看病，但瑞王得的是癆病，只能調養，很難治好。

皇帝心疼弟弟，賞賜很多補品去王府，只盼著瑞王快點好起來。

遠在西境的閒王，也得知了這個消息。

「六弟病重，說是已經許久不能下床了。」

畢竟是同父兄弟，穆凌寒雖然不信皇家親情，卻還是有些感慨。

可明秋意卻知道，瑞王是裝病的。

瑞王大概是從皇叔蜀王裝瘋那裡得到了啟發，尋了厲害的法子裝病。

原來那一世，他裝了一年的病後，皇帝對他漸漸放了心，覺得他即便能活下來也是個廢人，便也沒對他嚴格監控，誰知給了瑞王可乘之機，瑞王便帶著王妃和孩子們跑去封地，接著造反。

這一世，瑞王裝病早了幾年，但是明秋意料定，情況應該是一致的。

今年入冬前，瑞王便會去封地舉兵造反。

但是這事，明秋意管不了，她也不想提醒皇帝這件事。

這一切，本就是皇帝咎由自取，他過分猜忌兄弟，導致幾個王爺心中不滿，因而有了反心，便該好好嚐嚐這惡果。

最終，瑞王會失敗。至少她死前，這天下還是穆凌澈的。

「人各有命，王爺也別太難過了。」

明秋意想了半天，只能這樣安慰穆凌寒。

穆凌寒覺得她這句安慰有些奇怪，但也沒在意。

「我也並非難過，我從小因為母妃早逝，可沒少受他們奚落。倒是皇上對我還算關照。」

即便那是為了表現太子仁愛之心，可也實實在在的關心過他幾次。

「王爺胸襟寬廣，即便皇上這般，你也沒怨恨過他。」

這一點，明秋意還真是佩服。

「不怪他，他在那個位置，便會有那般想法。不說了，現在已經入秋了，今年冬天我估計韃靼會有行動，所以我還是盡快把妳和凡兒送回鞏昌府吧。」

「嗯。」

前年韃靼大敗，因而元氣大傷，因此去年秋冬便安分了一年，今年韃靼恢復了，極有可能南下進犯，明秋意不敢拿小世子冒險，便讓人整理好東西，在穆凌寒的護送下，回到了鞏昌府。

她在古浪縣待了一年多，小世子也長大了。

小世子十分好動，力氣特別大，個頭隨了穆凌寒。大家都說小世子以後是學武的好苗子，宋池、鍾濤等人都躍躍欲試，想要教小世子學武。不過，明秋意認為不宜操之過急，畢竟小世子現在還太小，她想等到小世子三、四歲再考慮這些。

而小世子當然也有讓明秋意著急的地方，他現在說話還是不清楚，只會說一些簡單的詞彙，卻無法說出一句完整的話。

回到鞏昌府的時候，阿霜的女兒桃桃都快一歲了，這小女孩特別機靈，又會走路又會說話，小世子便喜歡和桃桃玩。

再加上劉芸的兒子，王府便有了一群孩子，每天王府裡雞飛狗跳，歡聲笑語，鬧得不行。

穆凌寒把明秋意送回鞏昌府後，又住了幾日，便要返回古浪縣了。

眼下臨近秋冬，韃靼隨時都可能侵擾邊境，邊軍也都戒備了起來。

前一天，明秋意便開始收拾東西，到了晚上，她還在仔細檢查閒王要帶的東西。

「王爺，你還是把唐大夫帶在身邊吧，我們在城裡，要請大夫也很方便，你到時行軍打仗，萬一受傷，找大夫也來不及，若是唐大夫在身邊……」

穆凌寒只穿著中衣，坐在床邊，看著自己的王妃忙裡忙外的幫他準備東西。

跌打損傷的藥、清熱解毒的藥、傷寒藥、止血藥等，瓶瓶罐罐裝了一大包。

「……秋意，妳這個時候說這些，合適嗎？」穆凌寒嘆了口氣。

明秋意一愣。「怎麼？這事很重要，你還是聽我的，帶上……」

「這可是我在肇昌府的最後一夜，下次回來估計要個把月了，如此良宵，我們是不是應該……」穆凌寒給了明秋意一個會意的眼神。

明秋意瞬間面紅耳赤，他們成親這麼久，閒王還是那個不正經的閒王，而明秋意雖然適應了許多，卻還是沒辦法如他一樣孟浪。

「王爺，你……我跟你說正經事呢！」

明秋意含羞帶怯地瞪了穆凌寒一眼。

穆凌寒看了呵呵笑。「難道我說的不是正經事？我怎麼覺得，沒有比我說的更正經的事了。」

砰砰！

小世子又照例來敲門了。

小世子和母親格外親近，經常不肯跟奶娘、阿來一起睡。如今他大了，也沒那麼好騙了，於是逮著機會便跑到他們房裡。

十一今日值夜，著急得不行，想要把小世子抱走，可小世子一個閃躲，避開了十一。

他飛快的推開門，跑進房間。

小世子對這間屋子熟悉得很，也不用分辨，便又從外間跑到了裡間。

屋裡，明秋意正坐在穆凌寒的腿上，目瞪口呆的看著自己的兒子跑進來。

小世子瞅了他們兩人一眼，也不懂什麼，便直接跑到床邊，脫掉鞋子，爬上了床，躺在了最裡側。

「覺覺。」他的意思很明白，便是今晚要跟娘親一起睡。

「……」穆凌寒黑著臉。

又來了！

他前世是欠了這個兒子的！

明秋意不好意思，趕緊從穆凌寒身上下來，然後便看到王爺也爬上床，湊到小世子身邊。

「凡兒，來，聽爹爹說，你是不是想要一個妹妹？」

小世子最近很喜歡桃桃，但他了解桃桃不是他的妹妹後，便想要一個親妹妹。

小世子聽了穆凌寒這話，又從床上爬起來，衝著穆凌寒點頭。「想！」

「既然你想要妹妹，今晚便跟著阿來姊姊去隔壁睡，那樣，你很快就有妹妹了。」穆凌寒哄他。

小世子看著哄他的父親，神色迷茫。

「去隔壁？」

「是的，快去睡覺，爹保證，要不了多久，你便有妹妹了。」

穆凌寒覺得自己的計劃可行，心中高興又急切，轟走這個臭小子，這一整夜秋意便是他的了。

然而，小世子卻猛然搖頭。「不要，不去隔壁，我要娘親。」說完，小世子躺下，鑽進被窩裡，再也不肯出來。

「……」

穆凌寒傻了眼。

明秋意實在忍不住，小聲的笑了起來。

穆凌寒一怒之下，便要抱走小世子，將他扔出房間，可卻被明秋意阻止了。

「算了，王爺，你明日離開，不知多久回來，凡兒會很想你的，今晚便讓他和我們一起睡吧。」

「他都多大了，還和我們一起睡？他是男子漢！」穆凌寒痛心疾首道。

明秋意瞥了他一眼。「聽袍子說，王爺三歲的時候，也是這般纏著母妃，還要把先帝趕出寢宮呢。」

「……」唉，好像是。原來凡兒這樣竟是學了他？他連罵人都沒臉罵了。

穆凌寒有點鬱悶。

於是，他只好放棄了美好的一夜良宵。

小世子睡覺很不老實，他怕驚擾了明秋意，便讓明秋意睡外側，他睡中間，讓兒子睡在最裡面。

於是一整夜，閻王被懷裡的兒子壓著鼻子、踢著肚子，痛苦的睡了一夜。

第二天早上，他出發的時候，黑眼圈很重，而兒子卻呼呼大睡，讓他氣得牙癢癢，卻一點辦法都沒有。

第五十一章　天作之合

果然，等穆凌寒回到古浪縣不久，韃靼便有了異動。

寧夏等附近與韃靼接近的一些村子，遭到韃靼騎兵的騷擾，他們搶走糧食、牛羊家禽，甚至是女人。

周振立即召集將領和官員，商議對策。

「韃靼去年消停了一年，今年才入秋，便開始不安分了。」冷將軍道。

穆凌寒笑道：「自然是憋的。去年憋了一年，今年韃靼的侵擾必然比往常要頻繁猛烈一些。」

周振點頭。「王爺說得是。邊境已經有七、八個村子被搶奪糧食、財物了，所以這次才召集大家，商量對策。我們不能坐以待斃。」

「韃靼採取二、三十人小隊騎兵，分散突襲，這樣的騎兵小隊，也不知道有多少，咱們是防不勝防。我們兵力有限，不可能邊境每個村子都派兵吧。」另一個將軍道。

「我們也可以分散成騎兵小隊，把韃靼易侵擾之地劃分為小區域，騎兵小隊便固定在某個區域巡視，同時派探子四處查看，若是發現韃靼騎兵蹤跡，便向最近的騎兵小隊報信，再去劫殺韃靼騎兵。時間久了，韃靼騎兵必然不敢輕舉妄動。」穆凌寒出了個主意。

周振笑著點頭。「這倒是個好想法。但是，韃靼騎兵驍勇善戰，我軍騎兵若是等同將士，並不是對手。可若是我們的騎兵小隊增加人數，那樣也得花費不少兵力。」

「距離最近的騎兵小隊先去劫殺韃靼騎兵，同時繼續向周邊騎兵小隊報信。即便韃靼騎兵也增加援軍，可這裡畢竟是我方境內，他們調兵速度遠不及我們。」

「我覺得可以一試。大家的看法呢？」周振認可了閒王的建議，看來閒王雖然好吃懶做，但還是可用之才。

其他將士大都也認可，於是周振便把這件事交給閒王。「那麼王爺，分編騎兵小隊，以及之後調度安排的事……」

「我不做。我已經有事情要做了。」不等周振把任務分派下來，穆凌寒一口拒絕。

「敢問您有什麼事情？」周振納悶，閒王妃不是已經送回鞏昌府了嗎？

「我要帶一支騎兵小隊，去會一會韃靼騎兵。」穆凌寒道。

於是，穆凌寒和他率領的幾十騎兵，成了第一支騎兵小隊。

過了中秋，京師裡發生了一件大事。

原本應該在王府中養病的瑞王，竟然出現在瑞王封地雲南境內。

瑞王說自己夢中得到神仙點化，醒來時不但病體痊癒，還發現自己就在雲南封地內。

瑞王又立即公布討伐檄文，向大月朝天子問罪。

檄文上稱，皇帝心胸狹隘，以莫須有的罪名，肆意迫害兄弟。五王景王謀反罪證，是皇帝編排的。閒王被皇帝忌憚，即便遠在封地，也幾次遭遇謀害等等。

天子殘暴不仁，屠戮手足，上天也看不下去，便來點化他，讓他順應天命，替天行道，除掉殘暴的皇帝。

一時間，大月朝西南陷入了戰火中。

消息很快傳到了西境。

明秋意一點不意外，端王這番舉動，除了比原來一世早幾年，其他沒什麼變化。

倒是劉芸聽了石頭帶來的檄文消息，忍不住笑。「神仙點化？他明明是裝病，趁皇上沒防備，偷偷去了封地吧。」

明秋意點頭。「可憐了他的妻兒。」

瑞王偷偷從京師離開，不可能大張旗鼓的帶走自己的妻兒，為了保險起見，只帶了數個隨從。而他的妻兒則被留在京師當作幌子，迷惑皇帝。

當皇帝發現自己被騙，勃然大怒下，瑞王的妻兒全部被處死了。

「聽說瑞王有三個孩子，最小的女孩才一歲多。」劉芸也是不忍。

「瑞王滿口替天行道，自己也不顧妻兒死活，真是可笑。」說皇帝不仁，他自己又好到哪兒去呢？

「他自然會說自己做大事不拘小節。唉，不過這場戰亂也不知道會持續多久，這個冬天也太難了。」劉芸嘆氣。

如今韃靼時不時侵擾邊境，西南又有瑞王造反。大月朝如今的局面，令人擔憂。

明秋意也想起了閒王。

閒王已經快兩個月沒回犖昌府了，聽說他身先士卒，親自率領一支騎兵小隊抵抗韃靼的騎兵，這令明秋意很擔心。

雖然閒王身手不錯，可……他出現在邊境，巴特耳自然會注意到他。

巴特耳沒辦法說服閒王，必然會把閒王視為眼中釘，只怕他會找機會除掉閒王。

這日，穆凌寒帶著二、三十騎兵在邊境草原巡視，不遠處忽然出現一列韃靼騎兵，一眼掃去，大概不到二十人。

穆凌寒也不急著撤退，帶著將士走近幾步，那一排騎兵立在那兒不動，唯有中間一人，騎著馬也上前兩步。

兩方靠得近了，穆凌寒便看清中間走出來的那人是巴特耳。

看這情況，巴特耳是專門來找他的。

秦遠有些擔心，走到穆凌寒身邊。「王爺，韃靼大王子在此，怕有埋伏，我們不如先撤。」

「不必擔心。若是有大軍，其他騎兵小隊早已發現。可見目前只有這十數敵人，不如拖一拖時間。你悄悄派人去通知其他小隊，若是能抓住巴特耳……」穆凌寒小聲吩咐。

「是。」秦遠立即悄悄退下，派出探子。

「閒王，去年我約你打架，你不敢，今年你還敢不敢？」中間隔著一段距離，巴特耳朝閒王大吼。

穆凌寒冷笑，也中氣十足的吼回去。「有什麼不敢的，就你這樣頭腦簡單、四肢發達的，我一個能打五個！」

這可把巴特耳氣壞了。他敬重閒王的才能和武藝，可閒王幾次戲耍他，讓自己顏面無存。

「成，我們今天就好好比試一下，看誰厲害！你過來，我以韃靼大王子的聲譽保證，這次比武一對一，旁人不得插手！」

穆凌寒大笑。「你過來，我也以閒王聲譽保證。一對一，其他人不得動手！」

巴特耳不領情。

「你過來！」

穆凌寒挑了眉。

「你過來！」

「你是不是慫了？不敢過來？」

「你不慫？那你怎麼不過來？膽小如鼠還有臉說我？」

兩人像是吵架的孩子一樣，你一句，我一句，吵了半天。兩邊將士都看不下去了。最後，兩人終於互相妥協。

「這樣，我們向前靠近十丈，兩人走到中間比試。」

穆凌寒也同意了，於是雙方騎兵原地不動，穆凌寒、巴特耳騎著馬，向對方前進了大約十丈之遠，然後兩人到了對方跟前。

穆凌寒用劍，巴特耳用刀，兩人各自拔出武器。

「閒王，你這個小人，那年咱們約好，我放了王妃，你放我走，結果呢？你居然在背後讓人來追我！」巴特耳想到這事就氣，事後他為了躲開周振的追殺，在鞏昌府、平涼府等地如過街老鼠，差點就回不了韃靼。

「是周振推測你往鞏昌府那邊跑了，才去抓捕你，與我何關？你沒事跑到鞏昌府抓我王妃，這筆帳我還跟你算呢！」穆凌寒冷笑，明明他才是該氣惱的人。

「你這麼狡詐，必然是你告訴周振的。少廢話，我今天就劈了你！」

兩人便騎在馬上打了起來，幾個回合下來，誰也沒占到便宜。穆凌寒劍術高超，可巴特耳力大如牛，也非常不好對付。

「等等，閒王，歇會兒，我有事要說。聽說你們瑞王造反了，這麼好的時機，你都沒想法？」

這才是巴特耳這次來找閒王的目的。約架這種蠢事，不過是表面功夫，巴特耳又不是蠢人。

穆凌寒哪裡不知道，他冷笑。「又來了，你怎麼還沒死心？我和你是不可能合作的。」

「為何？明明我們的利益是一樣的，我們才是天作之合！」巴特耳道。

穆凌寒氣笑了。「你他娘的先把漢語學好再說吧，天作之合是這個意思嗎？」他氣得直接去劈巴特耳。

「管他什麼，你現在和我合作，趁瑞王造反，一舉攻下京師，大月朝就是你的。我要的也不多，你把西境這一塊地給我，如何？」

「滾！」

兩人僵持不下。

這時，一支騎兵小隊得到消息，趕來支援閒王，巴特耳氣得咬牙。「傻子！我好心幫你，你又來害我！」

他不敢再耽誤，趕緊甩開穆凌寒，衝向自己的韃靼騎兵，其他騎兵也發現了危險，掉頭就跑。

穆凌寒便帶著兩支騎兵小隊追擊。

最終，在追擊過程中，穆凌寒右臂中箭受傷，而巴特耳也沒好到哪兒去，他也被亂箭射中了肩膀。

周振便派人把受傷的閒王送回犟昌府休養。

看到穆凌寒手臂受傷，明秋意直掉淚。

因為以前幫穆凌寒換過藥，這次明秋意便親自幫他換藥。

「王爺怎麼不小心一些？」她用濕帕子，小心翼翼的清理傷口。

「別難過，我是故意的。」他巧遇韃靼王子，卻追擊不上，只怕又讓皇帝懷疑。

明秋意一愣。「故意？」

「上一次我放走巴特耳，皇上已經不滿。這次我又巧遇巴特耳，皇上會怎麼想？如果我沒抓住或殺死巴特耳，那更是罪上加罪，皇上只怕真會懷疑我和巴特耳有勾結。」

這一點，明秋意也明白。「這次你巧遇巴特耳，只怕又是他的離間計。巴特耳心機太深，讓人防不勝防。」

穆凌寒點頭。「三人成虎，巴特耳一而再和我扯上關係……便是讓我無法得到皇上的信任。」

沒有皇上的信任，便不能安心守住西境，韃靼便可伺機而動。即便無法拉攏閒王，也可除掉閒王。

「不過幸好，現在瑞王造反，皇上也沒心思管你，你便在府中安心養傷吧。」

清理好傷口，明秋意又給他上藥。

這時，張元的聲音在外面響起，他一向自持冷靜的聲音略微激動。「王爺，蓮娘來了！」

「她怎麼會忽然從京師離開？難道是有事？」穆凌寒十分詫異。
「蓮娘說此事非同小可，她要親自同您說。」
那年張元等人隨閒王來到鞏昌府，蓮娘卻帶著一部分的人留守京師。
明秋意知道蓮娘是閒王在京師留下的眼線，也並非張元的妻子。她便趕緊給穆凌寒上好藥，綁好繃帶，便起身告退。
既是重要之事，她還是迴避一下。
「不必，我的事情，沒有妳不能知道的。」穆凌寒拉住了明秋意，而蓮娘和張元進來，便聽到了這一句。
蓮娘神色微變，又很快恢復正常，和張元一起拜見王爺、王妃。
「不必多禮。蓮娘，是京師出了什麼事嗎？」
蓮娘點頭。「王爺，瑞王造反不簡單。瑞王在京師裝病時，悄悄和雲王、景王都有往來。我離開前，發現雲王、景王都有部署，所以我大膽猜測，也許瑞王造反，只是一個開始。」
蓮娘這番話，讓眾人都變了臉色。
若蓮娘推測是真，那麼這一世的情況和原來不同了。原來那一世，瑞王、雲王是相繼造反被平定的。
如今，若瑞王、雲王以及景王三王結盟，那麼形勢就發生了變化，皇帝不一定能平定叛亂，最後誰勝誰負，猶未可知。

而穆凌寒也想到了這一點。

「當然，這只是我的推測，至少我離開前，雲王等人還沒有異動。」蓮娘又說。

「我知道了。蓮娘，這幾年辛苦妳了，如今到了鞏昌府，便在這裡住下來，過安穩日子吧。」穆凌寒道。

蓮娘聲音低低的。「是，王爺。」

這些年來，蓮娘聽說許多王爺和王妃的事，她心中也漸漸放下了對王爺的那份牽掛。王爺救過她，同樣她也回報了王爺。

接下來，她可以安心過自己的日子了。

「張元，你先帶蓮娘去休息。」

等兩人出去，穆凌寒和明秋意對視一眼，都感覺到彼此對這件事的不安。

「……如果蓮娘說的是真的，我們怎麼辦？」明秋意憂心忡忡，三王齊力造反，非同小可，屆時大月朝只怕會陷入內亂。

穆凌寒握住她的手。「我們又有什麼辦法呢？他們誰也不會聽我的。若是蓮娘推測成真，只怕韃靼會伺機而動，我能做的，也就是盡力幫周振守住西境了，只要邊境不破，他們打來打去，誰贏誰輸也差不多。就是苦了百姓。」

也是，閒王又能做什麼？

亂。

「那我們要不要……提醒皇上？」雖然明秋意對皇帝不滿，可也不忍看大月朝陷入內

「來不及了。現在，京師只怕已經發生了驚天動地的變化。」

第五十二章 回京

很快，韃靼似乎得到了什麼消息，不再小規模的擾民劫掠，而是大舉進軍南下。和兩年前一樣，韃靼把突破口放在寧夏城。

畢竟，寧夏是西境的門戶，攻下寧夏城後，可直接入侵平涼府、鞏昌府等地。

穆凌寒得知消息後，顧不得身上的傷，便前往寧夏城，幫助周振等人一起對抗韃靼。

明秋意知道情況危急，雖有諸多擔憂，還是默默幫閒王收拾東西。

「雖然現在大月朝內也不安全，但漢中目前還算安穩，妳和凡兒去漢中府多少安全一些。」臨行前，穆凌寒建議道。

明秋意搖頭。「這次和上次不同，若這次邊境不保，只怕大月朝哪兒都沒有安穩之處了，所以我去了漢中府又有何用？你現在去邊境抗敵，我便留在鞏昌府，讓旁人看了，也有些信心。」

穆凌寒點頭。「我把鍾濤留給妳，他手裡有我的一萬多護衛兵，無論情況如何，也能護你們母子安全。」

聽了這話，原本還能努力平穩情緒的明秋意，眼淚又忍不住掉了下來。她低著頭，咬著唇，努力不哭出聲音。

「別擔心，我不會逞強，真到了那一步，我便什麼都不管了，回頭來找妳和孩子。天地之大，總有我們一家三口的容身之處。」穆凌寒抱住她。「我從小就想，如果我不是皇子，那就去尋山訪水，周遊各地，如果……以後我什麼都不是了，我們一家三口就可以去過那種神仙般的生活。」

說到這兒，明秋意的淚便止住了，她抬頭看向穆凌寒。「像話本子那樣嗎？哪裡風景好，便去那裡住上一段時間？」

「對，妳也喜歡對嗎？」穆凌寒哈哈笑。「這麼一想，也沒什麼好怕了。所以不論結果如何，無論大月朝將來如何，我們都不用怕。」

明秋意笑著點頭。「嗯，那樣自由自在的生活，好像也挺不錯的。」

「……可能會比較窮。」穆凌寒嘆氣。

「王爺別擔心，我有很多銀子。」

說了這些後，分別的傷感淡了很多。

邊境戰事膠著，韃靼一度攻下了寧夏城，又被大月朝將士趕了出去，這場戰事從十月一直持續到十二月，天氣嚴寒，將士們苦不堪言。

而穆凌寒自從上次離開後，也數月不曾回鞏昌府了。

眼看年底到了，明秋意想著將士們辛苦，便提前數日安排人手為將士做了年夜飯，讓王府護衛軍送到邊境。

明秋意讓人蒸了上萬個白饅頭，煮了數百鍋羊肉、雞肉、鴨肉，還有肉鬆等等，裝在簍子裡、罐子裡，又整齊的放到馬車上，足足有兩百多車。

明秋意又讓鍾濤選了五百人的王府護衛軍，在鍾濤的帶領下，一起將這兩百多輛馬車從鞏昌府運往寧夏城。

鍾濤帶著車隊，一路向北，走了數日，直到臘月二十九，才走到寧夏城。

守門將士得知是閒王妃派車隊送來年夜飯，一個個激動不已，有些情緒激動的將士，甚至掉了淚。

「王妃也太好了，聽說之前朝廷沒按時送來棉衣、糧草，是王妃幫忙籌措，才沒讓我們餓著、凍著。眼下又惦記著我們大過年沒年夜飯吃，又送來好吃的。」

「是啊，咱們西境有閒王妃，真是有福氣！」

這時，穆凌寒、周振等人聽到了消息，也到城門口迎接。

穆凌寒聽到這幾人在討論，哼了一聲。「怎麼，有我這個閒王，難道沒福氣？」

幾人聽到閒王的聲音，嚇了一跳，也不慌。他們知道閒王脾氣很好，平時也隨意打趣，便趕緊拜見。「當然也有福氣，福氣加倍！」

「這還差不多。」

回到議事書房，穆凌寒便讓周振把年夜飯分發給將士。

周振納悶。「王爺，明日才是大年三十，今日太早了吧？」

「大年三十是全家團聚、一起吃年夜飯的日子，也是將士們最想家、內心最脆弱的時候，韃靼會不知道嗎？」

周振等人恍然大悟。「是我思慮不周。鍾將軍，分派年夜飯的事由你來負責。冷將軍，你馬上開始部署，若是王爺預料不錯，明日……天黑之後，韃靼可能會偷襲。」

「是！」

韃靼大軍在大年三十突然強攻寧夏城，而守城將士早有準備，韃靼大軍非但攻城不下，還損失慘重。

消息傳回鞏昌府、平涼府，百姓都奔相走告，新的一年到來，韃靼三、四個月都沒有攻下寧夏城，已經無力再戰。

又過幾日，京師傳來消息：雲王、景王在京師向皇帝發動政變，卻失敗了。

然而，這過程相當慘烈，在這次的逼宮中，二皇子無辜喪命。

原來，雲王早在皇宮中安排了眼線，皇貴妃身邊也有他的人。逼宮前夕，雲王讓人從皇貴妃宮中帶走了二皇子。

次日，雲王、景王帶著自己的護衛軍直逼皇宮，他們痛斥皇帝不仁，屠戮兄弟，不配做天子。

此時京軍營還在城外，一時趕不過來。

而城內的錦衣衛、金吾衛、羽林衛等將士因為雲王挾持二皇子，一時忌憚，不知如何是好。

這時，皇貴妃走了出來，她親自下令讓錦衣衛指揮使射死二皇子，並免除錦衣衛死罪。這位錦衣衛指揮使箭術高超，百發百中，二皇子當場斃命。

至此，錦衣衛等護衛不再有顧忌，而皇貴妃又當眾宣佈，今日誅殺雲王以及身邊隨從之人，日後皆記大功，官升三等。

隨後，威遠將軍張將軍帶兵趕來，和錦衣衛等數衛一起絞殺了雲王叛軍，雲王則當場被砍死。

這場政變不過數個時辰，便灰飛煙滅，留下的只有宮殿前的無數鮮血，還有二皇子無辜的性命。

「聽說景王被丟進了天牢，皇帝這次倒是沒殺他。」劉芸唏噓不已。

「皇上已經引發了眾怒，瑞王、雲王、景王先後造反，他也是有所忌憚，不敢再殺景王了。再說，這次景王也只是配合而已，雲王已死，景王不可能再有氣候了。」

「這皇貴妃真是狠，竟然能下得了手。」

當時雲王挾持二皇子，讓錦衣衛忌憚，皇貴妃竟然能親自命人射死自己的兒子，一般人怎麼可能做得出？

「那種情況下，二皇子必死。畢竟，若是失去了皇位，死的可不是二皇子一人了。但是誰又敢下這個命令？皇上已經背負對兄弟不仁的罵名，他又如何能親自下旨殺死自己的兒子，我看皇貴妃不過是替他開口罷了。可憐皇貴妃，她怕是要傷心了。」明秋意倒是很同情皇貴妃。

這一世和原來那一世不同，若是她身處皇貴妃那個位置，只怕會瘋掉。

「嗯，不過大月朝總算要安穩下來了。雲王已死，瑞王也鬧不起來了，現在韃靼大敗，朝廷也會專心對付瑞王。」劉芸鬆了一口氣。

明秋意抱著小世子，心想韃靼應該快退兵了，王爺也該回來了。

雲王逼宮失敗後，皇貴妃便從此閉門不出。她不施粉黛，身著素袍，平日一日三餐也只吃素。

皇貴妃幾次向皇帝請願要出家為自己贖罪，都被皇帝拒絕了。

這日，皇帝又來到皇貴妃宮中，讓宮人都退下。

「歡歡，妳這是何苦？」

「臣妾有罪，不配為人母，也不配留在宮中，唯有出家，否則只有一死謝罪。」張歡歡面無表情的跪在皇帝面前。

「小二不是妳殺的，妳何罪之有？」皇帝扶起張歡歡。

張歡歡神色悲痛。「是臣妾下的令。」

「……是朕讓妳下的令。若妳有罪，朕也有罪。」

張歡歡大哭。「皇上，臣妾知道您的苦衷，當時的情況，誰也救不了皇兒，若是讓雲王得逞，別說二皇子，我們一家都活不成。臣妾知道皇上的痛苦。」

皇帝也落淚，他蹲在張歡歡身邊。「歡歡，只有妳懂朕。小二死了，朕真的很痛苦，是朕無能，連累了他。」

「皇上，您不要這麼說，這不是您的錯。」張歡歡淚眼婆娑，哭得上氣不接下氣。「是臣妾心裡放不下，臣妾沒辦法原諒自己。」

「這不是妳的錯，妳走了，大皇兒怎麼辦？朕怎麼辦？朕知道這件事妳失去了很多，相信朕，日後一定會補償妳的。」皇帝扶著張歡歡站了起來。「歡歡，留下來，好好教導大皇兒，朕打算封他為太子。」

張歡歡一愣。「可皇上，他還太小……」

「朕相信他，也相信妳。」

雲王被殺後，京師中再無人和瑞王裡應外合，瑞王士氣大滅，兵敗如山倒，到了三月，瑞王便兵敗自殺了。

「皇上，如今三王之亂已經平息，西境韃靼也退兵了，這是天佑我大月朝。」

雖然捷報連連，但是皇帝並不高興。

「雲王、瑞王是死了，可那些人怎麼說朕？說朕殘暴不仁，屠戮手足！」想到這裡，皇帝心裡就有一把火。

「皇上不必理會這些無稽之談。雲王、瑞王造反在先，難道皇上要束手就擒？他們是死有餘辜。」沈獲道。

「哼，確實。瑞王自盡，真是便宜了他……不提他們了，說說閒王吧，周振的奏章，你都看了吧？」說到這，皇帝又心裡生刺。

沈獲垂下眼。「看過了，這次和韃靼的交戰，閒王出力不少。」

「他現在在西境，名望不小啊！以前還真是會裝！」皇帝心想，他果然沒看錯，閒王就是裝蠢裝笨，實際比誰都陰險狡詐。

「皇上，閒王確實隱藏了他的才幹。微臣倒是覺得，這次閒王卻是向皇上表了忠心。」

皇帝瞇起眼睛。「你在為他說話？」

「微臣只是說實話。去年年底，大月朝三王造反，韃靼乘機強攻西境，閒王可以有很多選擇，他可以站瑞王這邊，也可以站韃靼那邊，或者乾脆像以前一樣，什麼都不管，只偷懶做閒王，無論閒王選擇哪一方，對皇上都很不利。可閒王都沒選，而是和周振一起守住了西境。」

皇帝默然，沈獲的這番分析，他自然想到了。

難道說，閒王真的無反心？

「你說的，朕明白了。這次閒王確實立了大功，便召閒王回京，朕要親自嘉獎賞賜他。」沈默片刻，皇帝道。

沈獲一驚，聲音都拔高了幾分。「皇上，眼下時節，萬不能再動閒王。」

如今雲王、瑞王剛死，若是皇帝又要對付閒王，只怕真會犯眾怒。

皇帝瞥了沈獲一眼。「朕沒打算做什麼，不過讓他來京師，我們兄弟仁愛，做個樣子罷了。」

這樣倒是還好，嚇了沈獲一跳。

「你不說，朕也知道，即便閒王眼下真有二心，朕也不能動他了。瑞王的事情剛過，大家都看著朕呢。再說，如今閒王在封地有了名望，朕能輕易殺他嗎？」

「皇上聖明，是臣小人之心了。」沈獲低頭認錯。

皇帝派人來鞏昌府見閒王，而這次傳旨的，竟然是何原。

故人相見，大家都十分激動，不過何原還是先宣讀了聖旨。

三個月後，大皇子冊封為太子，皇帝讓閒王去見禮。

何原看閒王、王妃神色不悅，看了看身邊的人。「我有幾句話想單獨和王爺、王妃說。」

穆凌寒便把何原帶到書房。

何原從貼身衣物中拿出一封信，交給穆凌寒。「王爺、王妃，這次下官前來，沈大人託我帶了一封信。沈大人說，王爺、王妃不用過於擔心，看過信再說。」

何原一直知道皇帝對閒王的猜忌，這次他來宣旨讓閒王返京，心中也為閒王擔憂。不過幸好，臨行前沈大人見了他一面。

何原才知道，這次朝廷派他去鞏昌府傳旨是沈大人的安排，而沈大人和閒王熟識，何原便安了心。

穆凌寒拆了信，和明秋意一起看。

信中，沈獲言明這次返京，皇帝的用意是想和閒王做出一副兄弟仁愛的樣子，來堵住天下人之口。

另外，沈獲又說，即便這不是皇帝的本心，但如今雲王、瑞王剛死，皇帝應當不會立即對閒王採取行動。

不過以防萬一，沈獲在信中還是叮囑兩人做好完整準備。

「這沈獲還算有心。」這下穆凌寒真的非常佩服明秋意的遠見，她看出沈獲前途不可限量，早早拉攏他，如今還真派上了用場。

「也有勞何大人冒險為我們奔波。」明秋意又對何原施禮。

何原趕緊道：「王妃客氣了，只不過帶一封信，不算什麼。」

「那何大人是馬上返京，還是暫住下來，與我們一同返京呢？」明秋意又問。

「自然是和王爺、王妃一同啟程。不過王爺、王妃也不必著急，太子冊封在三個月後，時間……應該夠的。」

何原有點不確信，畢竟當年他送閒王夫妻去西境，花了三個多月才到慶陽府。

明秋意知道何原和宋池是舊識，便安排宋池招待何原，又讓袍子準備好房間。

何原見了宋池的妻子阿霜、女兒桃桃，羨慕不已。這幾年宋池跟在王爺、王妃身邊，過得不錯啊！

晚上，明秋意才靜下心來，和穆凌寒商量這件事。

「王爺，我們……要返京嗎？」明秋意有些不安，當年他們離開京師有多麼不容易，如今還歷歷在目。

「皇上的旨意，不能不回……除非，和皇叔一樣裝瘋，或和瑞王一樣裝病。但是他們都用過了。」

穆凌寒有些無奈，若是他再裝病，鬼才信。

「妳也別擔心，沈獲不是說了，這次去京師，應當沒有危險。我去去便回，來回不會超過半年，妳在家中安心等我。」

明秋意一愣。「王爺，你不打算帶我去？」

「我一人去便夠了。」雖然這次回京風險不大，可穆凌寒卻不想讓明秋意冒險。

他打算只帶數人回京師，將鍾濤和一萬多名護衛軍留下，保護妻兒。

「王爺為何不帶我去？」明秋意立即猜到了穆凌寒的用心，但她卻不願意。

「……路途遙遠，怕累著妳。」他解釋說。

「我和當年不一樣了，這點路途難不倒我。」明秋意哼了一聲。

「秋意，我知道妳想和我同進退，但這件事我不能隨妳。妳和孩子留下，我才放心。」

眼看無法說服明秋意，穆凌寒只好攤牌。

可明秋意是那麼好打發的嗎？她外表柔弱，內心實則萬分堅定。

「你一個人去，我能放心嗎？王爺是覺得此次進京，是以武力定安危？你覺得帶幾個高手過去，便會安全？」明秋意擺好架勢，一副要長篇大論的模樣。

穆凌寒心中暗道不好。「……這，當然也不是。」他就算帶再厲害的高手，在皇帝的千軍萬馬面前，又算什麼？

「那王爺是否認為，若是在京師遇到險局，才智方能解圍？」明秋意又認真道。

「當然才智非常重要……」感覺被王妃牽著鼻子走了，怎麼辦？

「那麼，王爺覺得我的才智如何？與張元相比如何？與你相比如何？」

「……」張元說過，王妃才智敏捷，不比他差。

被明秋意盯著，穆凌寒只好奉承。「王妃才智遠遠超過我和張元。」

「既然王爺這麼認為，那為何不帶上我？若是遇到危機，我還能出謀劃策。」明秋意這才滿意。「那便這麼說定了吧。」

「……」怎麼就說定了呢，他還沒答應好嗎？

但是看明秋意這樣，也不需要他答覆什麼了。

「不過，凡兒還是別跟我們一起吧。」這次畢竟有風險，明秋意雖然想和閒王同進退，卻不打算帶上兒子。

「妳不讓凡兒去，妳自己卻要去？」穆凌寒無奈。

「我和凡兒怎麼一樣呢？他沒有武力，也沒有才智，當然不能去。」明秋意理直氣壯道。

「……」這話說的也沒錯，可總覺得哪裡怪怪的。

要求一個才幾歲的孩子要有才智和武力，是不是太過分了？

於是，明秋意便做了決定，她和閒王赴京，凡兒留下。

那麼，府中諸事，便得安排妥當。

阿來一直負責照看小世子，阿霜如今有了女兒，也不便遠行，便一起留下。

鍾濤掌管王府護衛營，自然也要留下。

等一切安排妥當，數日後，閒王、王妃便帶著三千護衛軍，和何原一起返回京師。

才一個多月，他們便到了山西太原府五台縣。

連日陰雨綿綿，明秋意有點傷寒，正好路過五台縣，穆凌寒便打算在這裡休息兩日。

五台縣知縣李大人得知閒王路過五台縣，便早早守在了城門外，親自迎接一行人入城休息。

不過，穆凌寒一向不愛打擾朝廷官員，他早早命秦遠去五台縣城中包下酒樓。明秋意服藥後便歇下了，而穆凌寒則在大堂和幾個護衛士兵喝酒。

這時，侍衛進來通報，蜀王世子求見。

原來最近幾日是李大人的五十大壽，蜀王世子帶著妻女來為岳父拜壽，正巧遇見閒王路過五台縣，便來拜訪。

穆凌寒想起之前李雪兒來鞏昌府說的那些話，心生惱火。

這蜀王裝瘋，蜀王世子也不安分。如今雲王、瑞王已死，這對父子也應該偃旗息鼓了吧。

可他不見也不好，便命人將蜀王世子請了進來。

「拜見閒王。」穆演成恭敬行禮。

「不需客氣，你我兄弟，講究這麼多做什麼？用午飯沒？陪我喝一杯？」

穆演成一臉歉意。「我身體不好，不能飲酒。」

穆凌寒詫異，也不知他是真病還是裝病。「怎麼回事？以前在京師你我一起爬樹掏鳥窩，你那時身體還挺好的。」

穆演成有點不好意思，那都是小時候的事情，他如今也是大人了，閒王還真是哪壺不開提哪壺。

「王爺，那都是小時候的事情了，我和母妃去了嶺南，不適應那邊的氣候，病了一場，自此身體便不太好了。」

「那得請大夫看看，你年紀輕輕的，要注意身體。」

「謝王爺關心。」穆演成咳嗽兩聲，又道：「王爺，這大堂中有風，不如移駕去雅間？」

他有些話想和閒王說。

穆淩寒見他咳嗽不像是裝的，又不好直接趕他，只好應下。

到了雅間，穆演成便提及雲王、瑞王之事。

「雲王、瑞王之事讓人唏噓，這次王爺去京師，一定要多加小心。」

「我又沒有二心，皇兄不會拿我開刀。」穆淩寒一副坦然自信的模樣。

「王爺，您不知道，小心駛得萬年船啊！」

「我一向不小心，現在也不是比別人活得久？」穆淩寒不以為然。那些精心籌劃、謹慎行事之人，現在都上天陪父皇了。

也不知道父皇見了他們，作何感想？

穆演成起了幾次話題，閒王都不接，他也不敢公然提及那些事，便只好作罷。

「對了，我的夫人和王妃是舊識，她知道王妃路過五台縣，想邀請王妃去府中一聚，不知王爺、王妃是否賞臉？」

「唉，我也想去，可王妃得了風寒，如今躺在床上渾身無力，怕是不能赴宴，不過你我兄弟，以後有的是機會相聚，不必惋惜。」

幾個回合下來，穆演成一點沒說動閒王，雖然有些懊惱，也知道想要說服閒王得慢慢來，便陪著閒王喝酒吃菜。

眼看閒王毫無和他深談的興致，穆演成又閒聊了幾句，便匆匆告辭。

回到府衙，李雪兒急忙問穆演成今日的情況。

「如何，閒王被您說動了嗎？」

穆演成搖頭。「事到如今，他還是和之前一樣毫無志氣。雲王、瑞王之死就在眼前，他難道不怕嗎？」

李雪兒皺眉。「難道他不知道皇上對他的忌憚嗎？」

「也許……他是不信我？覺得和我合作，並無勝算？」穆演成又分析。

「如果是這樣，那您不妨把父親的情況告訴他。他若是知道蜀王這些年一直在蟄伏培養勢力，便會和您合作了。」李雪兒建議道。

「……不行，太危險了。父親的事情，我們還不能告訴任何人。要逼閒王和我們合作，辦法有很多。他們這次去京師，危機四伏，只要我們找到機會，讓閒王和皇上徹底反目，還怕閒王不倒向我們嗎？」穆演成道。

李雪兒點頭。「您這麼聰明，一定會想到辦法的。那麼，我們也去京師嗎？」

「不急，等閒王走了再說，咱們可別趕得那麼湊巧。」

「一切聽世子安排。」

第五十三章　不老閒王

七月初，穆凌寒一行人到了京師，沈獲和一些禮部官員在城門口迎接。

「皇上說了，王爺旅途勞頓，歇息兩日再去皇宮拜見。」沈獲道。

「你去回稟皇兄，我回府換身衣服便去，好多年沒見，我可想皇兄了。」閒王一臉急切的樣子，不像是裝的。

回府後，穆凌寒沐浴換了身衣服，嘴裡叼著塊餅，便騎馬去了皇宮。

而沈獲則提前回到皇宮，向皇帝說明情況。

「閒王這次帶了三千護衛軍，如今大部分都留在城外，只帶了一百名護衛去王府。」

「王府都收拾好了吧？」皇帝問。

「皇上放心，皇貴妃早就讓人打掃好，也安排了僕從進去伺候。」

這時，艾公公進來了。「皇上，閒王前來拜見。」

「這麼快？」

「是，閒王剛到王府便趕來拜見了。」

「他倒是有心。」皇帝哼了一聲。

沈獲見狀便告退了。

沒多久，穆凌寒進來了。

皇帝見了，內心震撼。

眼前的閒王意氣風發，除了曬黑了些、胖了一點點外，看上去和四、五年前並無差別。

相反，他明明比閒王大了沒多少，卻神色疲憊、精神不濟。

這一眼看去，皇帝受到的打擊不是一星半點。

明明閒王在西境吹風受寒，他在皇宮養尊處優，該蒼老的是閒王才對啊。

皇帝又仔細一想，他登基這幾年來，日夜操勞，憂慮不斷，沒有一夜睡得安穩，如何不老？

而這個沒心肝的老三，只怕在鞏昌府真的毫無心機，天天只管吃喝玩樂了。

看他這意氣風發的樣子，壓根兒不像是操心造反的人啊！

敢情他以前那些擔憂，都是浪費了?!

皇帝越想越氣，眼睛裡幾乎冒火。

穆凌寒被看得莫名其妙。「皇兄怎麼這麼看臣弟？對了，幾年不見，您怎麼變這麼老了？」

這句話像刀一樣刺在皇帝心口，皇帝一口氣上不來，差點暈過去。艾公公也嚇了一跳，趕緊給皇帝倒了杯茶。

閒王還是老樣子，說話就能氣死人。

許久，皇帝才緩過氣來，無奈的看著閒王。「老三，你是想把朕氣死嗎？」

穆凌寒嚇了一跳，趕緊否認。「皇兄說什麼呢？臣弟就是隨口一問，您不愛聽，臣弟不說便是了。」

「……你說吧，朕也好多年沒聽到人跟朕說實話了。朕看上去，很老嗎？」

「有一點。」這次穆凌寒乖覺了，語氣委婉了很多。

皇帝又問：「老三，這次你回京師，怕嗎？」

穆凌寒看著皇帝，點點頭。「有一些。皇兄，其實……我們不該如此。」

皇帝嘆氣。「也許吧。其實剛剛朕見到你的第一眼，便在想，這些年，朕是不是想太多了。」

「無論皇兄想什麼，時間會證明一切。」穆凌寒神色鄭重，看著皇帝道。

皇帝點頭。「朕也希望如此。行了，你也累了，趕緊回去休息吧，朕也不想看到這麼年輕的你，心裡不舒服。」

「哦，那……」穆凌寒有些猶豫。

「你說。」

「皇兄，這次臣弟回來不是有賞賜嗎？臣弟的賞賜呢？」那麼多金子銀子呢？

皇帝氣笑了。「你以前就是這麼氣父皇的嗎？朕總算明白為什麼父皇總要打你的板子了。賞賜少不了你，明日你上朝拜見，朕再賞賜。」

「哦，那臣弟告退。」

明秋意在王府中收拾。

「十一，妳把我準備的禮物都備好，明日我和王爺便要回明府。」

雖然對父親感情複雜，可明秋意出嫁多年，從未回來探望父親，心中也是愧疚。今日時辰已晚，她打算明日和閒王從皇宮回來後，便去明府探望。

「放心吧王妃，我都準備好了。」

等穆凌寒回來，兩人用了晚膳，便早早休息了。

明日穆凌寒要去上朝，而明秋意身為朝廷命婦，也要去拜見後宮之首皇貴妃。至於那個被軟禁的皇后，等於不存在了。

隔天天還沒亮，穆凌寒正抱著媳婦兒睡得沈，便察覺到媳婦兒推開他，爬了起來。

「……好早，妳不用上早朝，睡會兒再起。」穆凌寒要上朝，這時候得起了。

明秋意卻道：「我得起來裝扮了。」

她喊來阿風、十一，幫她仔細裝扮。

這可驚到穆凌寒了，多少年了，他都沒見明秋意這麼認真裝扮過。這些年，若是不出府，明秋意在家中幾乎不施粉黛。

「需要這麼仔細打扮嗎？只是去拜見皇貴妃，也就一刻鐘的時間。」

明秋意瞥了穆凌寒一眼，心道你不懂。

她和張歡歡的這場會面是一場較量。不過，她也並非要打扮豔麗，只是裝扮得莊重一些。

用過早飯，夫妻兩人一人騎馬，一人坐車，到了宮門前。

和穆凌寒分開後，明秋意便帶著阿風，在小太監的引領下，去後宮拜見皇貴妃。

皇貴妃早已得到通報，已經準備好等著明秋意了。

皇貴妃讓宮女為她仔細梳妝，遮掩眼角的細紋。昨日閒王進宮，她聽皇帝說閒王看著青春年少，一如從前，想必閒王妃也是如此。

這讓她多少有些難過，哪個女人不愛美呢？她心中也確實不想被閒王妃比下去。

儘管她知道，她和閒王妃並沒有什麼好比的。

沒多久，宮女便領著明秋意進來了。

明秋意恭敬行禮，待皇貴妃賜座，她才抬頭看向皇貴妃。

當年的張歡歡，是一個剛被太子帶回東宮的良媛，出身卑微，又被姊姊打壓，謹慎怯弱。

當時明秋意匆匆一見，也看不出她的心智。

而今坐在她眼前的張歡歡，端莊迫人，頗有一國之母的氣勢。

張歡歡略微打量明秋意幾眼，道：「經年不見，閒王妃沒有一點變化，還如少女一般，真讓人羨慕。」

「臣婦在偏遠之地，無甚操心，這幾年也沒什麼長進，讓娘娘見笑了。」

張歡歡搖頭。「妳這樣不求長進，又有什麼不好？閒王妃和閒王一樣，都是聰明人。」

提到閒王，明秋意不想接話，便又說：「之前娘娘派人送了許多賞賜，其中還有孩子的衣物、玩具，娘娘細心周到，臣婦萬分感激。」

張歡歡微笑。「小世子和大皇子年歲相仿，這些東西，本宮便命人照著大皇子的多備了一份，王妃喜歡便好。」

兩人又聊了一些孩子的事情，明秋意便打算告退了。

張歡歡也沒留她，只道：「王妃這次和閒王回京，也不必太過擔心，只管安心度日，等過了太子冊封禮，便可回封地。」

明秋意沒想到張歡歡竟然會這麼說。

她驚詫地看向張歡歡，後者卻只是微微一笑。

「多謝娘娘。」

張歡歡這是在向她保證嗎？她應該相信嗎？

明秋意走出宮殿，一路思索著這件事，這時，一個宮女攔住了她。

「王妃娘娘，明妃娘娘知道您來了，請您去敘敘舊。」

明秋意一愣，這才反應過來，明妃便是她的妹妹明春如，聽說之前因為冒犯皇貴妃，被貶為妃。

她這次進宮本沒打算去見明春如，畢竟兩姊妹當年在家便不和睦，也沒必要裝姊妹情深。

可現在明春如來請她，她也不好回絕，只好和宮女去了明妃宮中。

不過這一次，明春如再也沒有像之前那般奚落、羞辱明秋意了。

她不但沒那個能耐，也沒那個膽子。

早前，得知閒王妃要回京，母親便派人送信，告訴她如今閒王今非昔比，她若是不想一輩子失寵，便要好好巴結明秋意。

明春如看了信，氣得把寢殿裡的東西全部摔了，又哭了一整天。

不過她哭完也明白了，就算她有千萬個不願意，也得向明秋意低頭。

明秋意才剛進去，明春如便站起來迎接她，還拉住她的手，一臉高興。「姊姊，我可見到妳了，多年沒見，我真想妳。」

「拜見娘娘。」明秋意悄悄收回了手，順勢行禮。

明春如有點尷尬。「姊姊，快坐。咱們姊妹好久沒說話了，今日便陪我說說話。」

明春如的態度轉變太大了，讓明秋意一時不好應付。

她只好問：「娘娘，家中父母如何了？我昨日下午才到京師，也沒時間，打算今日下午回家去見母親和父親。」

因為之前明春如曾讓明宣寫信給明秋意，假裝重病騙明秋意回來，此時明春如只好道：「父親先前病了一場，不過最近好多了，當時父親病重，我在宮中也是日夜憂心。」

得知父親現在已無大礙，明秋意放心很多。

這幾年，她也寫了不少信，送了不少禮物回來，可父親卻從不回信。

「姊姊，張明珠那件事，我是真想不到，她竟然這麼惡毒，派人混在美人之中去毒害妳。」

不提還好，一提，明秋意倒是想起了新仇舊怨。

明秋意看著明春如，輕笑道：「可我聽說，這件事是娘娘經手的，當時那四個美人是娘娘挑選送來犨昌府的。」

明春如心虛，趕緊說：「人是我挑的，可張明珠是皇后，她暗地裡給我塞了幾個人進來，我也不知道啊。姊姊，妳不會是懷疑我吧？」

「不敢。」

她需要懷疑嗎？過去這幾年，明春如活在宮中，竟然一點腦子都沒長。

明春如看明秋意冷淡的眼神，心中竟然生出一些害怕。「姊姊，真不是我，我哪有那個心機。這些事全都是張明珠做的。而且，張明珠害妳的事情，可不只這一件。」

明春如急於取得明秋意的信任，又說了一件事。「五年前的春天，妳去祭拜母親的時候，路上被人追殺，妳知道那些人是誰派的嗎？」

明秋意心想，我若是不知道是誰幹的，早死八百回了。

看明秋意似乎不好奇、不憤怒，明春如更急了。「是張明珠！她去找她父親，是張將軍派人去殺妳的！」

「哦，原來是張明珠啊，不過我也納悶，她怎麼知道我那日會去祭拜母親？我這個習慣，只有家裡人知道吧？」

明春如一聽，支支吾吾。「大、大概是她買通了府裡的下人，得知了妳這個習慣吧。」

明秋意冷笑。「也不知是哪個吃裡扒外的賤人，竟然恨不得我死。」

明春如臉色一陣白、一陣紅。她有種錯覺，明秋意似乎什麼都知道。

明春如越看明秋意，越是害怕。

她不敢多留明秋意，便找了個理由讓她走了。

第五十四章　皇貴妃的打算

穆淩寒下朝回府，帶回了四、五車的賞賜，正在跟明秋意炫耀，就聽石頭的聲音從外面傳來。

「王妃娘娘，您讓我查的事情有結果了。」

明秋意讓石頭進來，穆淩寒也好奇發生了什麼事，便站在旁邊聽。

「去年，明太傅偶得幾場風寒，倒是沒聽說有什麼大病，也不曾連日臥床不起。」石頭道。

所以，去年父親來信說一病不起，想見她最後一面之類的話，根本是假的。

這讓明秋意心寒不已。

穆淩寒也明白怎麼回事了，他讓石頭先退下。

「這件事……也怪不得明太傅。他身為臣子，有時候也身不由己。」穆淩寒不忍看明秋意這般難過，便為明宣開脫。

但是，不管如何，明太傅這麼做，完全沒把她放在心上。

到頭來，她還是一顆棋子。

「王爺，現在想想，我真羨慕你，先皇對你還是很好的。」

「……也就矮子裡拔將軍吧。」相比之下，他的父皇確實是為他考慮過的。

明秋意決心不回娘家了。

她實在不知道如何去面對父親，痛罵指責不是女兒該做的。可笑臉相迎，她做不到。

「妳不想回家，便不回吧。」

穆凌寒知道明秋意心寒，便隨她。

「只怕旁人會在背後說我不孝，連累王爺。」

「正巧，大家也說我不孝。說先帝的病，一半是我氣的。」

「……」這些話，她確實聽了不少。鬧王還是三皇子的時候，三天兩頭挨打，便是因為把先帝氣得不行，先帝忍無可忍只能打他出氣。

於是，明秋意便待在府裡，偶爾有些閨中朋友來拜訪。

穆凌寒則比明秋意忙多了。

他從前是草包皇子，結識了一堆酒肉朋友，如今飛黃騰達，那些朋友們正愁仕途無門，便紛紛來巴結他。

穆凌寒也是個爽快人，得空也和昔日狐朋狗友一起喝酒取樂，但是旁人提到仕途一事，他就攤手表示無奈。

他一個邊境王爺，朝廷的事情，他半句話也說不上。

雖然如此，可因為穆凌寒出手大方痛快，每日還是有許多朋友找他喝酒。

這日，穆凌寒出了王府打算赴約喝酒，馬車沒走多遠，便被人攔住。

攔住馬車的人，正是張融。

張融和閒王的恩怨情仇，可不是一、兩句說得清的。

穆凌寒冷笑，他來京師，張融不躲著他，竟然敢湊到他跟前？那就新仇舊恨一起算。

「王爺，我有幾句話想單獨和您說。我知道昔日對不起您，希望您給我贖罪的機會。」

張融倒是老實，上來便先認錯，這態度讓穆凌寒也沒那麼火大了。

「行，本王今日便給你一個機會，看你能說什麼。」

穆凌寒冷哼一聲，便跟著張融來到京師最奢華的酒樓雲端樓。

張融領著穆凌寒去了二樓。

「……你不會又坑我吧？」

當年便是用這一招，害他受了傷。

「王爺，我可再也不敢了，今日之事，對您有利無害，您信我一次。」

穆凌寒也不怕，他身邊帶著秦遠和宋池，若是張融這次又搞鬼，他也不怕脫不了身。

穆凌寒跟著張融進了二樓最深處，十分安靜的一個雅間。

進去後，他愣住了。

坐在裡面的人，竟然是皇貴妃。

張融、宋池等人退下，雅間裡只留下皇貴妃和閒王兩人。

「不知道娘娘找我……有什麼事？」穆凌寒打量著跟前這個女人，多年不見，她和當年那個稚嫩少女判若兩人。

如今的張歡歡，不但把持整個後宮，就連在前朝也有不少擁護勢力。她的父親、家族中的幾個兄弟，如今對她馬首是瞻。

有這樣心智、能耐的女人，萬萬不可小覷。

張歡歡起身，向穆凌寒一拜。「王爺，本宮能有今日，不敢忘記王爺當年的舉薦之恩。」

「不敢。當日不過是舉手之勞，不敢讓娘娘記掛。」當年穆凌寒把她獻給太子，也有自己的目的。

張歡歡又拜。「對王爺來說是舉手之勞，對本宮卻恩重如山。可本宮後來卻對王爺恩將仇報，讓王爺受傷，數年來本宮心中愧疚，不知王爺可否原諒本宮？」

「……娘娘當時是迫不得已，我能明白。」當時張歡歡只能聽命太子行事。

張歡歡抬頭，神色感激。「本宮知道王爺是大度之人。如此，本宮今日才敢來找王爺共商大事。」

穆凌寒十分錯愕。「大事？」他和皇貴妃能有什麼大事商量？

「是，王爺，本宮知道您如今的擔心，與本宮合作，至少五十年內，本宮可保您和您的家人富貴無憂。」

張歡歡也不拐彎抹角，直接丟出她的籌碼。

穆凌寒神色嚴肅，他萬萬沒想到張歡歡會說出這番話。她會這麼說，說明此時張歡歡在朝廷中的勢力，已經超乎他的預料。

皇帝自詡聰明，怕也是個傻子。

「王爺不必震驚，本宮這麼說，自然是有緣故的。其實，皇上這兩年的身體一直不太好。太醫說皇上憂思過甚，無法安然休息，身體虛耗過度。加上去年年底，瑞王造反，雲王逼宮，二皇子的過世對皇上打擊很大……最近一年，皇上龍體更是虛弱。」

穆凌寒大吃一驚，他見皇帝老了這麼多，原來身體已經這麼差了？不過，這個消息必然被瞞得很緊，事關皇帝龍體安危，被外人知道，後果不堪設想。

「皇兄他……他還這麼年輕。」穆凌寒難以想像。

「皇上的性格，王爺還不清楚嗎？但凡皇上能想開一些、放下一些，也不至於日夜難眠，身體虛耗。說句大逆不道的話，皇上身體也許支撐不過三年五載了。」

「所以，皇上才急著冊立太子？」穆凌寒問。

張歡歡點頭。「是的，如今宮中只有兩位皇子、一位公主。除了大皇子，三皇子才出生沒多久，冊立大皇子為太子，似乎是更好的選擇。而本宮身後還有將軍府，皇上覺得大皇子稍微能有些依靠吧。」

「但大皇子畢竟年幼。」

「正是如此。本宮知道如果皇上五年內離去，那本宮想保住大皇子登基，十分艱難。所以，本宮想和王爺結盟。」這才是她今日找閒王的目的。

「王爺，本宮知道您其實並無二心，您也不希望大月朝陷入皇位爭鬥的內亂中，對嗎？如果王爺願意幫忙，本宮發誓，只要本宮和大皇子活著，便不會猜忌和傷害您和您的家人。」

「娘娘，您其實也知道，我只是一個沒有什麼權力和兵力的閒王。」穆凌寒無奈。「即便我想幫您，也有心無力。」

「王爺，您何須自謙？別的不說，沈大人便是您的好友。您在北境與諸多將領交好，如果本宮能得到這幾位大人的支持……」張歡歡道：「王爺也不必太焦慮，這只是本宮的長遠打算。王爺不必急著答覆，可以慢慢考慮。」

她也不敢耽誤太多時間，畢竟她是悄悄溜出宮的，說完這些，便先行離開了。

之後，張融進來了。

「喝一杯？」張融問。

穆凌寒幽幽的看著張融。「能不喝嗎？沒想到你小子好福氣啊，將來的國舅爺，我可不敢得罪你。」

張融跟著他妹妹張歡歡，日後前途無量。

張融嘿嘿笑。「這還是託了您的福。」當初可是閒王建議把張歡歡送給太子的。

「是皇貴妃好本事。」

「那王爺，您不生我的氣啦？」

「我能嗎？我敢嗎？」

穆凌寒翻了個白眼。

「是我的錯，可當初我真是一點辦法都沒有。幸好您福大命大，安然去了封地。我自罰三杯。」

張融也不廢話，連著喝了三杯。

「王爺，咱們可是從小喝酒的交情，我信您，皇貴妃也信您，我們同盟，日後大家都有好日子過！」

「……」皇兄啊皇兄，你算計了一輩子，可如今你還沒死呢，便被自己的皇貴妃和大舅子算計上了？

晚上，穆凌寒把這件事告訴了明秋意。

明秋意震驚的同時，也明白前幾日去皇宮，皇貴妃讓她安心的意思了。

「眼下和她合作，似乎是不錯的選擇。」

「皇貴妃可信嗎？她日後會食言嗎？」

明秋意有些擔心，她並不十分信任皇貴妃。

「管她食不食言，等過了太子冊封禮，我們便回封地。若是皇貴妃有點能耐，便會讓我們順利回去。她若是連這點事都辦不到，那還談什麼？等我們去了封地……她管得著我們？以後的事情，以後再說。」

穆凌寒倒是想得開，並不十分在意，反而想坑張歡歡一把。

穆凌寒一行人已經回京師十幾日了，但明秋意卻沒有回明府探望。

這讓明太傅有些不安。

他知道，這次皇帝讓閒王回京，參加太子冊封禮，便是告知天下人，皇帝和閒王兄弟和睦，他也很看重閒王。

所以明太傅便盤算著，這次明秋意回來，他得重新把這個女兒拉回自己身邊。

然而……

明秋意回京師後，壓根兒沒回府！

明太傅氣得吃不下飯。

前幾日，明秋意讓人送了幾車西境的特產過來，都是一些名貴藥材、肉乾、狐皮、貂皮等等。

送禮過來的人是十一，她壓根兒不提閒王和閒王妃來府探望的事情。

當時，明夫人還忍不住問十一，結果十一說王爺和王妃很忙，她也不知道。
明太傅氣得幾夜睡不好，這不孝順的女兒，這麼多年不見，竟然真的就不回來了？

第五十五章　謠言

又過了幾日，明夫人實在不安。

「老爺，秋意那丫頭回來都十多天了，還沒回府。按理說，她外嫁多年，如今回京師應該來看看父母，可她竟然不回府，現在外面的人都開始傳秋意和您有嫌隙。」

提到這件事，明太傅就火冒三丈。「這個不孝女！她沒出嫁前，為了培養她，我花了多少心血？請教琴師傅、讀書夫子，都是京師裡的大師，我為她做的這些，都是浪費了，如今她回京，竟然不來看我一眼？」

「是啊，老爺為了秋意費盡心思，那孩子如今嫁得好，竟然翻臉不認人了，確實讓人心寒。不過，秋意雖然狠心，但也是個聰明人，她若是做個表面功夫，也應該來家裡看看吧。」

這一點，明太傅也能想到。「按理是該這樣。」

明秋意的才智遠在明春如之上，按理她不會這般不要臉面和父親鬧僵。

明夫人聲音有點虛。「現在她不肯回府，是不是因為她知道了那件事，對老爺心存芥蒂？」

提起那年裝病騙明秋意回來的事情，明太傅也心虛。

「都怪春如那個蠢貨，讓我做這件事，還說是皇上的意思。如今好了，皇上對她厭棄，嫌她惡毒，也連累了我。」

明夫人也是無奈，想到自己親女兒在宮中的難處，她做母親的自然傷心。「老爺，春如也是苦，她也是一心想幫您獲得聖心。如今到了這個地步，咱們只能想辦法讓秋意消了這個氣。你們父女解開心結，才能讓她幫幫我們。」

「……她現在都不回來了，我見她一面都難，如何和她解開心結？」明太傅鬱悶至極，沒想到自己到了這個年紀，還要求女兒。

「……明日我去見見她吧。」明太傅拉不下這個臉，只好明夫人不要臉了。

這日，明秋意剛用過早飯，袍子便稟報明夫人來訪。

「讓她進來吧。」

袍子把明夫人請了進來。

明秋意並沒有給明夫人好臉色看。她現在也懶得裝了，明夫人母女做的一切，終於有了報應。

明夫人拜見之後，便聽到明秋意說：「坐吧。」

她看到明秋意冷淡的神色，便知道難了。

「明夫人今日來訪，不知有何事？」

明夫人心中一驚，明秋意竟連母親都不稱呼了，這真是十分不孝。

可她卻不敢說半個字，只能勉強擠出笑。「王妃，您和閒王回京師也有半個月了，也沒回家看看，您父親很想您呢。」

明秋意「哦」了一聲，並不應答，隨後問：「對了，明夫人，之前我收到父親親筆家書，可那封家書是明妃授意讓父親寫的，其實父親那時並未生病，這是真的嗎？」

明夫人一驚，心想明秋意果然知道了這事，因此恨上了明太傅和明春如。她再也笑不出來。

「當時確實是您的父親忽然傷寒，他十分想念您，便寫了信。不過後來也幸運，您父親的病漸漸好了。」

「既然父親病好了，怎麼不寫信告訴我一聲，省得讓我擔心？」明秋意又冷著臉問。

那自然是因為明秋意當時不肯回來，只派人送來禮物和信件，明太傅心中惱火，不再搭理明秋意，自然也不會回信了。

明夫人只好說：「您父親年紀大了，一時忘記也是有的。」

「原來是這樣。」明秋意冷冷一笑。

明夫人心中暗道不好，明秋意這是半點面子都不給她了。

可她來之前，夫君叮囑一定要讓明秋意明日回去一趟。

「秋意，明日家中設宴，妳……」明夫人換成親暱的稱呼，改打親情牌。

「抱歉，明日我已與他人有約，不得空。」明秋意放下茶盞。「明夫人，您慢用，我還有事。」說罷便起身離去，半點不留情面。

明夫人知道，這下完了。

看來，明秋意已經知道一切，且斷然不肯原諒明家了。

明夫人灰頭土臉回府後，把明秋意的意思告知夫君。

明太傅大發雷霆，怒斥明秋意不孝順，不配為人子女，要與她斷絕關係。

皇宮。

這幾日張歡歡被診斷有孕，皇帝正在她這裡用午飯。

大皇子被教得很好，可以自己拿著勺子安安靜靜吃飯。

這時，艾公公進來，在皇帝身邊耳語了幾句，告訴明太傅在家中痛罵明秋意之事。

皇帝心裡了然，明秋意和明太傅爭執，自然是為了那件事。

明太傅父女，只怕是決裂了。

皇帝心裡很滿意，這樣他便不怕閒王和明太傅勾結了。

而張歡歡卻有些擔憂，那她還能拉攏明太傅嗎？

這兩人各懷心思，縱然桌上放著美味珍饈，也不覺得有什麼味道，反而是天真無邪的大皇子吃得津津有味。

七月二十八是禮部算好的良辰吉日，大皇子穆和璋在這日被正式冊封為太子，定為國儲。

冊封大禮次日，皇帝在御花園宴請皇親國戚。

這次特意從外地趕來參加太子冊封禮的閒王夫妻、蜀王世子夫妻等人，都在宴請名單中。

如今皇帝的兄弟中，也只有閒王在場，家宴上，皇帝對閒王格外親熱，直接稱呼他為三弟。

而閒王順著桿子往上爬，直接稱皇帝為皇兄。

這兩兄弟你來我往，相互關心，格外熱絡。

這天家的兄弟情，令人感動。

「三弟的封地在西境，偏遠苦寒，朕實在不忍，不如這次便留下，朕派人去把小世子接來。」

皇帝心想，不管老三有沒有反心，留在眼皮子底下，他也安心。如今老三是不能殺了，只能就近監控。

穆凌寒笑道：「饒了我吧，皇兄，雖然鞏昌府苦寒，但我也習慣了，您是不知道，去城外騎馬多有意思，那馬跑一天，都跑不到頭的，跑累了，就下馬抓兔子，再把那兔子剝皮烤著吃，嘖，太香了！運氣好，遇到湖，便可以抓魚吃……天上的大鳥雖然多，但我不吃，大鳥身上全是毛，骨頭多肉少，不好吃。」

穆凌寒絮絮叨叨，如數家珍，皇帝有點頭疼。

「你怎麼盡想著吃？朕讓你去邊境，是讓你去吃嗎？」

「……皇兄，我該幹的活也沒少幹吧。您讓我跟著周振守邊境，我不是去了嗎？您之前還說我守邊有功呢。反正，我不想留在京師。」

穆凌寒這是當面拒絕了，皇帝若是還糾纏，反而顯得別有心思，皇帝只好先不提這件事。

他又看向蜀王世子穆演成。

「演成，你父親的病情如何了？」

「謝皇上關心，父親情況還是那般，時好時壞，神智不太清楚，不過，父親身體倒是挺好。」穆演成趕緊站起來。他只是皇帝的堂弟，可沒膽子像閒王那般隨意，和皇帝說話都懶得站起來，也沒用敬稱。

「那便好。你這些年跟你母親在南邊，這次來京師，便多住一些日子，多陪陪皇叔。」

「謝皇上。」

正當穆凌寒準備回鞏昌府的時候，皇宮內傳出一個可怕的流言。

謠言是關於閒王和皇貴妃的。

皇貴妃張歡歡，當初是被現在的皇帝看中，親自帶回東宮，成了良媛。

然而，最近有消息傳出來，皇貴妃的哥哥張融當年和閒王交好，本打算把張歡歡送給閒王做妾。

不料閒王大婚當日，皇帝去閒王府中祝賀，相中了張歡歡，便把張歡歡帶走。

於是，有人大膽猜測，其實張歡歡入宮前和閒王好過一段時間。

有人就猜，那小太子的生父是誰呢？

說不定是閒王？或真的是皇帝？誰說得清呢？

涉及皇家血脈，這謠言一出，朝野內外議論紛紛。

流言一出，張歡歡就去了皇帝面前。

張歡歡淚流滿面。「皇上，這謠言實在可恨。臣妾是清白之身跟了皇上的，這一點皇上最清楚不過了，現在太子竟然被人這樣誣衊，臣妾實在憤怒。」

皇帝卻沒有叫張歡歡起來，他臉色有些陰沈，讓張歡歡心中忐忑。

「皇上，臣妾……臣妾真的委屈，臣妾願意以死明志！」張歡歡哭喊道。

「……妳既然和閒王無瓜葛，那麼半個月前，為何偷偷出宮去私會閒王！」皇帝冷冷道。

張歡歡愣住，她抽噎著，跪在地上重重磕頭。「皇上，臣妾罪該萬死！」

終究是她棋差一著，讓外人知道了這件事，可她也是經過大風浪的人，很快想出了破局之法。

「歡歡，五年前，妳確實是以清白之身跟了朕。太子的血統不容置疑。但是，妳告訴朕，為何要去見閒王！」

皇帝聲音淡淡的，卻不怒自威。

張歡歡頭磕破了，眼淚不斷。

「皇上，臣妾罪該萬死，但是為了太子和臣妾的名譽，臣妾便對皇上說出這本不該說的話。臣妾說了之後，願意以死謝罪，但是，請皇上千萬不要遷怒太子。」

皇帝點頭。「妳說吧。」

「臣妾去見閒王，是希望日後閒王能扶持太子。」張歡歡低著頭道。

「……日後扶持太子？這是何意？太子是朕的兒子，朕難道護不住他，還要妳去找閒王說這個？」皇帝怒道。

張歡歡低著頭，不敢再說。

「妳、妳是盼著朕死?!」皇帝大怒。

張歡歡依舊不說話，只是再次磕頭。

皇帝忽然就明白了。「妳……妳知道我身體不好了？」

「……臣妾日日相伴，怎麼不知道皇上的身體情況？臣妾罪該萬死，但是臣妾去找閒王只為太子，不為其他。臣妾願意立刻赴死，只求皇上追查謠言到底。」張歡歡流著淚道。

皇帝還能說什麼，他的身體不好，想要撐到太子成年很難。若是太子還未長大，他便駕崩，那麼太子登基確實是危險。

畢竟，三皇子如今也半歲多了，還有一些居心叵測之人……

不過，為何是閒王呢？

皇帝皺眉。「妳為何去找閒王？妳信他？」

「……臣妾也只是想試試。臣妾知道後宮不該干涉朝政之事，臣妾愚鈍，做了蠢事。」

「罷了，起來吧，妳還有孕。」

張歡歡不敢起來，這內殿無他人，皇帝只好把她扶起來。

「算了，朕不怪妳，妳能同朕說真話，朕便信妳。但是，以後再也不可如此，妳身為皇貴妃，不可結交外臣。至於太子的事情，妳無須操心，朕會安排好一切。」

張歡歡跟了他多年，又生了兩個皇子，如今還有孕，再有此前慘死的二皇子，皇帝對她還是有愧疚的，也不打算責罰她了。

「謝皇上！臣妾再也不敢了。」

張歡歡鬆了一口氣，這件事，最難的一關總算過了，但是……那幕後有心之人，必須得死。

「皇上，也不知道是誰這麼惡毒，太子還那麼小便要擔污名，臣妾真的好氣。」

「這個妳放心，朕必會查清楚。」

皇帝讓人送走張歡歡，又馬上傳召沈獲。

「沈獲，關於太子身世的流言，你如何看？」皇帝問。

沈獲拜了拜。「皇上，微臣以為，這是有心人故意挑撥皇上和閒王的關係。」

「為何要挑撥朕和三弟的關係？」

「自然是讓皇上不信任閒王，造成朝廷內亂，對方好從中獲利。」

皇帝瞇了瞇眼睛。「沒錯，又是一個想乘機作亂的賊子。他怕朕信了閒王，便不好搗亂，便想出這些骯髒的手段。」

「皇上英明。這人手段卑劣，也並沒有什麼大策略，不足為懼。」沈獲又道。

「確實是下等的手段，卻讓人噁心。沈獲，朕命你和閒王，三日內查清這件事，背後主謀，當眾斬首。」

「是。」

這天，穆凌寒在酒樓和一群狐朋狗友喝酒。

不過，和之前不同，這群公子一個個似乎欲言又止。

穆凌寒也納悶。「你們都怎麼了？有屁便放，喝酒都喝得不痛快，不憋得慌嗎？」

其中一個公子看著穆凌寒。「王爺，這兩天有些謠言，您沒聽說嗎？」

穆凌寒奇怪。「什麼謠言？」
雅間內的幾個公子你看我，我看你，神神秘秘。
最後，還是剛才那位開口的劉公子道：「這次的謠言非同小可。這件事關係王爺，我等不敢隱瞞，便將這大逆不道的謠言告訴王爺。」
穆凌寒更是好奇。「快說。」
「這兩天不知道從哪兒傳出來的，說太子……是王爺和皇貴妃的孩子。」
穆凌寒震驚，筷子都掉在了地上。
他大概能猜出這是誰放出的謠言，只是竟敢誣陷太子的血統，這人真的是嫌命太長了。
這件事非同小可，萬一皇帝信了，事情不堪設想。
穆凌寒無心喝酒，便向眾人告辭，回了王府。
他下了馬，大步流星的往後院走去。
後院，明秋意正在餵雪貂。
穆凌寒幾步走到明秋意身邊。「秋意……妳聽我解釋！」
「……什麼？」
明秋意抬眼，給了他一個莫名其妙的眼神。
「就是關於那個謠言，說太子是……」穆凌寒以為明秋意還不知道這個謠言，趕緊道。
明秋意「哦」了一聲，神色平淡。「你不用解釋。」

穆凌寒一愣。「不，我要解釋，妳聽我說，事情不是妳想的那樣！」他有些激動。

「……我說了，你不用解釋。因為我什麼都沒想。」

穆凌寒有點懵。

明秋意看他傻愣愣的樣子，噗哧一聲笑了出來。「這種謠言，根本就沒什麼好信的。再說，我信你，我可沒你那般小心眼。」

穆凌寒樂呵呵。「是，秋意最聰慧大度，自然不會信這些無稽之談……只是……」

他還真是有點苦惱，若是皇帝信了，他們過幾天還能順利返回嗎？

明秋意倒是沒有那麼擔心。

「我想，皇上不會信的。以皇上的性格，自然百分百篤定太子是他的孩子，否則，怎麼會冊立太子呢？」

皇帝心思細膩好猜忌，張歡歡生下太子的時間又那麼巧，相信皇帝早就仔細調查過的。

這個謠言，本是想抓住張歡歡生育太子的漏洞，可只怕……聰明反被聰明誤了。

穆凌寒點頭。「說得也是。這樣看來，我也沒必要去皇宮向皇上解釋了，清者自清，我沒什麼可怕的。」

明秋意看他這忽然來的自信只想笑，剛剛是誰急得衝進來就要跟她解釋？

沒多久，沈獲便來了。

「王爺，皇上讓我們一起徹查這件事，找出背後惡毒中傷太子、皇貴妃之人。」

穆凌寒鬱悶。「你少說了一人，難道我就沒被傷到？」

「……是我說漏了，王爺一向潔身自好，居然被人如此誣衊，實在可惡。」沈獲知錯能改。

「哼！」

「王爺，這次謠言的目的便是想讓王爺和皇上生出嫌隙，王爺有沒有懷疑的人？」

皇帝讓沈獲查這件事，沈獲雖然不至於毫無頭緒，但是相信身處漩渦中心的閒王，對這件事背後之人有更多的了解。

「皇上讓你查，你自己查就是，問我幹什麼？」

「……皇上是讓我們一起查。再說，王爺，不盡快找出背後惡毒之人，他又放出什麼奇怪的謠言，您的清譽又要受損了。」沈獲循循善誘。

也是，既然對方不仁不義，狠心惡毒，他也沒必要留情面了。

穆凌寒點頭。「我心裡倒是有一個懷疑的人。沈大人不妨從他身上查起。」

不出兩日，沈獲便將事情經過、證據全部送到了皇帝手上。

「果然是他。皇叔都瘋了，穆演成寄居人下數十年，竟然還賊心不死！」皇帝覺得好笑。「難道他以為成功讓朕和閒王反目，他便能有可乘之機？真是白長了一顆腦袋。」

「皇上英明，蜀王世子自以為聰慧，實際上他這是自尋死路。」沈獲道。

「賜死吧。不過，不要讓人以為是朕下的手。」

最近皇親國戚死得太多，皇帝也不想讓別人以為他容不得自己的兄弟、堂兄弟，心胸狹隘，殺人如麻。

「微臣明白，蜀王世子半個月後要回嶺南，路途遙遠，一路艱險，途中或許遇到歹徒被殺，也是尋常之事。」沈獲立即有了主意。

「你去辦就好。」

關於太子身世之事，朝堂上也有人提及，不過張將軍、沈大人等朝中重臣全部力挺皇貴妃和太子，認為這是有人故意陷害。

皇帝也當眾為皇貴妃作證，並下令重罰亂傳謠言者，至此，這兩件謠言便被壓了下去。

閒王返回封地的日子定了下來，就在八月中。

這日，穆凌寒去向皇帝辭行。

「真的不打算留在京師嗎？」

皇帝還是希望閒王能留在京師，他不可能完全信任閒王，閒王留在京師，皇帝就多一分安心。

「皇兄，臣弟心意已決。臣弟在京師兩個月不到，便引來這麼多流言蜚語，真是令人煩不勝煩。京師雖然繁華熱鬧，可也太多事。臣弟這一生，只想過簡單快活的日子。」穆凌寒道。

皇帝點頭。「天下熙熙，皆為利來；天下壤壤，皆為利往。京師是權力富貴的中心，自然也會引來無數爭端。」

「皇兄說得是，所以臣弟願遠離京師，遠離紛擾。」

「……老三，你想離開京師，真的是因為這個，而不是……因為想遠離朕？」皇帝沉默一陣子後，忽然問道。

「其實都有，可不論原因是什麼，皇兄都可放心。」穆凌寒道。

皇帝一愣，他沒想到老三會這麼說。

這一生，很少人會跟他說實話，他登基後，能與他說實話的人更少。

老三竟然直白的告訴他，他想離開京師……確實是想遠離皇帝。

「你很煩朕？」

「臣弟怕皇兄，這種戰戰兢兢的日子，還是不過的好。」穆凌寒道。

「……也就只有你敢這麼說了。那麼，老三，讓你離開，朕能信你嗎？」皇帝又問。

「能。皇兄，時間會證明一切。」

「好，那朕便要看看，你我兄弟最後的結局會如何。老三，西境便交給你了，可你也別以為朕是讓你去享樂的，你既然在西境，那麼便不許讓韃靼人越界一步。否則，朕便要拿你問罪！」

「臣弟遵旨！」穆凌寒跪下，鄭重道。

八月中，閒王及王妃帶著護衛軍，從京師啟程返回封地，兩個月後抵達鞏昌府。

沒多久，便有消息傳來，蜀王世子穆演成、世子妃李雪兒在返回嶺南的途中被山匪劫殺，雙雙斃命。

第五十六章 大結局

五年後。

明秋意生了一個女兒，取名穆安。

明秋意萬萬沒想到，小郡主雖然長相隨她，看著秀氣文靜，可個性如她哥哥一般，隨了閒王。

如今四歲了，像個小男孩一樣跟著哥哥上躥下跳，每日上午讀完書後，便去纏著小世子等人教她習武。

明秋意倒是無所謂，她並不覺得女孩子非要學彈琴、畫畫什麼的，只要小郡主喜歡，學什麼都可以。

可穆凌寒卻還是有些想法，他不求小郡主當個才女，但也不能像個男孩子一樣，於是他便讓明秋意教她學點女孩子的。

結果小郡主根本學不進去，倒是跟著哥哥學武，反而進步飛快，讓人嘖嘖稱奇。

小郡主跟小世子一樣，力氣大，反應快，是個學武的好苗子。最終，穆凌寒不得不妥協，讓小郡主也跟著學武。

最近，小郡主天天纏著父母和哥哥，也要和他們一起去城外騎馬。

可畢竟小郡主太小，小世子也只能勉強騎一匹小馬，更何況小郡主？可不帶小郡主一起出城，小郡主便哇哇大哭。

穆凌寒沒辦法，如今和明秋意去城外騎馬，必須帶一個小世子，還有一個小奶包郡主。

穆凌寒抱著小郡主騎了一會兒，便找了一塊平坦的草地坐下休息。

隨行的侍衛把之前準備好的零嘴和水拿來給他們吃。

「爹爹，您今年還要去古浪縣嗎？」

自從穆凌寒在周振麾下任職，每年秋冬都要去古浪縣，一去就要四、五個月，期間只能偶爾回來，明秋意和孩子們都非常捨不得。

穆凌寒點頭。「嗯，等過了中秋，爹爹再去。」

小郡主坐在明秋意身邊吃果乾，她聽了便難過。「爹爹不要去。冬天帶我和哥哥出去抓兔子，好不好？」

穆凌寒只好說：「讓鍾叔叔還有鍾哥哥帶你們一起去。」

「不要，我想爹爹帶我去。」

「可爹爹不去古浪縣守衛，萬一壞人來了，誰來保護大家呢？」明秋意拍了拍小郡主的腦袋。「安兒，去年冬天，妳不是看過那從北邊逃來鞏昌府的難民嗎？他們多可憐。若是壞人打進鞏昌府，所有人，還有我和妳、哥哥、爹爹，也要這般可憐了。」

小郡主低頭沈思。「好吧，爹爹還是去打壞人吧。不過……」

小郡主揚頭一笑。「等我長大了，我也要去打壞人，我要把那壞人打怕了，讓他們再也不敢來欺負我們大月朝！」

明秋意吃了一驚，穆凌寒也愣住了。

他這個小郡主，志氣未免太大了些。這本應該是小世子說的話才對，於是穆凌寒看向還不滿九歲的小世子，只見小世子正一門心思吃肉乾，似乎完全沒聽到妹妹說什麼。

小世子心想，阿霜姨做的肉乾也太好吃了吧！他可得抓緊時間多吃點。

「凡兒，你有沒有想說的？」穆凌寒鬱悶不已。

怎麼回事？他的兒子怎麼這般貪吃貪玩？這是繼承了誰？

小世子一愣，他吃得滿嘴油，而後抬頭看向穆凌寒。「爹，妹妹要打仗，便讓她去唄！以後她當女將軍，我留在王府繼承家業，不好嗎？」

「……你、你也太窩囊了些！」穆凌寒差點一口氣上不來。

「我覺得還好啊！爹娘不是經常對我說，並不要求我有多大本事，只希望我將來平安快樂嗎？」小世子納悶道。

穆凌寒終於有點明白，當年父皇被他氣得喘不過氣是什麼感覺了。

這真是因果輪迴，報應不爽啊！

明秋意也想到這一點，忍不住捂著嘴笑。

哈哈，以後王爺只怕有得氣了！

轉眼，中秋快到了，明秋意開始為穆凌寒準備去古浪縣的東西。

石頭和十一在五年前成親了，不過他們並沒有孩子。

鍾濤、劉芸的兩個兒子，還有宋池和阿霜的女兒桃桃，這些孩子們都喜歡跟著小世子、小郡主玩，因為這兩人特別會玩。

這不，前幾天這幾個孩子在野外撿了幾個蛋，他們覺得這是海東青蛋，便一人一個，打算每人養一隻海東青出來，以後像王爺、王妃那樣，每次出去帶著海東青，十分威風。

幾個孩子讓人準備了籃子，籃子裡放了棉花，把蛋小心翼翼的放在籃子裡，又專門找來抱窩的老母雞，幫忙孵蛋。

這幾日孩子們專心看老母雞孵蛋，鬧騰的少了。

「可惜，我馬上就要去古浪縣了……近期不能陪著他們了。」穆凌寒覺得有點惋惜。

「我會寫信告訴你的。」明秋意道。

穆凌寒有些愧疚。「這些年辛苦妳了，我總是有小半年的時間不在家，妳要照料府裡上下，還要照看孩子們。」

明秋意點頭。「王爺知道我的辛苦便好。也記得保重身體，日後你得補償回來。」

「……」

這些年，穆淩寒還是和以前一樣，寧可身先士卒帶領一支小隊去邊境抗敵，也不願待在官署坐陣指揮。

這日，穆淩寒帶著一支鐵騎小隊在邊境巡視。

此處有一處湖泊，名為「野鴨湖」。湖泊呈狹長狀，綿延一百多里，正好是大月朝和韃靼的交界。

湖的南面是大月朝，湖的北面是韃靼。

「王爺，這是野鴨湖。」一名熟悉邊境的騎兵為穆淩寒介紹。

穆淩寒一愣，心想這個名字似乎從前聽過。

「這名字怎麼這麼耳熟呢？」

其他騎兵將士不了解，可一直跟在閒王身邊的秦遠是知道的。「王爺，您忘記了，幾年前，還只是大王子的巴特耳，曾經約您在野鴨湖單挑。」

秦遠一說，穆淩寒就想起來了。

「是有這件事。巴特耳當了韃靼大王後，也是夠煩的。」

韃靼內部也有不滿巴特耳的部落，這幾年巴特耳忙著穩定內部，對大月朝的侵犯也就少了，因此邊境百姓過了幾年安穩日子。

這時，隊伍中負責偵查的將士忽然出聲警戒。「對面有人！」

大夥兒齊齊朝對面望去，只見隔著二十丈的野鴨湖另一面，忽然出現了一張大旗。

而後，那偵查將士倒吸一口涼氣。「王爺，是韃靼王旗！」出現了王旗，那便說明，即便對面不是巴特耳本人，也是能代表巴特耳的重要人物。

不過，這湖面距離二十丈，即便射箭，殺傷力也不大，所以暫時沒有危險。

而後，對面出現了數十韃靼騎兵，中間那名男人雖然隔得遠，可穆凌寒和巴特耳往來數次，他自然一眼便認出，那就是韃靼大王巴特耳。

「……」這傢伙，不會又特意在這裡等他吧？

「喂，閒王，是我！」巴特耳果然是來找閒王的，現身之後，便朝閒王大吼。

這次他們距離實在太遠了，也虧得巴特耳年輕力壯，中氣十足，這麼一大嗓子傳過來，閒王等人還能聽清楚。

「……幹麼？」穆凌寒也吼了回去。

「我聽說你們皇帝年紀輕輕的就快不行了。你有什麼想法嗎？」

「……你居然還沒死心？巴特耳，我真的挺佩服你的。」穆凌寒無語。

「不，並非我不死心，我只是想知道，過去了五年，你變聰明一點沒有？」巴特耳又吼了回來。

「我一直很聰明。不過巴特耳，你過了五年，還是一點長進都沒有啊，竟然又來問我這個蠢問題！」

「……這麼說，你還是沒變啊。算了算了，我也猜到了。」巴特耳有點無奈。「不過，咱們好歹朋友一場，我跟你商量一件事。」

「……我們什麼時候是朋友了？你抓我王妃的事情，不會以為我忘記了吧？」穆凌寒怒道。

「……那是我的錯，我道歉。我就是想說，你能不能換個封地，這裡又冷，物資又少，你待在這裡不煩嗎？」

因為閒王擋在這裡，總是給周振出一些餿主意，害得韃靼好幾年沒辦法攻破邊境，連去邊境搶掠都成了難事，這可著實讓人苦惱。

「那你去地底下問問我死了的爹，看他能不能給我換個唄！」穆凌寒吼回去，差點把巴特耳氣死，這是詛咒他去死啊！

「行了行了，不說了，跟你說話我都要短命。帶酒沒？咱們喝兩口。」遠遠的，巴特耳從腰間解下一袋酒。

穆凌寒見狀，便也接過秦遠遞來的一袋酒。

「聽說你生了個女兒，力大無窮，是武學奇才？」巴特耳忽然問。

穆凌寒懶得搭理他。

「我呢，正好有四個兒子，我特別喜歡勇猛的兒媳婦，四個兒子各有特色，尤其是老三，比你女兒大三歲，也是非常勇猛能打……」

穆凌寒差點沒嗆到，這狗東西，竟然敢覬覦他可愛的女兒！豈有此理！

「巴特耳，我的女兒雖然不到五歲，但她從小便立志將來要當女將軍，將韃靼打得屁滾尿流，不敢再踏足大月朝半步。希望你幾個兒子將來見到她時，別怕。」

穆凌寒這一聲吼回去，二十多個騎兵將士忍不住哈哈大笑起來。

巴特耳氣啊！「你跟我作對，你女兒也想跟我作對？」

穆凌寒哈哈大笑。「沒辦法，誰讓我們立場不同呢？」

巴特耳默然。

確實。

閒王十年不改心志，忠於大月朝，心繫封地百姓，又無心權勢。這樣的人，他如何能說得動？

這樣的人，他也是真心喜歡，想要結交這般肆意、至情至性的朋友，可惜，他們立場不同。

是他巴特耳時運不濟，有閒王擋在跟前，他難踏足大月朝。

只盼著這次皇帝死後，他能有一次機會。

「不說了，再說下去，只怕你又找來千軍萬馬四面追擊我了。閒王，希望下次見面，我們不用相隔這麼遠。還有，代我向王妃問好。我還是很喜歡她，如果有一天她不喜歡你了……」

「滾！」

穆凌寒一聲咆哮，隨後，巴特耳哈哈大笑，調轉馬頭，和數十韃靼勇士離開了。

內閣大學士沈獲，在闊別數年後，再次回到了故鄉鞏昌府。

回鄉第一件事，便是去拜見閒王和王妃。

不過，閒王早已去了古浪縣，接見他的只有閒王妃。

數年不見，閒王妃的臉上也有了歲月的痕跡。

不過，她並不蒼老憔悴，反而有這個年紀難得的嫻靜平和。

這種平和的神色，也只有閒王、閒王妃身上才有。

「拜見王妃。」沈獲行禮。

明秋意回禮。「見過沈大人。沈大人，您來得不巧，王爺已經去了古浪縣，眼下只怕在寧夏城附近帶領騎兵小隊，若是想要見他，怕是要費一些波折了。」

「沈某知道，不過這件事告訴王妃，和告訴王爺是一樣的。王妃可密信轉告王爺。」沈獲道。

「沈大人如今位高權重，千里迢迢來西境，必然是大事。沈大人請講。」明秋意鄭重道。

「是關於皇上的身體。皇上應該只有半年不到的光景了。皇貴妃說，屆時會冊封閒王為攝政王，輔助新皇，希望閒王提前最好準備，沒多久便要啟程前往京師。」

關於皇上的身體，這幾年皇貴妃偶爾有密信給閒王，明秋意也知道，所以眼下聽到這個消息並不吃驚。

只是……

「攝政王？閒王如何能做攝政王？」

明秋意覺得有些荒謬，閒王雖然並非傳言那般吊兒郎當，也確實有些才能，但是……做攝政王真的是太抬舉他了。

而且，閒王也不樂意。

「王妃莫急，這件事是沈某和皇貴妃商量的結果。其中原委，沈某便和王妃解釋清楚。」皇貴妃怕閒王不同意，還特意讓沈獲找了個藉口親自回鞏昌府。

明秋意看著沈獲。「沈大人請講。」

「皇貴妃讓閒王當攝政王，自然並不是真的想要閒王做什麼，這只是一個虛名，所以王爺、王妃不用擔心日後去了京師，要日夜勞心……」這話，沈獲說得很是克制，他其實是想說，不會耽誤閒王吃喝玩樂。

「……可閒王當攝政王這虛名，又對皇貴妃有什麼用呢？」明秋意更是疑惑了。

「王妃，您真是小看閒王和您的名氣了。閒王、王妃來鞏昌府這幾年，西境民生安穩，韃靼幾次強攻失敗，如今甚至在邊境掠奪都少了。這其中，王爺的功勞可不小。而您，心存仁善，這些年為西境百姓做了多少事，他們都是心裡有數的。不說百姓民心，就說西境將士官員，哪一個不是對王爺、王妃心服口服呢？」

明秋意被誇得很不好意思。「沈大人實在過於讚譽了，我和王爺不過舉手之勞……」

「王妃，沈某並沒有虛言。西境官民對王爺、王妃臣服，這雖然不是天下人都知道的事情，可朝廷不會不知道。周振等地方將領大官，可沒少為閒王說好話。閒王妃雖然一貫低調，可日久見人心，有些事是無法長久隱藏的。」

明秋意高興歸高興，可……若是這樣可麻煩了，比如現在攝政王之事。

「沈大人和皇貴妃打算讓閒王當攝政王，讓朝廷上下安心？」

沈獲點頭。「太子還太小，若有閒王當攝政王，沈某覺得，朝廷上下必然安心不少。」

「我會將沈大人的話告訴閒王。」可明秋意知道，閒王是絕不會想去京師做什麼攝政王的。

「多謝王妃。王爺、王妃也不必太焦心，其實皇貴妃的意思是等太子成年，您和王爺便可以離開。沈某看皇貴妃意思，怕也是有些怕閒王的。到時王爺功成身退，皇貴妃也不敢忘恩負義加害王爺，您和王爺再回鞏昌府，逍遙自在便可。」

「沈某要說的都說完了，還請王爺、王妃提前準備。沈某告辭。」

「謝沈大人告知，眼下王爺不在，我也不便留沈大人用飯，沈大人請好走。」

穆凌寒從古浪縣回來後，明秋意便把這事告訴他。

穆淩寒心繫大月朝百姓，不願內亂影響民生，便同意了下來。

而後，皇帝駕崩，傳位太子。

由於新皇年幼，便加封閒王為攝政王，和內閣大學士沈獲、張大將軍三人共同輔政。

待新皇長大後，閒王便功成身退，帶著閒王妃和兒女們離開京師，去過逍遙自在的日子了。

閒王一家的傳奇經歷，成為一段佳話，永久流傳下去……

——全書完

2023年3月出版

天才醫女有點黑

文創風 1148～1150

見她娘舉起石頭對著蹦蹦跳的雞下不了手，
她看得實在心焦，險些崩人設過去幫忙，
哥，你快回來呀！要裝一個斯文小姑娘太難了……

直率不掩藏，濃情自然長／荔枝拿鐵

穿越開局就是舉家被流放到遼東？這也太慘了吧……
所幸周瑜和哥哥一同穿來，手握兄妹倆能共用的空間外掛，
又有了上輩子求生的經驗，雖說得遮遮掩掩著魂穿的變化，
但兄妹攜手合作護著一家婦孺抵達遼東，也算是有驚無險。
然而並不是到達目的地就結束流放，而是得成為軍戶在邊疆開墾，
哥哥身為家裡唯一符合資格的男丁，自然就得入軍伍生活了。
所幸同是天涯淪落人，除了本就認識的親戚，村內的人皆好相與，
無須過於防備身邊人，他們一家如今就是得在哥哥報到前多存點錢。
於是她藉著醫藥知識與手弩，和哥哥在山上找尋好藥順道打獵，
卻意外救了被毒蛇咬傷的少年「常三郎」，自稱到遼東依親途中遭了難。
他看似個紈袴，還老是嘴賤喚她「黑丫頭」，可實際相與人倒是不壞，
就是懶散了點，總想靠親戚的銀兩接濟，這不行，不幹活就不給飯吃！
他瞪著柴垛抱怨：「妳居然讓病人揹柴？那麼多！妳想累死小爺啊？」
她嫣然一笑：「放心，我就是醫生，揹完這堆柴，只會讓你更健康！」

炮鳳烹龍，回味無窮／昭華

2023年4月出版

廚神大嫁光臨

生活改善了，安全也得顧上，畢竟家裡都是老弱婦孺，
於是她讓他有空時去找條狗崽子回來養著好看家護院，
結果他竟帶了條蛇回來，還說能長很大，比較有震懾力，
不是啊，不管牠能長多大，也沒人拿蛇來看家護院哪！
真讓小蛇長成巨蟒，誰還敢來她家？客人都得被嚇跑啊！

文創風 1151 1

許沁玉懵了，她剛拿下世界級廚神的冠軍，結果回酒店的路上就出了車禍，
睜開眼後，她竟來到了盛朝，成為流放西南的一個新婚小婦人！
說起這個原身，來頭還不小，是德昌侯府二房的嫡二姑娘，嫁的是四皇子，
但本來要嫁給四皇子裴危玄的不是原身，而是原身三房的嫡三妹妹，
可四皇子的親哥大皇子爭奪皇位失敗，新帝登基後就流放了他們一家，
三妹妹不願嫁去受罪，於是入宮勾著新帝下了紙詔書，讓原身代妹出嫁，
然後原身在流放時香消玉殞，她又穿成了原身，這番劇情操作她能不懵嗎？

文創風 1152 2

好吧，既來之則安之，許沁玉決定代替原身好好活下去，
既然她如今占了原身的身體，總該替人家盡盡孝道，
不過眼下最要緊的，還是得趕快想想辦法活著，
否則都不用等他們到達流放地，一家子就要餓死、病死在路上了，
幸好她擁有廚藝這項金手指，而且她的廚藝不是普通的好，
再加上這朝代的食物多是蒸煮出來的，炒還不盛行，炒菜的味道也很一般，
所以她靠著幫押送犯人的官兵們煮飯，成功換來自家的特殊待遇活下來啦！

文創風 1153 3

大家見許沁玉年紀小，覺得她頂多是個小廚娘罷了，大多不把她放在眼裡，
可身為廚神，在這美食沙漠的朝代，她就是綠洲般的存在，是神的等級啊！
她甚至不用出全力，只拿出兩三成的實力，就夠讓食客們讚不絕口了，
果然不論身處什麼地方，有一技在身就不怕餓死，
食肆、酒樓、飯莊，她的店鋪一家家地開，還越開越大間，
珍饈美食一道道地端出來賣，眾人大排長龍也心甘情願，只求嚐上一口，
這下子，她還愁沒錢賺嗎？她愁的是店裡的人手不夠多、店面不夠大啊！

文創風 1154 4

她就覺得奇怪，四哥裴危玄怎麼說也是個成年皇子，又是大皇子的親弟弟，
為何新帝登基後沒有趕盡殺絕，只是將他流放而已？
原來四哥從小就是個病秧子，人家新帝是為顯仁慈又覺得他根本不足威脅，
殊不知四哥被她一路餵養，活得很好，而且他不是身體孱弱，是自幼中毒，
經過他自個兒的解毒後，病弱的身體漸漸好了起來，
許沁玉這才曉得四哥醫術、武功都很好，還能觀天象，並擁有馭獸的能力，
老實說，嫁給這種各方面條件俱佳的夫君，她不虧，可他們之間沒有愛啊！

文創風 1155 5 完

趁著四哥跑商回家休息的空檔，許沁玉跟他提了一嘴和離的事，
豈料四哥聽完後，臉色徹底黑了，跟她說不要和離，他想娶的人是她，
本來以為四哥只是把她當成妹妹看待，沒想到四哥竟然想娶她？
一想到他喜歡她，她的心就跳得厲害，心裡不知為何竟有絲絲甜意泛起，
那……既然似乎是兩情相悅，不然就先談個戀愛看看？
倘若能行，她堂堂廚神就大嫁光臨，與他做一對真夫妻；
如果不成，那彼此應該還是可以繼續維持著兄妹關係……吧？

2023年3月出版

天降好孕

文創風 1145～1147

前世她有兒不能認，只能以乳母身分看顧孩子長大。
為了守護世上唯一與她血脈相連的人，她願意傾盡一切。
卻眼睜睜看著孩子死在自己眼前……
這一世，她要逆天改命，帶著孩子遠離紛爭。
只是她改名換姓，有了新身分，怎麼卻還是和這個男人扯上關係呀——

碧落黃泉，纏綿繾綣／松籬

死過一回的碧燕，覺得自己實在是不怎麼走運——
孤苦無依、賣身為奴的她，陰錯陽差上了主子的床，珠胎暗結。
生下孩子後，碧燕只能以乳母的身分陪在親生兒子身邊，
更慘的是，想這樣靜靜看望著孩子長大成人，都不得如願。
重來一世，卻回到荒唐的那一夜之後，碧燕真的是無語問蒼天。
既然這是上天賜給他們母子的緣分，再艱苦她也會珍惜。
好在，找回自己真實身分的碧燕有了家人，不再是隻身一人，
這次，她決定逃得遠遠的，不讓那個男人左右她和孩子的人生。
卻沒想到，事情完全與她記憶中的發展背道而馳，
那個男人堂而皇之的出現在她面前，兩人「巧遇」的次數，
多到碧燕想大喊：孽緣，這絕對是孽緣——

大齡女出頭天

文創風 1143～1144

委身做妾又被人打發拋棄的大齡女，
與年近而立的黃金單身漢比鄰而居，
曠男怨女喜相逢，命定姻緣隨即來！

女人有底氣，從容納福運／櫻桃熟了

當王府外頭正歡天喜地、張燈結綵地迎接新主母入住之際，
作為寵妾的李清珮從沒想過自己會有被打發出府的一天。
雖說她才區區二十歲，但在世俗眼中已是大齡女一枚了，
換作他人早就哭得死去活來，她卻灑脫地敞開肚皮大吃大喝；
天知道，在王府後院以色事人，飯不能多吃，覺不能起晚，
好不容易返還了自由身，當然要活得瀟灑愜意，讓別人都豔羨！
只不過這人生一放縱，她就因為吃多了管不住自己的嘴而出糗，
好在隔壁鄰家有一位好心的帥大叔，屢次替她治療積食不說，
還信手取來知名大儒的推舉函，鼓勵她參與女子科舉拚前程。
這股熟男魅力實在很對她的胃口，她就打著敦親睦鄰的名堂多親近，
有道是女追男隔層紗，沒料到對方會一頭栽進情坑急於求娶她，
難道兩人在一起，不能只談情說愛就好，談婚論嫁則大可不必嗎？

同是天涯炮灰人，日久生情自當救

十二鹿

文創風 1164

富貴閒中求 下

國家圖書館出版品預行編目資料

富貴閒中求 / 清圓著. --
初版. -- 臺北市 : 狗屋出版社有限公司, 2023.05
冊 ; 公分. --（文創風 ; 1163-1164）
ISBN 978-986-509-427-0（下冊 : 平裝）. --

857.7　　112004931

著作者	清圓
編輯	王冠之
校對	陳依伶
發行所	狗屋出版社有限公司
地址	台北市104中山區龍江路71巷15號1樓
電話	02-2776-5889～0
發行字號	局版台業字845號
法律顧問	蕭雄淋律師
總經銷	知遠文化事業有限公司
電話	02-2664-8800
初版	2023年5月
國際書碼	ISBN-13　978-986-509-427-0

本著作物由北京晉江原創網絡科技有限公司授權出版

定價280元
狗屋劃撥帳號：19001626
網址：love.doghouse.com.tw　E-mail：love@doghouse.com.tw